憐れみをなす者 下

ー・トレメイン

船長から捜査の全権を委任さ[illegible]ィデルマは、巡礼たちに聞き込みをする。だが船に乗っている修道士、修道女は奇矯な人物ばかり、被害者に思いを寄せていた者、嫉妬していた者、被害者の行状を良く思っていなかった者と、様々な感情が被害者をめぐり渦巻いていたことがわかってくる。捜査は難航し、相変わらず自分勝手でなれなれしいかつての恋人キアンに、フィデルマは苛立ちを隠せない。外からはサクソンの略奪船の影が迫り、内では殺人事件。フィデルマは目的地サンティアゴ・デ・コンポステラ到着までに、犯人を見つけることができるのか。

登場人物

〝キャシェルのフィデルマ〟……修道女。七世紀アイルランドの法廷に立つドーリイー〔法廷弁護士〕でもある

アードモア（**アルド・ヴォール**）

カラ……旅籠（はたご）の主人であり、商人でもある

巡礼者たち

シスター・カナー……モヴィル（マー・ウィーレ）修道院の修道女、巡礼団のまとめ役

ブラザー・キアン……大王（ハイ・キング）のもと警護団団員、現在はバンゴア（ビョンハール）修道院の修道士

シスター・ムィラゲル……モヴィル修道院の修道女

シスター・クレラ……モヴィル修道院の修道女

シスター・アインダー……モヴィル修道院の修道女
シスター・ゴルモーン……モヴィル修道院の修道女
ブラザー・ガス……モヴィル修道院の修道士
ブラザー・バーニャ……モヴィル修道院の修道士
ブラザー・ダハル……バンゴア修道院の修道士
ブラザー・アダムレー……バンゴア修道院の修道士
ブラザー・トーラ……バンゴア修道院の修道士

カオジロガン（ゲ・フィウラン）号の船員たち

マラハッド……船長
ガーヴァン……航海士
ウェンブリット……給仕係の少年（キャビンボーイ）
ドロガン……船員
ホエル……船員

その他

トカ・ニア……………………………難破船の生存者

ファザー・ポール…………………〝ウェサンのポール〟、神父

モラン……………………………………ブレホン〔法律家、裁判官〕、フィデルマの師

憐れみをなす者　下

ピーター・トレメイン
田村美佐子訳

創元推理文庫

ACT OF MERCY

by

Peter Tremayne

〔註〕七世紀のモアン王国は、アイルランド南部。全土の四分の一強を占める最大の王国。現在のクレア、ケリー、リメリック、コーク、ティペラリーの五州あたり。

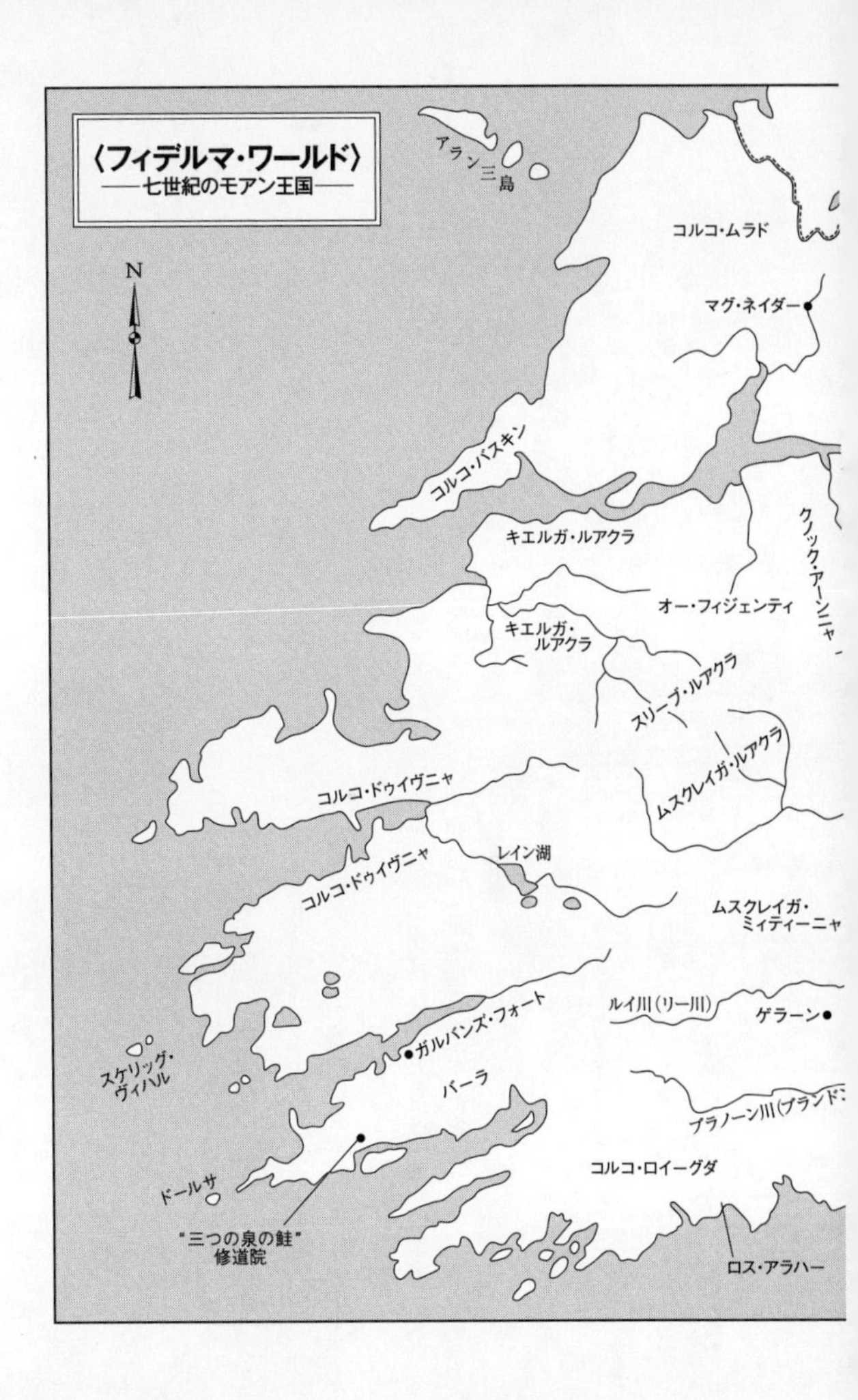

〈フィデルマ・ワールド〉
──七世紀のモアン王国──
N
アラン三島
コルコ・ムラド
マグ・ネイダー
コルコ・バスキン
キエルガ・ルアクラ
クノック・アーンニャ
オー・フィジェンティ
キエルガ・ルアクラ
スリーブ・ルアクラ
ムスクレイガ・ルアクラ
コルコ・ドゥイヴニャ
コルコ・ドゥイヴニャ
レイン湖
ムスクレイガ・ミィティーニャ
ルイ川(リー川)
ゲラーン
ガルバンズ・フォート
スケリッグ・ヴィハル
バーラ
ブラノーン川(ブランド
コルコ・ロイーグダ
ドールサ
"三つの泉の鮭"修道院
ロス・アラハー

ゴシック文字はアイルランド（ゲール）語を、
行間の（ ）内の数字は巻末訳註番号を示す。
聖書の引用は、原則として『舊新約聖書・文
語譯』（日本聖書協会）に拠る。

憐れみをなす者　下

第十二章

午後も遅くなっていた。空は晴れわたり、陽光は暖かくはないものの海面に降りそそぎ、きらめく針のように光が躍っている。フィデルマは舳先（へさき）に近い手すりに寄りかかって立ち、シスター・ムィラゲルの奇妙な失踪についてこれまでに聞いたことをひとつひとつ頭の中で整理していた。興味深い図が浮かびあがってきた。シスター・ムィラゲルに関しては巡礼団のうち数名が、無視しがたい見解を抱（いだ）いているようだ。ブラザー・ガスは彼女と恋仲だったといっていたが、奇妙にも、彼女の死にそれほど動揺していないように見えた。明らかにガスはなにか嘘をついている——だがどれが嘘なのだろう？ ムィラゲルとの仲について？ あるいは別のことだろうか？

檣頭（マストヘッド）から降ってきた大声にもの思いをさえぎられた。船尾側の、マラハッドがいつも舵取り櫂（オール）を握っている立ち位置のあたりで、なにやら慌ただしげな動きがあった。フィデルマが主甲板を渡っていくと、船長および数人の船員が北西の方角にしきりに目を凝らしていた。全員の見つめる視線を追ってみるが、きらめく灰色の海以外にはなにひとつ見分けられない。

「なにがあるのですか？」彼女はマラハッドに訊ねた。「なにかよくないことが？」

船長は気もそぞろだった。「マストヘッドにいる見張りが船を見つけた」彼が答えた。

「なにも見えませんけれど」フィデルマは彼らが見つめる方角に今一度目を凝らした。

「北西の方角の〝遮蔽の位置（ハルダウン）〟にあるが、〝総帆展帆（フルセイル）〟だな」

　これらの船舶用語の意味が心もとなかったので、フィデルマは素直にそういった。

「ここからでは海面に隠れて見えない、という意味だ」マラハッドが説明した。「この天候なら普通は水平線の三、四マイル（約五～六キロメートル）先あたりまで見えるんだがな。どこの船なのか、ここからではぎりぎり隠れて見えないが、マストヘッドからなら高さがあるからかろうじて帆が見えるはずだ」

「警戒が必要ですか？」フィデルマは訊ねた。

「どこの船かが判明するまでは、見慣れぬ船に対しては警戒するもんだ」マラハッドが答えた。

　確かドロガンという名前のもうひとりの船員とともに舵取り櫂を握っていたガーヴァンが、船の反対側からマラハッドに呼びかけた。

「どこの船かはわからんですが、追い風を受けてまさあ、船長。完全に姿をあらわすまで一時間とかからんでしょう」

　マラハッドは考えた末に答えた。

「船の正体が判明するまでこのまま針路は風上へ。最も遠目がきくのは誰だ？」

「ホエルでさ、船長」

マラハッドは下を覗きこみ、船楼間の甲板(ウエル)に向かって怒鳴った。

「ホエル！」

小柄だが逞(たくま)しい身体つきをした、上腕部の長い筋骨隆々の男が転げるようにやってきた。いかにも船乗りらしい見た目の男だ。

「ホエル、マストにのぼって向こうの船の動きを逐一報告してくれ」

そう命じられると、男は信じがたいほど機敏な動きでマストに吸いこまれていった。彼はものの数秒でロープをのぼりきってマストヘッドにたどり着き、初めに船を発見した見張りと交替した。

船員たちが浮き足立ち、船上の空気が張りつめた。

「別の船が見えたというだけでこれほどの警戒が必要ということは、海というのは案外狭いものなのですね？」彼女は訊ねた。

船長は張りつめた笑みを浮かべた。

「さっきもいったが、相手の正体がわからんことには慎重にならざるを得ない。ご忠告を憶えておいでかね？　このあたりの北方の海にはサクソンの奴隷船がうようよしてる。サクソンでなくとも、フランク人か、はたまたゴート人か。ここらの海域はそういった輩(やから)に襲われる可能性がけっして低くはない」

　フィデルマは、ひょっとするとそのような脅威となりかねない船が隠れているやもしれぬ水平線に目を凝らした。

「海賊船でしょうか？」

　マラハッドが肩をすくめた。

「あくまでも警戒を怠るなということだ。答えは一時間もせんうちにいやでもわかるだろう」

　フィデルマは肩すかしを喰らった気分だった。

　船乗りというのは、猛烈な激務と混乱に襲われることがあるいっぽうで、ひたすら退屈な時間を無為に過ごさねばならないものでもあるようにフィデルマには思えた。好きでなければやれない仕事だ。海は魅力的だったが、自分にはやはり陸の生活のほうが向いているような気がした。目の前の問題については今は待つことしかできないが、それならそれで、思う存分時間をかけて、シスター・ムイラゲルに関する情報を引きつづき集めればよい。

　長身で厳格な顔つきをしたブラザー・トーラが甲板に腰をおろし、大檣（メインマスト）の傍らにある天水桶のひとつにもたれているのが見えた。彼は、この時代に巡礼者がよく持ち歩いていた、テイアグ・ルーウアー〔書籍収納鞄〕から出した本を読んでおり、船員たちの張りつめた雰囲気にも知らぬ顔だった。フィデルマは彼に近づいた。彼女の影がかかるとブラザー・トーラは顔をあげ、皺（しわ）の寄った面長の顔に苛立ちの表情を浮かべた。

「おや、ドーリィー殿か」その声にはどこか揶揄するような響きがあった。おもむろに本を閉じ、傍らの書籍収納鞄にしまう。「なにをなさりたいかは承知しておるぞ、修道女殿。ご用心あれ、とシスター・アインダーにご注意いただいているのでな」

「なにか注意が必要なことがおありですか？」鋭い返しが思わず唇からこぼれた。

ブラザー・トーラは薄笑いを浮かべた。

「単なる言葉のあやだ。深い意味などない」

「いかなる言葉を選ぶかによって、そこから数多のことを読み取ることもできますわ、ブラザー・トーラ」

「だが先ほどの儂の言葉には当てはまらん」彼は傍らの、甲板の板張りを指さした。「訊きたいことがあるならば、まあすわったらどうかね？」

フィデルマは彼の隣の、甲板の上に腰をおろして足を組んだ。陽光が降りそそぐ中、涼しい風が頬を撫でて彼女の赤毛を揺らす。すわっているだけならじつに心地よかった。

ブラザー・トーラは胸の前で腕を組み、すっかり凪いだ海を見つめた。

「まったく晴れたものだ」とため息をつく。「このようなことさえなければ、この船旅もさぞ胸躍るものとなり、旅のしがいもあったろうに」

フィデルマは訝しげに彼を見やった。

「そうではないのはなぜですか？」

ブラザー・トーラはマストに頭をもたせかけて目を閉じた。

「わが巡礼団の連中は、神聖なる探求を誓ったはずにしてはあまりにも欠点だらけだ。心から信仰を捧げている神の僕など、ただのひとりも見当たらぬ」

「そうお思いですか？」

修道士は厳しい表情だった。

「むろんだ。あんたとて例外ではない、〝キャシェルのフィデルマ〟。自分はなにを置いてもキリストの僕であるといい切れるのかね？」彼は目を剝き、ぎらぎらと光る黒っぽい瞳でフィデルマを睨めつけた。彼女は軽く身震いをした。

「信仰の僕たろうと日々務めておりますわ」フィデルマはむきになっていい返した。

驚いたことに、彼は頑なにかぶりを振った。

「とてもそうは思えんが。神の僕ではなく法の僕ではないのかね」

この棘のある言葉について、フィデルマは慎重に考えを巡らせた。

「そのふたつは相容れぬものでしょうか？」彼女は訊ねた。

「相容れぬこともある」ブラザー・トーラが答えた。「〝宗教とは、その者が最も興味を抱く対象に向けられるもののことである〟といういにしえのいいならわしはたいがい当てはまる」

「私はそうは思いません」

ブラザー・トーラは皮肉めいた笑みを浮かべた。

「あんたは信仰よりも法律に興味を向けているように儂には見えるがな」

フィデルマは言葉に詰まった。トーラの言葉に図星を指されたからだ。この巡礼の旅に出たのもまさにそれが理由であり、まさしくそれを見つめ直そうとこの船旅に出たのではなかったか？　トーラは彼女のおもざしに浮かんだ困惑の表情を見て取ると、わが意を得たりとばかりに笑みを浮かべ、ふたたび先ほどと同じ姿勢で後ろに寄りかかって目を閉じた。

「うろたえずともよい、〝キャシェルのフィデルマ〟。あんたと同じ立場に置かれた者は何千といる。アイルランド五王国に信仰がもたらされる以前であれば、あんたは修道女の法衣をまとわぬドーリィーあるいはブレホンとなっていたであろう。われわれの社会は学問と宗教を混同し、あたかもそのふたつをひとつであるかのように容赦なく扱ってしまったのだ」

「今も〈詩人の学問所〉は健在ですわ」フィデルマは指摘した。「私はタラで、ブレホンのモラン師の学問所で学びました。学位を取得したのちに、神に仕える道に入っただけのことです」

「〝タラのモラン〟かね？　彼は素晴らしい人物だった。よき判事であり、よき法律の教授でもあった」ブラザー・トーラが賞賛した。「だが彼の死後、学問所がどうなったか知っておるかね？」

フィデルマはそういえばまったく知らなかったことに今さら気づき、そのとおりに述べた。

「モランの学問所は、聖パトリックの後継者(コルバ)の命(めい)により教会に併合された」このコルバとは、アーマーの司教であったパトリックの後継者のことであり、アイルランド五王国における最高位の二名のうちのひとりだった。ちなみにもうひとりは、フィデルマ自身の王国にあるエムリーの司教であった聖アルバのコルバだ。「かの学問所は教会外に留め置くべきであった。世俗の学問の道と、聖職者としての会得の道はやはり衝突し合わずにいられぬのだ」

「それには同意しかねますわ」かつて籍を置いていた学問所が閉鎖されていたことを知らずにいたみずからを責めながらも、フィデルマは断固として反論した。

「儂は修道士だ」ブラザー・トーラは続けた。「教会の内側にも学ぶ場所はつくれようが、宗教そのものを無視することは許されぬ」

ドーリィーという職業を暗に批判しているような口ぶりに、フィデルマは腹立たしさをおぼえた。

「常より私は、宗教を無視してなどおりません。私が修めたのは――」

「〝修めた〟?」ブラザー・トーラのたてた音がせせら笑いだということに、ややあってからフィデルマは気づいた。「書物を紐解いただけでなにかをなし遂げたと豪語できるのならば、神の言葉に耳を傾けただけでも、それ以上の偉業をなし遂げた気にはなれような」

「空も木々も川も、人間界のことをたいして教えてなどくれません」フィデルマは答えた。

「私の知識は、男たちや女たちが積み重ねてきた経験から得たものです」

「ほう、つまり信仰生活の探求と学問の探究はそこが違うというわけかね」

「私たちの人生の終着点は真実にたどり着くことです」フィデルマはいい返した。「知識なくして真実は見いだせませんし、ブレホンのモラン師もおっしゃっていたように、〝学問を愛することはすなわち知識に近づくこと〟なのです」

「それは誰の知識だね？　人間の決めた知識だ。人間の決めた法律だ。口は達者なようだが、フィデルマ、『ヤコブの書』の文句を思いだしてはどうかね。〝父なる神の前に潔くして穢なき信心は、また自ら守りて世に汚されぬ是なり〟（第一章二十七節）」

「大切な部分を飛ばしておいでですわ、〝孤児と寡婦とをその患難の時に見舞ひ〟の部分を」ちくりとやり返す。「私は悩める人々を救います」

「しかしあんたは神の十戒よりも人間の法律を守ってみずからを汚している」

「私は十戒と人間の法律との間に矛盾はいっさい感じません。『ヤコブの書』を引用なさるのがお好きなようですから、こちらの聖句も当然憶えておいででしょう——〝されど全き律法、すなはち自由の律法を懇ろに見て離れぬ者は、業を行ふ者にして、聞きて忘るる者にあらず、その行為によりて幸福ならん〟（第一章二十五節）　私は聞きて忘るることなく律法の業をおこない、だからこそこうしてあなたと話をしに来ているのです、ブラザー・トーラ。あなたと信仰上の概念の相違を議論するためではありません」

　いつしか声が険しくなっていた。単に修道女というだけでなくドーリィーでもあることへの優越感を見抜かれ、痛いところを突かれたと自分でもわかっていたのでなんとも不愉快だったからだ。

「承知しているとも、フィデルマ修道女殿」彼は答えた。厳しい顔つきはそのままだったが、内心では狼狽する彼女を嗤っているのがいやでもわかった。やがて彼は低い声で唱えた。

「〝……主の懲戒を軽んずるなかれ、
主に戒めらるるとき倦むなかれ。
そは主、その愛する者を懲しめ、
凡てその受け給ふ子を鞭うち給へばなり〟（『ヘブル人への書』第十二章五～六節）」

フィデルマは苛立ちを抑えた。

「『ヘブル人への書』の第十二章ですね」こわばった硬い笑みを浮かべ、彼の聖書の知識になどまるで感心していないというそぶりで、きっぱりという。「ですが今は、私は船長であるマラハッドの代理として、質問をいくつかあなたにしなければならないのです」

「わかっておる、先ほどもいっただろう。あんたの訊問についてはシスター・アインダーから聞いている」

「なによりです。あなたはほとんどのお仲間よりも年長でいらっしゃいますね、修道士殿。この巡礼の旅に参加した理由は？」

「答える必要があるかね？」

「強制はいたしません」

「そういう意味ではない。答えずともわかるだろうといっておるのだ」

「つまり、あなたが巡礼の旅に出たのは宗教的信念に基づいてのことだとおっしゃりたいのですね？　むろんそれはわかっています。ですがなぜこの、シスター・カナーの率いる巡礼団を選んだのです？　シスター・アインダーを除いて、お若いかたしかいらっしゃらないではありませんか。それにあなたのご意見では、お仲間はいずれも、真面目に信仰に向き合っていないかたたちばかりなのでしょう」

「聖ヤコブ大聖堂へ向かう巡礼団はシスター・カナーの一行だけだったのだ。これを逃せば、次を探すのに最低でも一年はかかったろう。空きがあったのでそこに入った」

「シスター・カナーやそれ以外のかたたちのことは参加する前から知っていましたか？」

「ひとりも知らん、同じバンゴア修道院から来た者ら以外は」

「それはブラザー・キアンとブラザー・ダハルとブラザー・アダムレーですね？」

「そうだ」

「巡礼団とは思えないような連中だ、というようなことをおっしゃっていましたね」

「真実を口にしたまでだ」

「シスター・ムィラゲルも同じでしたか？」

ブラザー・トーラはかっと目を見開き、顔を引きつらせた。

「あの小娘！　あの娘がとりわけ気に喰わんかった！」

激しい口調にフィデルマは驚いた。

「なぜですか？」

「父親がダール・フィアタッハの領主であったことを鼻にかけ、最初からわれわれ巡礼団を仕切ろうとした。あれが自慢できるような父親かね――あの、権力欲と自己顕示欲のかたまりの悪人が。まさに、あの父親にしてあの娘ありだった」

「そう思っていらしたのなら、シスター・カナーの巡礼団に加わることには抵抗があったのではないですか？」

「シスター・ムィラゲルがこの巡礼団の一員だとは出発まで知らなかった。この船旅の間だけのその場かぎりのことならば、あの娘のことは避けておけばよいと思った」

「ムィラゲルの人となりを知っていましたか、それともあなたのお嫌いだった領主の娘だという事実を耳にしていただけですか？」

「わが修道院内はあの娘の噂で持ちきりだった」

「どのような噂ですか？」フィデルマは興味を抱いた。

「性に奔放で、何人もの修道士と淫らな関係にあり、他人をおのれの目的のために用いる、まことの信仰を持つ者とはとてもいいがたい娘である、と」

「修道女に対する断罪としてはなかなかに手厳しいですわね」フィデルマはいった。

「いずれ、儂の言葉などよりも重い断罪がくだる。〝汝等いかに潔き行状と敬虔とをもて、神の日の来るを待ち之を速かにせんことを勉むべきにあらずや、その日には天燃え崩れ、もろもろの天体焼け溶けん。されど我らは神の約束によりて、義の住むところの新しき天と新しき地とを待つ〟(『ペテロの後の書』第三章十一～十三節)」

この聖書からの引用にはなんら感銘を受けなかったので、フィデルマは受け流した。

「モヴィルの修道女だったムィラゲルのそうした噂がバンゴア修道院にひろまったのにはなにか理由が?」

「修道院どうしの行き来は盛んだった。わが修道院長はなにかにつけ、兄弟たるモヴィルの修道院長に遣いを送っておられた。かような噂を耳にしたとあちらの修道院長に知らせ、モヴィルを悪の巣窟にしてはならぬと苦言されたこともあった」

「モヴィルの修道院長はどのような対処を?」

「なにも」

「自分の修道院の指導云々を、バンゴアの修道院長に口出しされたくなかったのではありませんか?」フィデルマは形ばかりの笑みを浮かべた。「ともかく、あなたはシスター・ムィラゲルを手厳しく断罪なさるということですね」

ブラザー・トーラは頷くと、朗唱した。

「〝それ妓婦は深き坑のごとく
淫婦は狭き井のごとし
彼は盗賊のごとく人を窺ひ……〟（『箴言』第二十三章二十七～二十八節）」

フィデルマは鋭い口調でそれをさえぎった。
「キリストが数人の宗教指導者の前で、娼婦は天国に入れないと語られたことは確かに事実ですが、あなたはシスター・ムィラゲルが娼婦だったとおっしゃりたいのですか？」
トーラはただ『箴言』からの引用を続けただけだった。

「〝われ我室の牖により櫺子よりのぞきて
拙き者のうち幼弱者のうちに一人の智慧なき者あるを観たり
彼衢をすぎ婦の門にちかづき其家の路にゆき
黄昏に半宵に夜半に黒暗の中にあるけり
時に娼妓の衣を着たる狡らなる婦かれにあふ
この婦は譁しくしてつつしみなく其足は家に止らず
あるときは衢にあり或時はひろばにありすみずみにたちて人をうかがふ

この婦かれをひきて接吻し恥しらぬ面をもていひけるは
われ酬恩祭を献げ今日すでにわが誓願を償せり……〃（第七章六〜十四節）」

フィデルマが片手をあげても朗々たる暗唱はやまず、結局は鋭く口を挟まざるを得なかった。

「『箴言』第七章の文句ならば私も憶えております。その一節を引用なさってなにをおっしゃりたいのです？　あなたがシスター・ムィラゲルを非難しているのは、彼女が複数の男性と関係を持っていたからですか、それとも金銭さえ受け取れば誰かれかまわず春を売っていたからですか？　そこのところを明確にいたしましょう。あなたのおっしゃる娼婦の定義はなんですの？」

「弁護士ならば、お好きなように解釈なさるとよい。単純な愚か者どもには、いずれ餌食となる牡牛の群れさながらにあの娘の尻を追いかけさせておけばよい、といっているだけだ」

ローマ教会の思想に賛同しアイルランド教会の改革を声高に叫ぶ修道士らがこの手の狭量な意見を述べる場面には、フィデルマもたびたび遭遇してきた。まずこの男の立場を明らかにすることから始めることにした。

「ブラザー・トーラ、あなたは、聖職者は禁欲を貫くべきだとお考えのおひとりでいらっしゃいますの？　ローマでもしばしばこの論争を耳にしましたが」

「わが主キリストは弟子たちに禁欲を命じられた、と『マタイ伝』にあるではないかね？」

これは、聖職者はみな禁欲の誓いを立てるべきだと考える者たちがよく好む主張だった。フィデルマも幾度となく聞かされてきたので、返答には困らなかった。

「結婚はしないほうがよいものなのでしょうか、と弟子に問われたキリストはこうお答えになりました。禁欲とはあらゆる者が是とせねばならぬものではなく、神がそう定めた者にのみ課されるものである、と。キリストの言葉には、生まれつき、あるいは人の手によって結婚できぬ身体となった人々のことばかりか、むろん神の国のために結婚をみずから放棄する人々のことも含まれています。個人の選択に委ねられているのです。是とする者がそうなさればよろしいのです。今はまだ、キリスト教の教会においてはそうした自由な選択が守られています……」[1]（『マタイ伝』第十九章参照）

トーラのおもざしに苛立ちの表情が浮かんだ。聖書からの引用をさらに被せられたのが、明らかに癇（かん）に障ったようだ。

「この件に関しては、儂はパウロの教え[2]を是としている（『コリント人への前の書』第七章参照）。禁欲は、世界の邪悪に対するキリスト教の勝利の理想形であり、信仰生活の主要な基礎となるべきものだ」

「ローマにはそうした禁欲を信奉する団体もございますけれど」この議論をさほど真剣に受け取っていないことを口調に匂わせつつ、フィデルマはいった。「ローマがこれを信仰上の教義とするならば、信仰と神の創造なさったものとが対立していると認めることになります。

私たちが禁欲を貫くことを神が望んでおられたのならば、そのように私たちを創造なさったはずです。ところで、神学を語るよりも、私としては本題に戻りたいのですが。あなたはシスター・ムィラゲルを嫌っていらしたということですね」

「隠し立てするつもりはない」

「いいでしょう。あなたの目から見て、ムィラゲルの異性交遊は見境がなかった。ですがそれはそれとして、私にはまだ、あなたがそこまで彼女を嫌う理由が見いだせないのですが」

「あの娘は若い男を次々とそそのかしては堕落させた」

「たとえば？」

「たとえばブラザー・ガスだ」

「ブラザー・ガスがシスター・ムィラゲルと恋愛関係にあったことはご存じだったのですね？」

「あの娘がガスを誑かしたのだ、先ほどから話しているとおりだ」

「聞き捨てなりませんね。ブラザー・ガスに選択権はなかったのですか？」

「警告はした」ブラザー・トーラは続けた。彼は眉間に皺を寄せてしばし考えると、別の一節を暗唱した。

「〝小子等よいま我にきけ

なかれ
我が口の言に耳を傾けよ
なんぢの心を淫婦の道にかたむくること勿れ
またこれが径に迷ふこと勿れ
そは彼は多の人を傷つけて仆せり
彼に殺されたる者ぞ多かる
その家は陰府の途にして死の室に下りゆく〟（『箴言』第七章二十四～二十七節）」

「『箴言』第七章がお気に召していらっしゃるようですね」フィデルマは鼻であしらうようにいった。「よく口ずさまれるのですか?」

「気の毒なブラザー・ガスには精一杯警告したつもりだ」トーラはフィデルマの口ぶりを無視した。「かの娼婦を海へなぎ払いし神の手を称えん」

フィデルマはしばし無言だった。ブラザー・トーラが、偏屈といってよいほどの、頑固な宗教的信念の持ち主であることはこれで間違いなかった。信仰に対して狭量だったがゆえに殺人を犯した者を、彼女はこれまでにもさんざん目にしてきた。

「シスター・ムィラゲルが波にさらわれて海に転落した、と知ったのはいつですか?」

「ほかの者たちと同じだ」彼は答えた。「今朝のことだ」

「最後にシスター・ムィラゲルの姿を見たのはいつですか?」

「乗船したときだ。波止場からこの船へ渡るときからあの娘は具合が悪そうだった。いや、そうではない。乗船した直後は元気だった。シスター・カナー、あれもまた男癖が悪かったが、彼女があらわれなかったのでムィラゲルが責任者となり、部屋の割り振りを決めたのだ。全員がそれぞれ決められた客室に入り、出航まで甲板下にとどまっていた。ムィラゲルの姿はそれっきり見ていないが、ひどい船酔いで苦しんでいるとの話は聞いていた。いずれ天罰がくだるという前触れだったのだろう」

「時化の間は眠れましたか？」

「昨夜か？　眠れた者などいたのかね？　あれには参った。しばらく経ってからようやくひと眠りしたが。疲れ切っていたのでな」

「ブラザー・ガスも眠れなかったのでしょうね？」

「おそらくそうだろう。だが本人に訊けばよかろう」

「ガスが客室を出ていったとき、あなたは起きていましたか？」

ブラザー・トーラはその質問に眉をひそめ、じっと考えこんだ。

「出ていった？」

「ガスはそういっています」

「ではそうなのだろう。そうだ、思いだした、確かに出ていった。だがそれほど長い時間ではなかったおぼえがある」

「どこへ向かったか知っていますか?」

「用を足しに行ったのではないかね。この船の上でそのほかにどこへ姿を消すというのだ?」

フィデルマは彼をしばし見つめた。ブラザー・トーラは、真夜中近くにブラザー・ガスがシスター・ムィラゲルを訪ねていったのを間違いなく知っている。トーラはガスを庇おうとしているだけだろうか、あるいはほかになにか、あの若者のおこないを隠さねばならない理由があるのだろうか?

フィデルマは内心でため息をついた。ブラザー・トーラからはこれ以上なにも引き出せそうにないと悟ったからだ。彼女はゆっくりと立ちあがった。

「ひとつ、はっきりさせておきたい点があります」彼女はいった。「あなたは修道女が恋愛をしたり異性と関係を持ったりすることに対して強い反感を抱いていらっしゃいますね。あなたは彼女たちを〝娼婦〟〝妓婦〟とお呼びになる。けれども、これらの若い女性たちにしじゅういい寄っている男性の修道士に対してはいっさい非難を口になさらない。あなたの断罪は偏っておられませんか?」

ブラザー・トーラは狼狽のかけらも見せなかった。

「そもそも初めに誘惑に屈し、禁じられた果実を口にして男をそそのかし、われわれ人間をエデンの園から追放せしめたのは女ではなかったかね? 女はわれわれのあらゆる苦難の元凶だ。パウロが『コリント人への後の書』に記していたであろう――〝われ神の熱心をもて汝らを慕ふ、われ汝らを潔き処女として一人の夫なるキリストに献げんとて、之に許嫁したればなり。されど我が恐るるは、蛇の悪巧によりてエバの惑されし如く、汝らの心害はれてキリストに対する真心と貞操とを失はん事なり〟（第十一章二〜三節）」

「存じています」フィデルマは答えた。「ですが蛇は〝彼の〟狡猾さによってエヴァをそそのかしたとありますので、蛇の性別は雄だったと考えられます。どうぞ黙想にお戻りください、ブラザー・トーラ。私の質問にわざわざお時間を割いていただきましてありがとうございました。ひじょうに助かりました」

フィデルマがわざと最後につけ加えたひとことを聞きとがめ、ブラザー・トーラは不審そうに両目を細めた。シスター・ムィラゲルの失踪に関する手助けなどまっぴらだと彼が考えているのがわかり、フィデルマはどこか薄ら寒い思いをおぼえた。

背を向けかけたとき、はるか頭上にあるマストヘッドから怒鳴り声がし、フィデルマは思わず顔をあげた。

先ほどの謎の船がはっきりと姿をあらわしているではないか！　ブラザー・トーラとのやりとりに夢中で、ここまで近づいていたとはまったく気づいていなかった。

午後の太陽に照らされて、接近しつつある船の細部がだいぶ見えるようになっていた。低い四角形の帆にはなにか、稲妻のような意匠が描かれている。一列に並んだ櫂が規則的に上下していた。見せつけるようにこちら側を向いた舷側に、複数のなにかが陽光を受けてまばゆくきらめいている。

　フィデルマが急いでマラハッドのもとへ行くと、彼は険しい表情で相手の船に視線を注いでいた。

「ほかの巡礼客と一緒に甲板下にいてくれ、姫様」近づいてきたフィデルマに、マラハッドはいった。

「あれは？」

「どうやらサクソンの船のようだな。主帆（メインスル）の稲妻の意匠を見たかね？」

　フィデルマは軽く頷いた。

「間違いなく異教徒だ」マラハッドは続けた。「あれは連中の崇める雷神スノール（〝トール神〟のサクソンにおける呼び名）のしるしだ」

「私たちに危害を加えるつもりでしょうか？」フィデルマは訊ねた。

「まず友好的ではなかろうな」マラハッドは険しい声で答えた。「櫂の上にずらりと並んだ盾と、陽光にぎらぎら光ってる武器が見えるかね？　連中はこの船を拿捕（だほ）して、われわれをみな殺しにするか、あるいは奴隷として売るつもりだろう」

　フィデルマはふいに口の渇きをおぼえた。

　アイルランド五王国やローマから赴いた伝道師たちの尽力にもかかわらず、いまだサクソン人の王国の中には異教を信奉しているところがあることはフィデルマも知っていた。とりわけ南サクソンの民はいにしえの神々や女神たちに固執しており、同胞である東サクソンや北方諸王国から来た伝道師たちとすら対立していた。口内のざらつきを和らげようと、フィデルマはごくりと唾を飲んだ。

「下へ、姫様」マラハッドがふたたび促した。「万が一やつらが乗りこんできても、そのほうがまだいくらか安全だ」

「ここで見ています」フィデルマは譲らなかった。どんな目に遭おうと、甲板下の暗がりで、なにが起こっているのかすらわからずに過ごすよりははるかにましだ。

マラハッドはあくまでも突っぱねようとしたが、彼女の口もとと、ほんのすこし突き出した顎に固い決意があらわれているのを見て、折れた。

「わかった、だがくれぐれも離れた安全な場所にいてくれ、そしてもし向こうの船が迫ってきたら、俺がいわなくとも甲板下へ逃げるんだ。血に飢えた見境のないやつらだ。女子どもだろうと容赦しない」

それ以上念を押して時間を無駄にするようなことはせずに、マラハッドはガーヴァンを振り向き、帆を見あげた。

「指示するまで針路は変えるな」

ガーヴァンは頭をくいと軽くあげただけでそれに応えた。

フィデルマは船尾甲板の隅にさがり、なりゆきを見守った。

「甲板！」マストヘッドから叫び声があがった。「近づいてきます」

接近してくる船がこちらに船首を向けはじめた。高くそびえ立つ舳先が水面（みなも）を割って進んでくる。まるで船の両側から波が噴き出ているかのようだ。複数の櫂が上下に水を掻き、滴り落ちる海水が銀色にきらめいている。太鼓のような音が耳を震わせた。フィデルマはかつてローマに旅した経験から知っていたが、こうしたガレー船では、漕ぎ手に一定のリズムで櫂を漕がせるために、拍子を取る係が雇われていることがあった。

「どう思う、ガーヴァン？」マラハッドが目を細めて前方を見やりながらいった。「両舷に櫂は二十五本ずつか？」

「そのようですな」

「櫂か。するとわれわれよりもサクソンが有利だな……」考えごとが口に出ているようだ。「とはいえ、櫂を用いているのは、接近戦における操帆術を心得ていないとも考えられる。つけいるならそこか」

マラハッドは主帆をちらりと見あげた。

「右舷、揚げ索（ハリヤード）を締めろ」彼は怒鳴った。「緩すぎる」

帆がぴんと張られるにつれ水面を走る速度は増したが、吹きつける風の勢いは、今にも船を横倒しにし、フィデルマをも反対側の海へほうり出さんばかりだ。メインマストも軋（きし）んでいる。

「船長、風がやんじまったら、櫂なしじゃこっちはお手あげですぜ」ガーヴァンが不安げにいう。

そのときふとフィデルマは、傍らにウェンブリットがいることに気づいた。

「下に行かなくていいのかい、姫様？」彼は心配そうに訊ねてきた。「ほかの人たちはみんな甲板下にいたから、そこを動くなっていっといた。姫様もここにいたら危ないよ」

フィデルマは即座にかぶりを振った。

「なにが起こっているのかも知らずにいるくらいなら死んだほうがましです」

「こっちの船では誰も死なないように祈ろう」迫りくる船を見つめながら、少年は呟いた。

「神よ、強風を吹かせたまえ」

「左舷、帆脚索（シート）を緩めろ！　左舷、揚げ索をさらに緩めろ！」マラハッドが叫んだ。

命令を受け、船員たちはすぐさま各々の仕事に取りかかり、大きな四角形の主帆がするすると斜めに傾いた。

風向きの変化に対してマラハッドがくだした判断はじつに的確で、みるみる帆は膨らみ、フィデルマにも、船が加速してたちまち波の上を滑りだしたのがわかった。

二隻の間の距離が開きはじめ、ウェンブリットが興奮したようすでサクソン船を指さした。帆がだらりとたるんでいる。マラハッドのいったとおりだった。あちらの船長は漕ぎ手頼みで、風と自船の帆には注意を払っていなかったのだ。ありがたくも短い数秒ののち、サクソン船は波間でぴたりと止まった。

たえず響く波の音や帆と索具を揺らす風の音に負けじと、かすかな叫び声が水面を渡ってくるのがフィデルマの耳にも届いた。

「あれはなんです？」彼女はいった。

ウェンブリットが顔をしかめた。

「自分たちの戦(いくさ)の神に呼びかけてるんだ。聞こえるだろ？〝ウォドン[3]！　ウォドン！〟て。前にもサクソン人が叫んでるのを聞いたよ」

フィデルマは無言のまま、問いかけるようなまなざしを少年に向けた。

「おいらは昔、西サクソン（ウェセックス王国）の東側の国境近くに住んでたんだ」彼はいった。「あいつらはしょっちゅうこっちの領土に侵入してきちゃあ、ウォドンに加護を求める雄叫びをあげてた。やつらにとって最高の偉業は、剣を手に握り、自分たちの神ウォドンの名を唇にのぼせながら死ぬことなんだ。そうすればその神様とやらが、あいつらを〈英雄の広間[4]〉に運んでいって、そこでずっと暮らせるんだってさ」

ウェンブリットは顔を背けると、さもうんざりしたように、手すりの向こう側の海に唾を吐いた。

「サクソン人が全員そうというわけではありません」ふいにエイダルフの顔が頭に浮かび、フィデルマはいった。「今ではほとんどがキリスト教徒なのですし」

「あの船の連中は違うだろうけどね」ウェンブリットが皮肉っぽい表情でそう正した。

サクソン船は風に乗りはじめていた。櫂が引きこまれ、帆がしだいに風をはらみつつある。描かれた巨大な稲妻が目でとらえられるまでになっていた。目を細めてじっくりと観察しているフィデルマを、ウェンブリットが見た。

「あいつらにはもうひとり、巨大なハンマーを振るうスノールって神様がいてさ。その神様がハンマーで打つと、雷鳴が轟(とどろ)いて稲光(いなびかり)が飛び交うんだって」と真面目な口ぶりで語る。

「しかも週に一日、〝スノールの日〟(英語の〝木曜日〟(Thursday)の語源)っていうその神様のための祭日まであるんだ。おいらたちキリスト教徒のいう〝ディエス・ヨーウィス〟(ラテン語で〝木曜日〟の意味)のことだよ」

そのラテン語がじつは別の、といってもローマのものだが、異教の古代神の名前だということは少年には黙っておいた。今は知識を披露する場面ではない。とはいえ、フィデルマはサクソンの民の古い信仰についてブラザー・エイダルフと語り合うことも多く、スノール神についても聞いたことがあった。北方の王国は、ブリトン人のキリスト教徒やアイルランド人宣教師の尽力により、二世紀の歳月を経て、戦と血への欲望の上に築かれた野蛮な迷信の数々から脱却したはずなのに、いまだサクソン人たちの中にもいにしえの神々を信奉している者がいるとは、にわかには信じがたかった。ふたたび追いついてきたサクソン船に、フィデルマは目を凝らしつづけた。

「あっちの船が風を使いはじめましたぜ、船長」ガーヴァンの声がした。「どうも高速船のようですし、しかも追い風での操船を心得てますわ」

むしろ控えめな表現だった。接近してくる向こうの船がカオジロガン号よりも水面を高速で滑っていることはフィデルマですらわかった。やはり襲撃船というのは戦向きにつくられており、平和的な交易のためにつくられたマラハッドの船とは違うのだ。

マラハッドは帆をちらちらと見やりながら、近づきつつある船に視線を注いだ。彼が罵りの言葉を口にした。フィデルマが初めて聞く言葉だった。海の男の罵り文句だ。

「この速度じゃあっという間に追いつかれる。向こうは小回りがきくし、なにより風上へ出ようとしてやがる」

自分の解釈で合っているだろうか。フィデルマが浮かない顔をしていると、ウェンブリットが気づいた。

「風向きの問題だよ、修道女様」彼は説明した。「今この船が受けてる風向きだと、あっちの船が風上に出た場合、サクソンのやつらに追いつかれるだけじゃなく、近くへ押し流されちまうんだ。つまり、この船がサクソン船の針路に入っちまって、あっちの船とのじゅうぶんな距離を保てなくなるってことさ」

なるほど、とフィデルマは思った。

「サクソン船に追いつかれてしまいそうですか？」

ウェンブリットは元気づけるように笑みを浮かべた。

「あっちの船長はさっきも失敗したし、どうせ追いつけやしないよ。よっぽどの腕の船乗りでなきゃ、マラハッドに敵うもんか。名前はだてじゃないんだぜ」

フィデルマはそういわれて、〝マラハッド〟が〝海の武人〟を意味することに今さらながら思い当たった。

このとき件の船長は、丸めた拳でもういっぽうの掌を叩きながら、まるで難問を解こうとしているかのように眉間に皺を寄せ、甲板を行ったり来たりしていた。

「船首を風下へ！」彼がふいに叫んだ。

ガーヴァンは一瞬面喰らったものの、すぐにもうひとりとともに舵取り櫂に体重をかけた。カオジロガン号が旋回した。フィデルマはよろめいて思わず手すりを摑んだ。巨大な船がしばし静止したように思えたあと、間切れ、とマラハッドが怒鳴った（〝間切る〟とは、帆船において帆に風を斜めに受けさせ、ジグザグの針路で風上へ進むこと。〝上手（うわて）回し〟とも）。

マラハッドの突然の作戦変更で、ほんの数秒間、フィデルマの目の前にサクソン船が立ちはだかった。

あちらの船長はやすやすと獲物に追いつき横づけできると高をくくっていたようで、マラハッドの思惑に気づくまでに貴重な数秒間を費やしてしまった。サクソンの小型戦艦は満帆の状態で追い風に乗り、加速していた。ほぼ一マイル（約一・六キロメートル）ほど走ったところでようやく帆を畳み、小型船はカオジロガン号が新たにとった針路を後追いする形になった。

「見事ですね」フィデルマはウェンブリットにいった。「けれども今度は向かい風になってしまったのでは？　サクソン船に追いつかれてしまいませんか？」

ウェンブリットは笑みを浮かべ、空を指さした。

「確かに向かい風だけど、それはサクソンのやつらも同じさ。ほら、太陽が水平線に近づいてるだろ。日が暮れるまでにはとうてい追いつけない。マラハッドは夜にまぎれてあの船を撒こうとしてるんだ。ただしあの雲がそのまま動かずに、月を隠しててくれればの話だけど」

「よくわかりません」

「サクソン船は軽くて速度が出るから、追い風だとあっちのほうが速いんだ。この船は重くてかさばってるからさ。でも向かい風だと勝手が違うんだ。こっちの船の進みを邪魔する波が、サクソン船のほうの進みも邪魔してくれるんだ……しかもそれだけじゃない、こっちの船は荒波を分けて行けるけど、あいつらの軽い小型船は逆波で風下へ押し流されちまうから、こっちに追いつくにはもっともっと骨を折らなきゃならないのさ」

少年が熱弁するのを先ほどから聞いていたマラハッドが、満面に笑みをたたえてふたりのほうへやってきた。自分の操船の腕に満足したのか、サクソン船が後方で足掻いている今は、緊張も和らいでいるようだ。

「そいつのいうとおりだ、姫様。それに、この船の竜骨は連中の船よりも海中深くに沈んでるんでね。軽量の船ならちょっとした波で揺らいじまうが、この船の底は海面のうねりの下まで届いてるから、向こうの船よりはるかに安定してる」

もういつもの陽気なマラハッドに戻っていた。

「サクソンの連中はしばらく七転八倒してるだろうから、願わくはその間に、どんより曇った夜が来てくれることを祈るばかりだ。そうなればもう一度南南西に針路を変更して、運さえよけりゃ、夜陰に乗じて向こうの船の脇をすり抜けられる」

フィデルマはこの不屈なる船乗りを賞賛のまなざしで見つめた。マラハッドはなんと自分の船を知りつくしていることか！　ふと、馬と乗り手との関係が頭をよぎった。なぜそんなイメージが思い浮かんだのか自分でもわからなかったが、やがて納得がいった。マラハッドが自分の船と、それを走らせる自然の力、つまり海と風とに対して抱いている想いは、よき乗り手が馬に対して抱くものと同じだからだ。あくまでも自分自身はその延長線上にあるだけにすぎないと感じているかのように、彼は船と一体となっていた。

フィデルマは後方の、遠く離れた四角帆の船をちらりと見やった。

「では、もう心配はないのですか？」

マラハッドは確約を口にすることは避けた。

「向こうの船長が前にもまして用心するかどうか、それしだいだろうな。こっちが夜陰に乗じて針路を変えたことを察して、同じ手で夜明けにこちらに追いつこうと考えているやもしてるとしれん。だが俺が思うに、やつは俺たちが尻尾を巻いてコーンウォールの港に逃げこもうとしてると踏んでるんだろう。まさにわれわれはそちらへ向かっているわけだが」

「つまり、平和なのはとりあえず今だけということですか?」

マラハッドはおどけるように顔を歪めた。

「とりあえず今はな」彼はきっぱりといった。「せいぜい夜明けまでは!」

第十三章

その夜、食事のあと、フィデルマは全員の聞きこみ調査を終わらせることにした。ブラザー・ダハルとブラザー・アダムレーは客用船室にいた。甲板下にあるほかの客用船室と同様、その部屋も風通しが悪く窮屈（きゅうくつ）で、室内を照らすランタンが明るさばかりか温度もあげていた。甲板の冷たい風に当たったあとでは息苦しく感じた。

「なんのご用です、修道女殿？」ドアをノックすると、入るようにと促すきつめの声がし、足を踏み入れたフィデルマに、ブラザー・アダムレーがぶっきらぼうにいった。

「すこしお話を——いくつか質問に答えていただきたいのですが」フィデルマは丁寧（ていねい）に告げた。

「シスター・ムィラゲルのことですね」ブラザー・ダハルがぼそりといった。「あなたがそのことを調査しているとシスター・クレラから聞いてます」

ブラザー・アダムレーは胡散臭（うさんくさ）そうにフィデルマを見た。

「なぜあんたがそんなことを？」

フィデルマは動じなかった。

「船長のご依頼です」彼女は答えた。「私は――」

「存じていますよ。弁護士殿だそうで」ブラザー・アダムレーが噛みつかんばかりにいった。

「僕らは関係ありません。同じ修道院から来たわけでもありませんし。まあいいでしょう、さっさと質問を済ませて出てってください」

ブラザー・ダハルが申しわけなさそうにフィデルマを見た。

「アダムレーはつまり、時間が貴重なのでといいたいのです。僕たちは学問に勤しんでおりまして、資料の翻訳をしなければならないものですから」

「時間は誰にとっても貴重なものです」フィデルマは重々しく頷いた。「とりわけ、時間をすべて遣いつくしてしまった――シスター・ムィラゲルのような人たちであればなおさらです」

彼女はブラザー・ダハルの前にあるテーブルから羊皮紙を取りあげた。古代オガム文字(1)と呼ばれる、アイルランド語最古の文字が綴られている。

「〝ギャハラハ・イス・ヒェレ・ヒアド(四十と四百)……〟」と、いにしえの文字を読みあげはじめる。

ブラザー・ダハルは目を剝いた。

「古代オガム文字が読めるのですか?」

フィデルマは顔をしかめた。

「文芸と学問の神であるいにしえの異教の神オグマがこうした文字の知識を初めに与えた相手は、ほかならぬ私たちモアンの民ではありませんでしたか?」といい返す。「モアンの女がこの古代文字を解読できずに、ほかの誰にできるというのです?」

ブラザー・アダムレーがいやな顔をした。

「文字は発音できても、意味はどうです? それほど賢くていらっしゃるのなら、お訳しになってみればいい」

フィデルマは唇を尖らせ、古代の言葉にざっと目を走らせた。韻を踏んだ詩であることが見て取れた。

「〝四十と四百年、
そは神の民の行き来により
生まれた偽りにあらず、と
われは断言す、
ロワーの海の水面(みなも)を滑り
ミョーンの海を速やかに渡りて、
かくしてミールの息子らはエリンの地を訪れた〟」

ダハルとアダムレーは、フィデルマが苦もなく古代の詩を訳しあげるのをぽかんと見つめていた。

やがてブラザー・アダムレーが、その程度はたいしたことではないといわんばかりに、不機嫌そうな声でいった。

「古代語はご存じのようですが、詩の意味はおわかりになりますかね？　たとえば〝ロワーの海〟とはどこのことです？　〝ミョーンの海〟は？」

「簡単です」フィデルマは答えた。「ロワーは今日でいうルア・ウイル、つまり紅海のことですし、ミョーンというのは〝偉大なる海〟の別の表現、つまりラテン語でいう地中海のことに違いありません」

ブラザー・ダハルは不機嫌な同僚を見て笑みを浮かべた。

「お見事だ、修道女殿。じつに素晴らしい」と絶賛する。

ブラザー・アダムレーの肩肘からようやく力が抜け、その顔には笑みまで浮かんだ。

「古代文献の謎を知らない人々もいます」彼は折れた。「僕らはそうした謎の解明に心血を注いでいるのですよ、修道女殿」

「私も、法の真実の追及に心血を注いでおります」フィデルマは答えた。「ご承知のとおり、報告書の作成を船長に依頼されているのです。というのも、万が一法律上の過失が明らかになれば、彼が責務を怠ったとして、賠償金の支払い義務が生まれる可能性が否めないからです」

「なるほど。それで僕たちはなにをすればいいんです？」ブラザー・ダハルが答えた。

「まず、シスター・ムィラゲルの姿を最後に見たのはいつですか？」

ブラザー・ダハルは眉をひそめ、同僚をちらりと見やった。肩をすくめる。

「憶えてませんね」

ブラザー・アダムレーがいった。「乗船したときじゃないか？」

ブラザー・ダハルはふと考えこんだ。

「そんな気がする。彼女が部屋割りを決めたんだ。そのあとは僕たちふたりとも見ていない。船酔いの餌食になって客室にこもっていたと聞いてますが」

「おふたりとも、それ以降彼女の姿を見ていないのですね？」

彼らは揃って、見ていない、とかぶりを振った。

「昨夜の時化(しけ)の間、どこにいらしたか伺ってもよろしいですか？　シスター・ムィラゲルが時化のさなかに甲板へあがっていくところを見た人は誰もいない、ということを明確にしておきたいのです」

「僕たちは、時化の間もずっとこの部屋にいました」ブラザー・ダハルがきっぱりといった。「立っているのもやっとというひどい時化でしたから、船内を歩きまわるなんてとても」

ブラザー・アダムレーも同意して頷いた。

「僕らは昨夜の時化を、〈ゲールの子ら〉がゴシア[2]へ船で向かったさいに遭遇した大時化[3]と比較していたのです。タートの息子エベルとアグノンの息子ラウグラス[4]が死を遂げた直後、人魚たちが海から躍り出て悲歌を口ずさみ、〈ゲールの子ら〉を眠りに誘（いざな）ったが、ドゥルイドのカイヒャだけは魔法にかからなかった、そこで彼は、ほかの者たちの耳に溶けた蠟（ろう）を注いで全員を救った。リーヴェ山のきわまで来ると、カイヒャは、エリンと呼ばれる地に到達するまで安住の地に出会うことはないだろうと予言し、さらに、彼ら自身がそこにたどり着くことはない、彼らの子孫がそれを叶えるであろう、とつけ加えたのです」

若者が熱っぽく息もつかずにまくし立てるようすを、フィデルマは呆気に取られて見つめた。水を得た魚のごとく、全身に力をみなぎらせている。

「そうしたいにしえの時代に関心をお持ちですのね」フィデルマはいった。「研究対象をじゅうぶんに味わっておいでのようですし」

「いずれは、五王国に到達する以前の〈ゲールの子ら〉の歴史について書を記したいと思っています」ブラザー・ダハルが顔を輝かせ、いった。

「あなたがたの努力が報われることを祈っております。そうした本でしたらぜひとも拝読したいですわ。けれども私は聞きこみ調査を済ませてしまわなければなりません。おふたりともずっと客室にいらして、乗船したとき以降はいっさいシスター・ムィラゲルを見ていないのですね？」

ブラザー・アダムレーは頷いた。

「簡潔にいえばそういうことです、修道女殿」

フィデルマは落胆のため息を押し殺した。

巡礼者たちのうちの誰かが嘘をついている。誰かがシスター・ムィラゲルの客室へ行き、彼女を刺して甲板に引きずり出し、海へ投げ落としたのだ。フィデルマはそう確信していた。脳裏にふと、先ほどの問いがよみがえった。なぜ血のついた、明らかに刺したとわかる法衣を残して、死体だけを海に投げ捨てたのだろう？　妙だ。

「ごめんなさい、なんですって？」気づくと、ブラザー・ダハルがなにか話していた。

「人命という価値あるものが失われたとはじつに悲しいことだといったんです。けれども正直に申しあげると、シスター・ムィラゲルの死を悲しむ人はそれほどいないと思いますよ」

「嫌われていたとは聞いています」

「むしろ憎まれてたんじゃないですかね。たとえばブラザー・トーラとか。シスター・ゴルモーンもです。ええ、さほど悲しんでいない人たちはそれなりにいますね」

「あなたがたもですか？」フィデルマは急いで問いかけた。

ブラザー・ダハルは同僚をちらりと見やった。

「別に憎んでたというほどではありません。好きだったとはいえませんが」彼は認めた。

「なぜですか？」

ブラザー・アダムレーが肩をすくめた。

「僕らのことを蔑(さげす)んでいたからです。ムィラゲルは恋多き女でしたからね。ダハルと僕が軽蔑されていた理由は話すまでもないでしょう。そもそも、誰に対しても愛と思いやりを持つなどというのはとうてい無理な話です。たとえばブラザー・トーラ。彼がこの巡礼団からいなくなったとしても、僕は別段悲しくはありません」

学問に対するブラザー・トーラの見解を思いだし、フィデルマはつい含み笑いを浮かべた。

「なるほど。ですがシスター・ムィラゲルにはなにか特別な、嫌悪感を抱(いだ)かせるようなところがあったのですか?」

「特別な?」ブラザー・ダハルがしのび笑いを漏らした。「なにもかもが僕たちの癇(かん)に障りましたよ。自分は領主の娘だったのだからしかるべき社会的地位にある、だからものごとを取り仕切るのは自分だ、と他人に思い知らせるのが好きだったんです」

「あなたがたはなぜ、この巡礼の旅に……?」質問を口にしかけたところで、フィデルマは答えに思い当たった。

「出発したときにはまだシスター・カナーがまとめ役だったからです。ムィラゲルは単に巡礼団の一員にすぎませんでした。ムィラゲルは権力を握りたがっていましたが、シスター・カナーがうまく彼女を抑えていたんです」

「ムィラゲルは、シスター・カナーとは異なる性格だったのですか?」

「大違いですよ。シスター・ムィラゲルはさもしくて、嫉妬深くて、傲慢で、貪欲な女でしたからね！」ブラザー・ダハルは激しく毒づいた。フィデルマは驚いて彼をまじまじと見た。

ブラザー・アダムレーが庇（かば）った。

「キリスト教の教えに反するいいかたを許してやってください」彼は柔らかな微笑みを浮かべた。「真実を口にすれば、ときに思いやりがなく無慈悲に聞こえることだってあります」

「貪欲だったとは、なにに対して？」

ふたりの男は視線を交わし合った。答えたのはブラザー・ダハルだった。

「権力でしょうね。他人を支配するための力や、男を思いのままにする力です」

「彼女は、まだ年端のいかないシスター・ゴルモーンを目の敵にしていたそうですね」

「初耳です」アダムレーが答えた。「ゴルモーンは常に人づき合いを避けていました」

「ムィラゲルは嫉妬深かった、ともおっしゃいましたね。それは誰に対してですか？」フィデルマはダハルに向き直り、訊ねた。

「シスター・カナーに間違いないでしょう。モヴィル修道院から来た人たちにお訊ねになってみるといい。アードモアへの道中であれこれ噂は耳にしましたが、じっさいに旅に出るまでは、僕たちは一度もムィラゲルに会ったことはありませんでした。少人数で数日間旅をしていれば、ほかの人たちがなにかをひた隠しにしていても、なんとなく察しがつくものでしょう。ムィラゲルは、僕たちがときおりひやっとするくらい、シスター・カナーに対して激しく嫉妬していました」

「嫉妬の理由はなんでしたか?」

「シスター・ムィラゲルは、一歩間違えば暴力に及びかねないほど、強い嫉妬を抱いていたんでしょう」

「ムィラゲルがカナーに嫉妬していたのは……ブラザー・キアン絡みだったという噂です」

「誰からそれを?」

「ブラザー・バーニャです」ダハルが答えた。

「では、出航の朝にシスター・カナーが合流せず、かわりにシスター・ムィラゲルが責任者となって、あなたがたは不安をおぼえましたか?」

ブラザー・アダムレーは首をひと振りし、答えた。

「ふたつの点がなければさぞ不安だったでしょうね。第一に、シスター・カナーは僕らと一緒にアードモアへは来なかったのです。知り合いを訪ねるだとかで、修道院に到着する前にいったん別れました。アードモアにすら行っていないのかもしれません。第二に、シスター・ムィラゲルはずっと僕らと一緒だったのです。ともに修道院に逗留して波止場へ行き、そこでカナーがいないとわかったのですが、すぐに乗船しなければ出航してしまうと急かされました。ダハルと僕はカナーが来ようが来まいがどのみち乗船するつもりでしたが。イベリアを訪ねてわが民の古代史をたどるという務めを果たす機会をみすみす逃す気は毛頭ありませんでしたからね」

　フィデルマは慎重に考えを巡らせた。

「もうひとつ伺いたいのですが」

　ブラザー・ダハルが微笑んだ。

「訊けば訊くほど、疑問は生まれてくるものです」

「ムィラゲルがシスター・カナーとキアンの仲に嫉妬を抱いていたというのは確かですか？ムィラゲルはキアンとの関係を終わらせたがっていたとも聞きましたが」

「まあ、バーニャのいうこともたいがいですけれどね。彼はムィラゲルに夢中でしたから。ですがムィラゲルは確かにカナーを嫌っていました。なにしろ権力に飢えていましたから、カナーの持っていたささやかな力が欲しくてたまらなかったんでしょう」

　ブラザー・アダムレーが大きく頷いた。

「できるかぎりご協力したつもりです、修道女殿。僕らの噂話程度じゃあなたの求める答えは得られないでしょうが。もうブラザー・バーニャとも話はなさっているようですが、またこれから話をお聞きになるのですかね？」彼は立ちあがり、ドアを開けた。フィデルマは客室を出た。先ほどこのドアを入ったときよりも、頭の中は混乱していた。

　次の客用船室のドアをノックして入っていくと、キアンが驚いて顔をあげた。

「なにか用かね？」彼は訊ねた。「もう一度昔話の愚痴でもいいに来たか？」

フィデルマは冷たい口調で答えた。「ブラザー・バーニャを探しているのですが。あなたとご同室の」

「ご覧のとおり、彼はここにはいない」

「そのようですね」フィデルマはきっぱりといった。「どこに行けば会えますか?」

「俺は修道院仲間の番人かなにかかね?」キアンが皮肉っぽくいい返す。

フィデルマは苦々しげに彼を見据えた。

「こちらの質問を茶化す前に、それがどういう状況のもとに問われたものか、きちんとお考えになったほうがよろしいのでは」と答えると、相手に返事をする隙も与えずに廊下に出た。

ブラザー・バーニャは食堂室(メスデッキ)のテーブルにつき、蜂蜜酒(ミード)のカップを暗い目で見つめていた。目は泣き腫らしたように真っ赤で、今の気持ちを訊ねる必要すらなかった。

フィデルマが入っていき、傍らに腰をおろすと彼は顔をあげた。

「わかってます」彼はいった。「僕に訊きたいんでしょう。あなたの調査のことは聞いてますとも。そうです、僕はムィラゲルに恋をしていました。いいえ、ゆうべ時化が収まってからは彼女の姿は見ていません」

フィデルマはさほど驚いたようすもなく、彼の話を受け入れた。

「あなたはモヴィル修道院のかたでしたね?」

「異教徒に神のみことばを説く訓練をそこで受けていました」

「そこではムィラゲルをよく知っていましたか?」

「いったでしょう、恋していたと……」

「そのことと、知っていることとは別ものです」

「彼女のことは数か月前から知っていました」

「むろん、シスター・クレラのこともご存じでしたね?」

「当然です。あのふたりはほぼべったりでしたから。ムィラゲルとクレラはあらゆるものを共有していたんじゃないですか」

「恋人も?」

ブラザー・バーニャは顔を赤らめたものの、なにもいわなかった。

「ムィラゲルはあなたの想いに応えてくれましたか?」

「どうせシスター・クレラの意見を聞いたんでしょう?」

「否定と受け止めておきます。報われない恋ほどつらいものはありませんものね、バーニャ。あなたは拒絶されたことで、ムィラゲルを憎んでいましたか?」

「とんでもない。彼女のことは愛してました」

「今朝あなたが『ホセア書』を選んだ理由がいまだにわからないのですが」

「気が動転していたんです。よく考えもしませんでした。つい攻撃的になってしまって……」

「ムィラゲルを傷つけてやりたかったのですか?」

「そ……そんなんじゃありません。ムィラゲルが僕を見てくれていたら、愛して守ってやろうと思ってました。でもムィラゲルは僕の愛を拒み、彼女を傷つける、いやじっさいに傷つけた連中のことばかり気にしていたんです。おまけに、今僕がしかたなく客室を分け合っているあの片腕野郎にまで弄ばれて……」

「ブラザー・キアンですね?」フィデルマは訊ねた。

「キアン! 武人としての訓練さえ受けてたら、僕が目にもの見せてやったのに」

「キアンがムィラゲルと深い仲だった、とダハルとアダムレーに話しましたね? ムィラゲルはキアンに未練があり、そのとき彼と関係があったカナーに嫉妬していた、と」

「キアンはムィラゲルを捨ててシスター・カナーに乗り換えたんです。やつはいつもそうやって女との関係を終わらせるんです。さしあたり、カナーのほうが尽くしてくれたんでしょう」

「そしてムィラゲルは嫉妬していた?」

「拒絶される気持ちがどんなものかくらいおわかりでしょう?」

フィデルマの頬に思わずかっと血がのぼった。昔のことをバーニャにも知られているのだろうかと訝しんだが、若者はテーブルの上の飲みものを見つめていた。

「ムィラゲルの姿を最後に見たのはいつですか?」

「姿を見た? ゆうべ、ですかね。真夜中になろうという頃、客室のドア越しに話しかけたのが最後です」

「ドア越しに？　正確に話してもらえますか？」

「ノックしましたがドアは開けてくれませんでした。大丈夫かい、なにか持ってこようか、と声をかけたんです。するとドア越しに、いいからほっといて、といわれました。だからそのまま戻って寝ました」

「夜の間、一度でも寝床から出ましたか？」

彼はかぶりを振った。

「起きたのはいつ頃ですか？」

「ちょうど夜明け頃だったでしょうかね。〝ご不浄（デフエクトラ）〟に行きたくなったので」彼は砕けたいいかたはせず、遠まわしにラテン語でいった。

「ああ、そうでした。あなたが客室のある船尾側のほうを使わずに、はるばる船首側の〝ご不浄〟まで行ったようだとは聞いています。客室からはかなり遠いですね。なぜそうしたのですか？」

ブラザー・バーニャは驚いた顔で彼女を見た。

「〝ご不浄〟が船尾側にもあるのを失念していたんだと思います。よく憶えていません」

「戻ってきたとき、近くに誰かいましたか？」

「キアンの野郎がムィラゲルの客室のドアの前にいるのを見ました。時化のあと、みなが無事かどうか確認してるんだとかなんとかいってました。僕はそのままそこでやつを見張ってました。あいつがムィラゲルとよりを戻すつもりなんじゃないかと思ったからです。ところがあいつはすぐに出てきて、ムィラゲルがいない、といったんです」

「そこで、彼女が船上のどこにもいないことを知ったのですね?」

ブラザー・バーニャはテーブルに乗り出し、顔を近づけてフィデルマをじっと見た。

「真実をお知りになりたければ、修道女殿、教えてさしあげましょう。僕はムィラゲルが誤って落ちたのだとは思っていません。突き落とされたんです。犯人もわかっています」

彼は芝居がかったようすでふと押し黙った。やがてフィデルマは根負けして促した。「誰だというのです?」

「シスター・クレラですよ」

フィデルマは表情をあらわすまいとした。

「誰なのかは教えていただきました。その理由を聞かせてもらえますか」

「嫉妬です!」

フィデルマは真剣な表情のバーニャをじっくりと観察した。

「なにに対する?」

「むろんムィラゲルに対する嫉妬ですとも! 本人に訊いてみたらいい。なにもかもあの自惚れ野郎が――」

フィデルマがさえぎった。「誰のことをおっしゃっているのです?」

「あの片腕のキアンに決まってるでしょう。あいつがすべての元凶なんだ! 僕がそういってたと、憶えておいてくださいよ!」


早い時間に目が覚めた。まだ暗い中、フィデルマが温かい寝床から抜け出すと、寝棚の足もとにいた〝鼠の王様〟が、ふいに動いた彼女にシャー、と抗議の声をあげ、丸めていた身体をほどいた。

手早く洗顔と着替えを済ませたが、汗ばんで心地が悪く、ほんとうはきちんと沐浴がしたかった。彼女は重いマントを羽織り、甲板に出た。

東の水平線を縁取る淡い光の線が、夜明けが近いことを示していた。船上はどこか薄気味の悪い静けさに包まれているが、甲板のあちこちには、なにかを待ちかまえているような黒い人影がいくつもある。やはり夜明けを待っているのだ。

フィデルマが足もとに気をつけながら船尾へ向かうと、予想どおり、マラハッドとガーヴァンが揃って甲板に立っていた。そのほかにふたりの人影が舵取り櫂(オール)の傍らに控えていた。聞こえるのは索具を揺らす風の音と、革製の帆が静かに揺れる音だけだ。

昨夜、サクソン船が追い風に乗ってこちらを追いかけているところで日が暮れた。あたりが闇に包まれるや、マラハッドは相手に位置を悟られぬよう明かりをすべて消せと命じた。

彼はジグザグの針路を取りながら船を一時間ほど北へ走らせると、舳先（へさき）を巡らせ、最後にサクソン船の姿を確認した位置から見て南西の方角へ船を向けた。

夜明けの訪れと同時に、作戦が成功したかどうかが明らかになるはずだった。

灰色の夜明けは涼しく、風はさほど強くなかった。暴風雨は去り、薄墨色のか細い光がしだいにひろがりはじめた。

挨拶を交わす者はいなかった。みな彫刻のように立ちつくしたまま、東の空を見つめていた。

「赤い」静寂を破り、ガーヴァンが呟いた。

それ以外は誰もが無言だった。航海士の言葉の意味はみな承知していた。朝焼けが赤ければ、それは悪天候の前兆だ。だが陽光が海を照らしはじめた今、それ以上に懸念すべきことがあった。まばゆさを増していく薄明に全員が目を凝らした。

「檣頭（マストヘッド）！　ホエル！　なにが見える？」

ふとした間があり、やがてかすかな叫び声が返ってきた。

「水平線上、見通し良好。船影なし」

誰よりもまずマラハッドが、ほっと肩の力を抜いたように見えた。

「気配はない」彼は呟いた。「帆一枚、帆柱一本見えない」

「うまくいったようですな、船長」ガーヴァンも賛同した。

マラハッドは嬉々として、両手をぱん、と打ち合わせた。心底嬉しそうな表情だ。

「俺の帆に、櫂の船などで相手になるか」にやりと笑みを浮かべる。「ああ、来たな……」

彼は頭をかしげると、満足げに頷いた。

なんのことだろう、とフィデルマは思った。

「暁風か……よし、風向きが変わりつつある。今日じゅうにはウェサン島に着くだろう。正午頃というところか。もし強風となって」彼は薄れゆく赤い朝焼けのほうを向いた。[5]「悪天候に見舞われたとしても、いざとなればしばらく停泊すればいい。悪天候のビスケー湾はできるだけ渡りたくないんでね」

サクソンの襲撃船からの遁走作戦が成功したとわかってからは、すっかりいつもの陽気なマラハッドに戻っていた。

「このまま針路を保て、ガーヴァン。俺は朝食をとってくる。シスター・フィデルマ、船長室でご相伴願えるかね？」

フィデルマがこの珍しい招待を快く受けると、マラハッドはウェンブリットを呼び、船長室にふたりぶんの食事を運ぶようにいった。

巡礼の旅の仲間たちと朝食をとるよりも、マラハッドと食事するほうがはるかに気が楽だった。緊張の一日を過ごしたあとではなおさらだ。ふたりの頭にあった最重要事項について先に口にしたのはマラハッドだった。

「さて、例の女性の死についてどんな情報が集まったかね——ムィラゲル、だったか？」

フィデルマは、マラハッドの船室にある、小ぶりの木製テーブルの両端に押しこんであった椅子のひとつに腰をおろした。船長が戸棚から瓶を一本と陶器のカップをふたつ出してきた。

「コルマだ」彼はいい、液体を注いだ。「肌寒い朝はこいつにかぎる」

夜が明けてまだ間もないうちからこんな強い酒をあおるなんて、と普段のフィデルマなら顔をしかめただろう。だがこの日は肌寒く、身体も冷えていた。カップを手に取り、燃えるような強い酒をすこしずつ啜って舌の上で転がし、それから舌先で唇にひろげてみた。軽く呟きこむ。

「乗客全員と話をしましたが、マラハッド」彼女は答えた。「ムィラゲルが単に海へ転落しただけではない、と私たちが疑っていることは、そのうちの誰にも話していません。ところが興味深いことに、彼らのうちの少なくともふたりが、彼女は殺害されたのではないかと考えています」

「それで？」マラハッドが興味深げに先を急かした。

「ことは複雑でして……」

ノックの音がし、ウェンブリットが盆を持って入ってきた。調理した肉にチーズに果物、それに堅焼きパンも添えてある。

ウェンブリットがフィデルマに向かって、にっと笑った。

「ブラザー・キアンが探してたよ。船長と一緒に朝食をとってるっていったら、だいぶ不機嫌そうだった」

フィデルマは返事もしなかった。キアンが探していようがいまいが、知ったことではない。

「襲撃船はうまく撒いた、と乗客には伝えたか？」

ウェンブリットは大きく頷いた。

「みんな、たいして関心なさそうでさ」彼は答えた。「サクソン船に捕まってでもいたら、無関心でなんかいられないってのに」

ドアに向かった少年がふとためらった。

「なにか話でもあるのか？」マラハッドが低く唸った。少年のささいな変化も彼にはわかるようだ。

ウェンブリットは眉をひそめ、もう一度こちらを振り向いた。

「たいしたことじゃないんだ。船賃は払ってもらってるんだし……」

「なんだ？　いいから話せ！」口ごもる少年に、マラハッドがすこし苛立ちを見せた。

「食料を勝手に持ち出してる人がいるみたいなんだ。肉とかパンとか果物とかが減ってる。たいした量じゃないんだけど。じつをいうと、減ってることに気づいたのは昨日なんだけど、今朝は……」

「食料が減ってるだと？」

「肉切りナイフも一本なくなってた。おいらの勘違いかと思ってたんだけど、やっぱりそうじゃないみたいだ。食事をけちったおぼえはないんだけどさ。足りないんならいってくれればいいのに。でもナイフは貴重品だからね」

「ウェンブリット」ふと興味をそそられ、フィデルマは身を乗り出した。「なぜ、食料を勝手に持ち出したのが乗客の誰かだとわかるのですか？　あなたが出してくれた食事は確かにじゅうぶんすぎるほどだけれど。船員の誰かということもあり得るのでは？」

ウェンブリットがかぶりを振った。

「乗組員の食料は別の場所にあるんだ。この船は客船だから、お客用の食料は別に買って、分けて保管することになってる。うちの船にお客用の食料を盗むような船員はいないよ」

マラハッドが腹立たしげに咳払いをした。

「食事の追加が欲しければいってくれ、と巡礼客には声をかけておこう。不公平にならないよう、念のため船員たちにも声をかけておくか」

少年は船長に礼をいい、出ていった。

フィデルマは感慨深げにマラハッドを見つめた。

「あの子をずいぶん気にかけていらっしゃるのですね」

マラハッドは一瞬きまり悪そうな顔をした。

「あいつは孤児でね。俺が海で助けたんだ。女房と俺は子どもに恵まれなくてな。俺たちが持つことの叶わなかった息子ってやつに、あの子はなってくれた。賢い少年だ」

「つい今しがた彼のいっていたことが気になります。あとでガーヴァンに同行してもらって、船内をあらためて調べさせていただきたいのですけれど」フィデルマはいった。

マラハッドが眉間に皺(しわ)を寄せた。「さっぱりわからん」

「その点については、もうすこしじっくり考えてからご説明いたします」

マラハッドが手を伸ばしてコルマの瓶を掲げたが、フィデルマは、この強い酒の二杯めは遠慮しておくことにした。

「私は一杯でじゅうぶんです、マラハッド」

彼は自分のカップになみなみと酒を注(つ)ぎ、居ずまいを正すと、フィデルマをしげしげと眺めた。

「例のブラザー・キアンのあんたへのご執心は、たまたま居合わせた相手に対するものとはとうてい思えんね、姫様」彼はいった。

フィデルマは頬に血がのぼるのを感じた。

「申しあげたとおり、彼は十年前の知り合いなのです。私が学生だった頃の話です」

「なるほど。あまり話をしていないが、どうやら面倒な男のようだな。片腕がきかないのだとか?」

「ええ」フィデルマは頷いた。

「ところで、シスター・ムィラゲルの件だが」フィデルマが気まずそうなので、マラハッドは話題を変えた。「ことは複雑だ、といったな。それほどややこしいことなのかね。しかし、なにかうっすらとでも手がかりは？」

　フィデルマは苛立たしげに短いため息をついた。

「この船の上で殺人がおこなわれたのは確かだと私は思っています。ですが犯人が誰なのか、まだ確証に至っていません」

「だがなにか考えがあるというわけだな、誰か疑わしい者が？」

「シスター・ムィラゲルは、乗り合わせた人々のうちの数人からかなり嫌われていたそうですし、そこまで彼女を嫌っていない人たちからも、凄まじい嫉妬を向けられていたようです。私から確実にいえることは、彼女の法衣にナイフを突き立てた人物がまだこの船に乗っているということだけです。ですがイベリアに到着するまでにその人物を見つけられるかどうかは、私にもなんともいえません」

「だがその人殺しを見つけるつもりなのだろう？」

「ええ。ですが、すぐにというわけにはいきません」フィデルマは重い口調でいった。

「イベリアまではまだ数日ある」マラハッドも深刻な面持ちだった。「誰とも知れぬ人殺しとともに船旅を続けねばならんとは参るな。全員を危険に晒しかねん」

フィデルマはかぶりを振った。

「私はそうは思いません。シスター・ムィラゲルがほぼ全員から激しい憎悪を向けられていたような人物だったからこそ、犯人に殺されたのです。ほかの誰かにも危険が迫っているとは考えがたいでしょう」

マラハッドが不安げに彼女を見た。

「だが見当はついているのだろう?」頼むからこの不安を解消してくれといわんばかりに、その声に緊張が走るのをフィデルマは聞きのがさなかった。

「確信が持てるまではいえません」彼女は答えた。「ですがお気を揉む必要はありません。確証が得られしだいご報告します」

先ほどからすこしずつ口に運んでいた、ウェンブリットの並べてくれた選りすぐりの軽食もとうに食べ終わっていた。フィデルマはどちらかといえば朝は少食で、普段は果物をすこし口にするくらいだった。そこで立ちあがった。

「次はどうするつもりかね?」マラハッドが訊ねた。

「ムィラゲルの使っていた客室と、彼女の持ちものを徹底的に調べます」

船長室を出ていく彼女を、マラハッドはしぶしぶ見送った。

「とにかく、都度知らせてもらいたい。身辺にも気をつけたほうがいい。一度殺人を犯した者は二度めも躊躇(ちゅうちょ)しないものだ。あんたが真相に迫っていると向こうが思えばなおさらだ。

俺は、ほかの者には危険はないというあんたの意見には賛成しかねる」

フィデルマは船長室の入口から軽く笑みを向けた。

「私のことでしたらご心配いりませんわ、マラハッド」彼女はいった。「これが痴情のもつれによる犯罪であり、それにシスター・ムィラゲルが巻きこまれただけだと、私は確信しておりますので」

外に出るとすっかり明るくなっていた。朝の空は青く晴れわたっているが、風が強まり肌寒く感じる。赤く染まった朝焼けは消えていたが、それは、しばし凪は訪れるもののやがて悪天候になるという前触れでもあった。じっさい、気まぐれな天候にはかならずといってよいほど前兆があるものだ。フィデルマは幼少の頃から、空を見ればその兆しがわかると教わってきた。つまり空模様を観察し、正しい解釈をすればよい。今はまだ晴れており、弱々しい日射しもそのうち暖かさを増すのではとすら思えるが、そうはならないだろう。おそらく天気はくだり坂となる。船長があれほど口にしていた〝聖ルカ日和〟とやらはどこへ行ってしまったのだろう。

甲板下の客用船室区域に向かおうとしたとき、食堂室から話し声が聞こえてきて思わず立ち止まった。巡礼団の面々がまだ朝食をとっているのだ。誰にも邪魔されずにシスター・ムィラゲルの客用船室と持ちものを調べるならまさに今だ。みずからの推理についてはのちのち彼らにも話すつもりだったが、それを話すときには、ムィラゲルを海へ突き落とした犯人の正体も明かすことができるといいのだが。

問題は、シスター・ムィラゲルをたやすく殺害することができた人物が複数存在すること
だ。明らかに疑わしい人物が何人かいる。経験上、見たままのものがけっしてそのとおりで
あるとはかぎらないことはわかっている。だがどう見ても怪しい人物が大勢いたらどうすれ
ばよい？　認めたくはないし、そんなふうに思う自分すら気に入らなかったが、今ここにブ
ラザー・エイダルフがいてくれたなら、話を聞いてもらって論じ合うことができるのに、と
フィデルマは思わずにいられなかった。彼の意見を聞けば、たいていはものごとにぴたりと
焦点が合うのだ。

中に入ろうとすると、客用船室は暗くてむっとする臭いがした。戸口で立ち止まり、廊下
の留め釘にぶらさがっているランタンから火をもらってランプを灯す。彼女は周囲を見まわ
し、誰にも見られていないことを確かめてから、室内に入りドアを閉めた。

毛布が二枚、シスター・ムィラゲルの使っていた寝棚に無造作にかけてあった。フィデル
マはランプを高く掲げ、室内を見まわした。これといっておかしなところはない。手がかり
になりそうな荷物も、本の類もなかった。

フィデルマは眉間に皺を寄せ、さらに細かく観察した。その場から動かず、戸棚や留め釘
になにかあるのではと室内の隅々にまで目を凝らす。だがシスター・ムィラゲルの手荷物ら
しきものも、それ以外の私物もなにひとつ見当たらなかった。おそらく誰かが、この寝棚の

上の盛りあがった毛布の下に入れたのだろう。ムィラゲルの法衣を確かめるために最後にウェンブリットとこの客室に入ったときにはこんなに散らかっていなかった。あのときの法衣は、もし証拠品として必要になった場合に備えて、カオジロガン号の船長であるマラハッドに預けてある。

フィデルマはランプを寝棚の脇に置き、屈みこんだ。そのときある予感がし、ふいに背筋が凍った。目の前の毛布は人の形をしていた。ほんの一瞬ためらったのち、彼女は手を伸ばして布を捲(まく)った。

血まみれの下着姿で、女性が仰向けに横たわっていた。目を開け、ナイフで刺されたと思われる喉の傷口からどくどくと血が流れている。傷は頸動脈まで達していた。フィデルマが目もそらせずに見おろしていると、霞(かす)んだ黒っぽい瞳が無言でなにかを訴えるようにこちらを見た。女の唇が引きつり、ゴボッと音がして血があふれ出た。

フィデルマは慌てて身を乗り出した。

むせるような息遣いが聞こえたが、言葉にはならなかった。女は死の淵から、握りしめた拳(こぶし)をフィデルマのほうへ伸ばしているように見えた。

がくり、と女の頭が力なく傾き、半開きの口から血がほとばしった。指から力が抜けて掌(てのひら)がひろがった拍子に、死んだ女の拳からなにかが硬い音をたてて転がり落ちた。フィデルマはとっさに屈んでそれを拾いあげた。ちぎれた鎖につながった、ちいさな銀の十字架だ

った

フィデルマはゆっくりと立ちあがり、ランプを高く掲げて女の顔を確かめた。そして目の前の光景と、この一日のできごととがあまりにも喰い違っていたために、困惑のあまり、見おろしたまましばらく立ちつくしていた。

目の前の寝棚に手足を投げ出して横たわった、喉を掻き切られて間もない女の死体は、シスター・ムィラゲルだった。

第十四章

「さっぱりわからん」マラハッドは後頭部を掻きながら死体を見おろし、何度めかの言葉を口にした。フィデルマはほかの誰にも知らせずに船長を呼び、客用船室まで連れてきた。彼はすっかり途方に暮れているようだった。「確かにこれはシスター・ムィラゲルなのかね？ 俺は巡礼団が乗船した日に二、三度見かけただけでな。別の修道女様だという可能性はないのか？」

フィデルマはきっぱりとかぶりを振った。

「私もこの客室に入ったときにほんの数分間会っただけですが、同じ人物であることは間違いありません。ほかの三人の誰でもあり得ません」

マラハッドはやるせないため息をついた。

「つまり、このシスター・ムィラゲルとやらは二度にわたって殺されたというわけか」そっけなくいう。「一度めは出航の夜、血まみれの法衣が見つかったものの死体は発見されなかった。二度めはまさしく今、何者かが彼女を刺して、喉を掻き切った。いったいどういうことだ？」

「つまりシスター・ムィラゲルは、最初は私たちに死んだと思いこませて……じっさいは船内のどこかに隠れていたか……あるいは誰かに匿われていたのです。食料が減っている、とウェンブリットがいっていましたね？　私はすぐに妙だと感じました。あらためて捜索したいと申しあげたのはそのためです。ムィラゲルは死んだふりをしていたのです。ですがナイフが見つかっていません」

「だがムィラゲルはなぜ、自分は刺されたなどと、あるいは時化の海に転落したなどとわれわれに思いこませようとしたのかね？」マラハッドが訊ねた。「わざわざ法衣を置いて、殺されたふりをしてわれわれの目をくらまそうとした理由は？」

フィデルマは、手にしていた十字架に視線を落とした。先ほどまでムィラゲルが握っていたものだ。謎の解明に夢中になっていて、ほんの短い間だったが、持っていたことすらすっかり忘れていた。

「それは？」懸命に目を凝らしているフィデルマを見て、船長が訊ねた。

「ムィラゲルの十字架です。これのおかげで、こと切れる前の数分間にいくらか安らぎを与えられたのではないでしょうか。彼女が最期の瞬間に手に握っていました」

「信心深いことだ」マラハッドは女の死体の首にかかっている、先ほどのものよりも大ぶりでやや派手なもうひとつの十字架を指さして、いった。

フィデルマは手の中の十字架をじっと見おろした。ムィラゲルが首にしているものとはまったく意匠が異なる。こちらのほうが小ぶりだが細工が凝っていて、これはムィラゲルの持ちものではない、とすぐにわかった。首をひねりつつ、掌の上で十字架をためつすがめつする。二度めに向きを変えたとき、そこに名前が彫られていることにふと気づいた。

「ランプを近づけてください」マラハッドにいった。

彼はいわれたとおりにした。

線は薄かったが、名前ははっきりと読み取れた。〝カナー〟

フィデルマは口を尖らせ、考えこんだ。

「このシスター・カナーという人に会ったことは？」彼女はマラハッドに訊ねた。

「ない。姫様のぶんもだが、船賃は巡礼団が到着する前にあらかじめ聖デクラン修道院から受け取っている。俺がもらったのは名簿だけで、そいつと予約の人数を照らし合わせただけだ。船賃は十一名ぶんもらったが、結局乗船したのは姫様を入れて十人だった。話によれば、巡礼団のまとめ役だったそのシスター・カナーとやらがアードモアにあらわれなかったそうだが、こっちはこっちで潮目を逃すわけにもいかなかったものでな……」彼はしかたない、とばかりに肩をすくめた。「さて、どうしたものかね？」

フィデルマは一瞬迷ったが、やがて心を決めた。

「私はこれまでと同様に調査を続けるつもりですが、とりあえず、犯罪の解明の鍵となる遺体は見つかりました。いくつかの辻褄が合いはじめた気がします。たとえば、ムィラゲルと恋仲だったと話していたブラザー・ガスがなぜ、彼女は海へ転落したとみなが思いこんでいるにもかかわらず、あまりの悲しみに取り乱してさえいないのか、ということにも説明がつきます。ガスは彼女が生きていたことを知っていたのです。けれども誰が犯人かという予想に関しては、私は考えを改めねばならないようです。残念ながら、この謎の解明にはまだ一歩も近づけていません。話を聞かねばならないことがまだ山ほどあります」

フィデルマは船長を見た。

「みなさん、まだ朝食の席においでですよね？　ブラザー・トーラとブラザー・ガスをここへ連れてきていただけませんか？　私が呼ぶまで室内には入れないでください。そうそう、船員をひとりこちらへ寄越していただけますか？　この客室の前に見張りを置いたほうがいいでしょう」

マラハッドは特になにもいわずに出ていった。まもなくドアを軽く叩く音がした。赤ら顔の船員がドアの隙間から顔を出した。「ドロガンといいまさ、姫様。ご用があるって船長に伺ったもんで」

「ええ。そこで見張っていて、私が声をかけるまで中には誰も入れないでください」

ドロガンは眉の当たりに片方の拳を当てて挨拶し、顔を引っこめた。ややあって、ドアの外側で、ブラザー・トーラの愚痴っぽい声がした。呼ばれた理由をぶつぶつと問いただしているようだ。フィデルマは戸口に向かった。

「お入りください、ブラザー・トーラ」そっけない口ぶりで指示をする。彼の背後にブラザー・ガスの姿があるのを見て、彼女はいい添えた。「あなたはそこで待っていてもらえますか。すぐにお呼びしますので」

ブラザー・トーラはしかめ面のまま入ってきた。

「で、今度はなにかね？」強い口調で訊ね、不愉快そうに室内を見まわす。

フィデルマは寝棚に近づき、死体の上にランタンをかざした。

ブラザー・トーラは息を呑み、一歩前に出た。

「これは誰ですか、ブラザー・トーラ？」フィデルマはトーラの顔から目を離さずに訊ねた。

彼は明らかに驚愕の表情を浮かべ、頭を振りながら身を乗り出した。

「シスター・ムィラゲルではないか」かすれ声だった。「どういうことだ？　海に落ちたのではなかったのかね」

心から驚いているようすが嘘でないことは、疑問の余地もなかった。

「みなさんのところへ戻っていただいてかまいません、トーラ」フィデルマは静かにいいわたした。「私もあとで参りますので、それまでこのことは他言無用に願います。廊下に出たら、ブラザー・ガスに入るように伝えてください」

軽くかぶりを振りながら、修道士は衝撃を受けたようすで客用船室を出ていった。フィデルマは落胆していた。トーラにムィラゲルの死体を見せればきっとぼろを出すにちがいなく、ほんとうは驚いてなどいないことを見破れるとばかり思っていたからだ。彼がそこまで芝居がうまいはずはない。彼はムィラゲルがふたたびあらわれたことに、フィデルマと同じくらい動揺していた。やがて咳払いの音がして、若い修道士が入ってきた。

フィデルマはふたたびランタンを高くかざし、相手の顔を凝視した。

「これは誰ですか、ブラザー・ガス？」

顔からみるみる血の気が失せ、若者は蒼白になってよろよろとあとずさった。一瞬、気を失うのではないかとすら思えた。彼は両手を顔に当て、悲痛な呻き声をあげた。

「ムィラゲル！　なんてことだ、ムィラゲル！」ガスはしゃがみこんで身体を前後に揺さぶりはじめた。

フィデルマは釘にランタンをかけると、彼をそっと椅子にすわらせた。

「いくつか説明していただかなくてはなりません、ブラザー・ガス。昨日私が訊問したとき、あなたはシスター・ムィラゲルがまだ生きていると知っていましたね。私たちみなが、彼女は海に転落したものとばかり思っていたにもかかわらず、あなたには嘆いているようすはありませんでした。ムィラゲルはどこに隠れていたのですか、それになぜそんなことを？」

「愛してたんです」若者は静かにすすり泣いた。

「彼女が生きていたと知っていましたね？」

「ええ、知ってましたとも」すすり泣きながら、彼は認めた。

「彼女はなぜ、海へ転落したとまで装って、そんな手のこんだ芝居を？」

「殺される、と怯えていたんです」彼は泣き崩れた。

フィデルマは興味をそそられ、じっくりと彼を観察した。

「つまりムィラゲルは命の危険を感じていて、それでこの船のどこかに隠れていたというのですか？」

若者は懸命に嗚咽（おえつ）を抑えながら頷いた。

「そう感じていたのなら、そもそもなぜこの船に乗ったのでしょうか？　むしろ船上では逃げ場を失うのでは？」

「まさか自分が第二の犠牲者になるかもしれないとは、彼女も乗船するまで気づかなかったんです。気づいたときにはもう遅く、出航したあとでした。そこで彼女は身を隠すことにし、僕も手を貸したんです」

「第二の犠牲者？」聞きとがめて、フィデルマはすぐさま訊ねた。

「僕らが乗船する前に、シスター・カナーが殺されたんです」

「カナー？」フィデルマの両眉があがった。「つまりシスター・ムィラゲルとあなたはこの船に乗りこんだ時点で、シスター・カナーが亡くなっていることを知っていたというのですか？」

「話すと長くなりますが、修道女殿」ブラザー・ガスはこみあげる感情を必死に押し殺し、息を詰まらせた。

「では聞かせてください。シスター・ムィラゲルが客室にこもるのではなく船内に隠れていたのは、なんの目的があってのことだったのですか？」

「人殺しから身を隠すためです。最初の停泊地で彼女をこっそり下船させるつもりでした。ウェサン島で、と思っていたんです。夜にまぎれて上陸し、あとは隠れて、船が人殺しを乗せてふたたび出航するのを待てばいいと思っていました」

「なかなか凝った計画ですね。船長に話せばすんだことではありませんか？　人殺しが乗っていて人を殺めようとしている、と……」

「考えついたのはムィラゲルです。どうせ自分の話など誰も信じてくれっこないと彼女は思っていました。こうなればもう、みな信じざるを得ないでしょうが」若い修道士は沈痛な面持ちで肩を震わせた。

「つまり人殺しがこの船に乗っていたのですね。それが誰なのか、あなたは知っていたのですか？」

ガスはつらそうに首を横に振った。

「誰なのかは知りませんでした。ムィラゲルにはわかっていたようですが、僕には教えてくれませんでした。彼女は僕を守ろうとしてくれていたんです。でもおおよその見当はついています」

若者はまだ深い衝撃から立ち直れず、まるで夢遊病にでもかかっているかのように、話しかたも鈍重で目も虚ろだった。

このような状況でなければ、フィデルマも相手を気遣って気つけ薬の一杯も飲ませてやるところだが、今はとにかく情報が、それもできるだけ早く欲しかった。法衣の内側に手を入れ、シスター・ムィラゲルが握りしめていたちいさな銀の十字架を取り出すと、彼の目の前に差し出した。

「これに見おぼえはありますか?」と訊ねる。

ガスが引きつった笑い声をあげた。

「シスター・カナーが持っていたものです」

「カナーが亡くなったことをどのように知ったのです? それとも、これもやはりムィラゲルだけが知っている事実ですか?」

「死体を見たんです。ふたりで一緒に」

「それは間違いなくカナーでしたか?」

「あの死体のようすは、忘れようったって忘れられません」

「それはいつの話ですか?」

「乗船する前の晩です」

「場所はアードモア修道院ですか?」

「違います。その晩、ムィラゲルと僕は、修道院には泊まらなかったんです」

急展開に、フィデルマは驚きすら通り越して啞然とした。

「全員が修道院に滞在していたわけではないのですね」

「僕ら一行が修道院に到着したのは午後も遅くなってからでした。ですがその前に、シスター・カナーが、近くの知り合いを訪ねたいからと、僕らとはいったん別行動をとったんです。あとから追いつくつもりだ、もし間に合わなくとも、明朝の明け方に波止場で合流するから、と。修道院長様がすでに僕らのためにカオジロガン号を手配してくださっていたので、僕らは集合して船に乗りこみさえすればよいことになっていました」

「なるほど。けれども翌朝、シスター・カナーは波止場にあらわれなかったのですね？」

「はい。そのときにはもう亡くなっていました」

「それで、彼女が亡くなったとあなたがたが知ったのはいつですか？」

「先ほどもいいましたが、僕らの巡礼団は修道院に到着していました。みな疲れ切っていて、ほとんどが寝床へ引っこんでしまいました。するとムィラゲルが、休む前に散歩してくるわ、門の外で待ってるから見つからないように出てきてね、と耳打ちしてきたんです。クレラがずっとべったりで、彼女はうんざりしているようすでした。ふたりきりになりたいの、といわれました。お話ししたように――僕らは恋仲だったので」

「続けてください」黙りこんだガスをフィデルマが急かした。「それで、修道院の外で会ったのですか?」

「そうです。ムィラゲルは上機嫌で……はめを外したい気分でもあったようです。丘のふもとに旅籠があるから、そこなら誰の目も気にせずにふたりきりで過ごせるわ、と」

「それであなたは了承したのですか?」

「もちろんです」

「そしてその旅籠でひと晩過ごした?」

「ええ、まあ」

「それでシスター・カナーは? この話のどこに彼女が絡んでくるのです?」

ブラザー・ガスは深く息を吸うと、長いため息をついた。

「僕らが……その……すこし経ってから寝床で休んでいると――つまり、その旅籠で、です――隣の部屋から大きな物音がしました。とはいえ僕らは構いもしませんでした。悲鳴のような声と、廊下を駆けていく慌ただしい足音もしたのですが、とりわけ気にしていませんでした。ところが隣の部屋から、さらに呻き声のようなものまで聞こえてきたんです」

「それであなたがたはどうしましたか?」

「ムィラゲルはもの好きにも、ドアまで行って聞き耳をたてていました。さらにドアの隙間から廊下を覗いていました。隣の部屋のドアがほんのすこし開いていて、中で蠟燭の炎が揺らめいているのが見えました。なにか手助けが必要かもしれない、と彼女は隣の部屋へ入っていきました。どうやら中で誰かが苦しんでいるようだったからです」

若者はふいに押し黙った。口の中がからからに乾いているようすだったので、フィデルマは水を一杯持ってきてやった。しばらくすると彼が続けた。

「ムィラゲルは慌てて戻ってきました。ひどく驚いて動揺していました。彼女が声をひそめていったんです。『シスター・カナーなの！』と。隣の部屋に入ってみると、カナーが寝台に横たわっていました。胸、というか心臓のあたりを何か所も刺されていました。喉も掻き切られているようでした」

フィデルマは目を細めた。

「めった刺しにされていた、ということですね」と思ったところを述べた。

ブラザー・ガスは答えなかった。

フィデルマはふたたび水を向けた。

「けれどもまだ生きていた？　呻き声を聞いたといいましたね？」

「末期（まつご）の声だったとあとでわかりました」若者は答えた。「僕が部屋に入ったときにはもうこと切れていました。僕は寝台の毛布を亡骸（なきがら）の上にかけて蠟燭を吹き消しました。それからムィラゲルのところへ戻ったんです」

「ムィラゲルが隣の部屋に入ったとき、すでにカナーは息絶えていたのですか？　死ぬ間際になにかいい残しませんでしたか？」

ブラザー・ガスはかぶりを振った。

「ムィラゲルは傷を見て取り乱していました。彼女がちゃんと確認したとは思えませんし、もし確かめていたとしても、聞き分けられるほどの言葉をカナーが口にできたとはとうてい思えません」

「傷にまつわるような凶器は見当たりませんでしたか？」

「凶器は見ていませんが、あのときは震えあがっていて、調べようとも思いませんでした。どうしたものかと、僕らは腰を据えて長いこと話し合いました。ムィラゲルが、このままなに喰わぬ顔で旅籠を出て修道院へ戻り、ひと晩じゅうそこにいたような顔をしていましょう、といったので、そうすることにしました」

「けれども旅籠の主人は、聞かれればあなたがたが泊まっていたと証言するのではありませんか」

「そこまでは思い至りませんでした」

「なぜ周囲に知らせなかったのですか？　犯人を捕まえることができたかもしれないのに」

「そんなことをすれば、僕らが隣の部屋にいたとわざわざいいふらすようなものです。あの場にいたことを犯人に知られていたら、この巡礼の旅にも参加できていなかったでしょう。いろいろと複雑な事情があったんです」

ガスは恥じ入っているようだった。

「今考えると愚かで身勝手だったと思いますが、あのとき、あの恐ろしい死体のある隣の部屋にいた僕らは、そこまでまったく思い至らなかったんです。当然僕らを厳しくお裁きになるんでしょうね。日が高くなって、あらためて離れて見てみれば、ちゃんと筋道立てて考えられるのに」

「裁くのはしかるべき事実が明らかになってからです。続けてください」

「僕らは夜明け前に修道院へ戻りました」

「あなたがたが姿を消した、と旅籠の主人が周囲に知らせたら、殺人の容疑をかけられるのではないかとは思わなかったのですか？」

「宿泊代金は置いてきました。カナーの部屋のドアをきちんと閉めたのを確かめて、あとは夜が明けてしばらく経つまで遺体が発見されないことを願うばかりでした。みな寝静まっていると思っていたのですが、旅籠を出ようとしたとき、外のたいまつのそばで旅籠の主人が荷車になにかを積んでいました。気づかれはしませんでした。僕らはそのまま大急ぎで修道院へ戻って食堂の席についたので、そこにあらわれたほかの巡礼仲間たちは、僕らも同じようにそこで一夜を過ごしたものと信じていました」

フィデルマは人差し指で鼻の横をこすりながら、じっくりと考えを巡らせた。突拍子もない話ではあるが、若者が事実を語っているのは間違いないようだ。

「ほかの巡礼団の人たちは全員、その修道院にいましたか？」

「ええ、いました」

「あなたがたふたりが前の夜そこにいなかったことに気づいた人は誰もいなかったのですか？」

ブラザー・ガスはいない、とかぶりを振ったが、いい添えた。「クレラは怪しんでたかもしれません。僕らをずっと睨んでいました」

「そしてカナーはあらわれず、あなたがたふたりはそのことを誰にも打ち明けずに、そのまま残りの全員で乗船したのですね」

ブラザー・ガスはそうだ、という身ぶりをした。

「すべてうまくいったと思ってたんです。お話ししたとおり、ムィラゲルが責任者になって部屋の割り振りをしました。あとで僕と過ごせるようにと、彼女は自分の客室をひとり部屋にしました。ところが出航もまだなのに、ムィラゲルが僕を部屋に呼んだんです。彼女は真っ青な顔で震えていて、正気なのかと疑うくらい怯えていました」

「理由を聞きましたか？」

「カナーを殺した犯人が乗っている、と彼女はいいました」彼は、フィデルマが手にしたままの十字架を指さした。「その十字架をつけている者がいる、と。それはカナーの十字架で、カナーが肌身離さず身につけていたものです。母親から贈られたものだとカナーから聞いた、とムィラゲルはいってました。友人を訪ねるといって僕らと別れたときにも、カナーは間違いなくそれをさげていたそうです。カナーを殺した人物が遺体から奪ったとしか考えられません」

「ですが、それだけではシスター・ムィラゲルが怯えるじゅうぶんな理由にはなりません。彼女は十字架を持っている人物をはっきりと認識していた。それなら船長を訪ねて洗いざらい話せばよかったのです」

「とんでもない！ いったでしょう――ひどく怯えていたと。彼女はいってたんです、カナーが殺された理由はわかってる、次は自分だ、と」

「詳しい説明を求めましたか？」

「訊ねはしました。なぜわかるんだと訊くと、彼女は聖書の一節を口にしました」

「どの一節ですか？」フィデルマはすぐさま問いただした。「思いだせますか？」

「このような文言でした。

〝われを汝の心におきて印のごとくし
なんぢの腕におきて印のごとくせよ
其の愛は強くして死のごとく
嫉妬は堅くして陰府にひとし
その焔は火のほのほのごとし

いともはげしき焔なり〟（『雅歌』第八章六節）」

フィデルマは考えこんだ。

「どういう意図でそれを引用したかを聞きましたか？」

ブラザー・ガスは顔を赤らめた。

「ムィラゲルには……前の男が何人もいました。それをとやかくいうつもりはありません。以前カナーと同じ男を好きになったことがある、と彼女はいってました。それ以上のことは話してくれませんでしたが」

「同じ男性を？　〝嫉妬は堅くして陰府にひとし〟ですか？」フィデルマはため息をついた。「まったく意味がないわけではありませんが、たいした手がかりにはなりませんね。ほんとうにそれ以上は聞いていないのですか？」

「カナーを殺した人物は、この船旅が終わるまでにかならず自分を殺そうとしている、としか」

「動機は嫉妬ということですか？」

「そのとおりです。彼女は船酔いしたふりをしてずっと客室に閉じこもっているつもりだ、といいました」

「そこへ私が乗船してきて、ウェンブリット少年が私をムィラゲルと同室にしようとしたのですね」フィデルマはいった。

「そうです——彼女はあなたの存在を疎ましがっていましたが、あなたが客室を移ったあともずっと怯えていました。血のついた法衣を客室に残してどこかに隠れようという計画を彼女が思いついたのはそのときです。すでに殺人はおこなわれたとみなに思いこませ、誰も自分を探さなくなるように、と」

「それで、時化のときに海へ転落したふりを？」

「違うんです。時化に襲われたのは予想外でした。刺されたように見せかけるために、血のついた法衣を置いておくだけのつもりだったんです。彼女は夜の間に殺されて海にほうりこまれたのだとみなに思いこませる算段でした。時化のせいでややこしくなってしまったんです。おかげで、ムィラゲルは夜の間に波にさらわれたのだとみなに勘違いされてしまいました。そして法衣を置いたことが裏目に出てしまって、僕らは自分たちを呪いました」

「確かに、あなたがたの置いた法衣が見つからなかったら、私たちも、ムィラゲルは事故に巻きこまれたのだと納得していたでしょう」フィデルマは冷ややかな笑みを浮かべた。「そして法衣のための血を流したのは、間違いなくあなたですね」

ブラザー・ガスは無意識に左腕に右手をやり、それから肩をすくめた。

「僕が腕を切って、その血を法衣につけました」彼は認めた。「あなたがすでに法衣を目にされていたとは思いませんでした。それで僕の腕の怪我を気になさってたんですね。僕もつい、その場しのぎの嘘をついてしまいました」

「あなたが彼女の〝死〟に深く関わっているようすだったので、さすがに私も疑わざるを得ませんでした。彼女はどこに隠れていたのです？　航海士が船内をくまなく探したそうですが、痕跡すら見つかりませんでした」

「簡単です。僕の寝棚の下です。ブラザー・トーラは眠りが深いんです。キリストの再臨を告げるトランペットが鳴ったとて目を覚まさないでしょう。ムィラゲルは、さまざまな事情でどうしても外に出なければならないときは、夜か、あるいはみながまだ起きてこない明け方を選んでいました。単純な話です。僕の寝棚の下を調べようなんて誰が思います？」

「それで今朝は？」

「彼女は早くに目覚めて、もう自分の客室に戻っても大丈夫かもしれない、といったんです。表向きは死んだことになっているから、わざわざ覗きに来る者もいないだろう、と。朝食が済んだら僕もあとから行くつもりでした」

「そのあとなにがあったのだと思いますか？」

「シスター・カナーを殺したまさにその人物に姿を見られ、殺されたんだと思います」

「いいでしょう。あなたは彼女を殺した人物、というよりも、あなたがそう思う人物が誰なのかを、暗に匂わせていましたね。その人物は、昨日お話ししたさい、あなたが非難なさっていた人と同じですか？」

「クレラですか？　そうです、あの夜、ムィラゲルの客室の前でなにやら呟いていたのは彼女だったに違いありません。クレラは僕らのことを探ってたんです。彼女はカナーに嫉妬していたばかりか、友人として慕っているふりをして、ムィラゲルに対しても嫉妬心を抱いていたんです」

「ですが先ほどあなたは、ムィラゲルが疑わしい人物の名を明かさなかったといいましたね？　カナーの十字架を身につけていたという、その相手の名前をあなたにはいわなかったと？　あなたが勝手にシスター・クレラを怪しいと思っているだけではないのですか？」

「ですから、僕が思うに――」

「私が聞きたいのは事実です」フィデルマは鋭い口調でさえぎった。「あなたの抱いている疑惑について聞きたいのではありません。誰に怯えていたのか、ムィラゲルがじっさいに口にしたことは？」

若者はかぶりを振った。

「ありません」彼は認めた。

フィデルマは顎をこすりながら考えを巡らせた。

「疑惑だけで行動を起こすわけにはいきません、ガス。もうすこし根拠に基づいた話でなくては……」彼女は言葉を濁した。

「では、クレラをみすみす逃がすのですか？」ブラザー・ガスは怒りにまかせて吐き捨てた。

「私は真相を見いだそうとしているだけです」

青年はしばらくフィデルマを睨みつけていたが、やがて表情が崩れ、その顔に悲嘆が満ちあふれた。

「愛してたんだ！　彼女のためならなんでもしてやったのに。次はきっと僕だ、クレラは僕がムィラゲルの恋人で、彼女を匿おうとしていたことに感づいてるに決まってる。どこまで嫉妬の炎をひろげる気だ？」

フィデルマは同情のまなざしを若者に向けた。

「それぞれ用心は必要です、ブラザー・ガス。けれども、あなたがムィラゲルを愛し、そしておっしゃるようにムィラゲルもあなたを愛してくれていたのなら、それを支えになさればよいのです。そうすればあなたの受ける祝福は二倍となります。『雅歌』を憶えておいでしょう、ムィラゲルがあなたに引用して聞かせた一節です。続きにはこうあります。

〝愛は大水（おほみづ）も消（けす）ことあたはず
洪水（こうずゐ）も溺（おぼ）らすことあたはず〟（第八章七節）」

ブラザー・ガスは旅の仲間にふたたび合流する気にはなれないとみえ、ひとりきりで悲しみに暮れるべく、自分の客用船室に戻っていった。客室の外にはドロガンという名の船員が立っており、その傍らにはマラハッドがいて、フィデルマとそこで顔を合わせた。

「見張りを続けてください、ドロガン、そして私かマラハッドがいいといわないかぎり、誰も中に入れないでください」彼女はいい、船長を見やった。「まだみなさんは朝食の席に揃っておいでですか？」

彼はそうだと頷いた。

「なにを話すつもりだね？」彼が訊ねた。

「真実を。この船にいる殺人者は真実を知っています、ならばほかの人たちにも知らせてはどうでしょう？　あらゆる事実が明らかになればなるほど、それだけ犯人も早く尻尾を出すはずです」

マラハッドを従えてフィデルマが食堂室（メスデッキ）に向かうと、ウェンブリットが食卓のあとかたづけをしていた。巡礼客たちは無言ですわっていた。ブラザー・トーラはすでにこの場に戻っていたものの、自分が見聞きしたことについてはいっさい口を閉ざしていた。だがよくないことがあったらしいとはみなそれとなく気づいていた。フィデルマが室内に入り、全員を見わたすテーブルの端までつかつかと歩いていくと、キアンがこちらに向かって軽く頷いた。フィデルマは知らんぷりをした。どんな知らせを持ってきたのだろう、と全員が彼女に視線を注いだ。

ウェンブリット少年すらもなにかを察して、汚れた皿の山を抱えたまま手を止めた。

「シスター・ムィラゲルの遺体が見つかりました」フィデルマはいった。

みながその言葉の意味を呑みこむと、さまざまな反応が起こった。

シスター・クレラは立ちあがりかけ、苦しげな低い呻き声をあげるとふたたび腰をおろした。シスター・ゴルモーンはしのび笑いを漏らした。

ブラザー・トーラが、辛抱していたがようやく話せるとあって、われ先にと質問を投げかけた。

「つまり彼女はずっとこの船の上にいたということかね？　海になど転落していなかった、と？」

「そのとおりです」

「どういうことです。海に転落せずに、どうやって溺死したというのです？」シスター・アインダーが問いただした。

フィデルマは冷静な笑みを浮かべて相手を見据えた。

「簡単なことです。ムィラゲルの死因は溺死ではありません。つい先ほど、喉を掻き切られて亡くなったのです」

シスター・クレラの呻き声が悲鳴に変わった。

フィデルマは素早くテーブルの周囲を見わたした。みなそれぞれに感情をあらわしていたが、最も動揺をあらわにしていたのはシスター・クレラだった。

「間違いないのか？」質問したのはキアンだった。

「なにがです？」フィデルマは強い口調でいった。

「その遺体は間違いなくシスター・ムィラゲルだったのかと訊いてるんだ」キアンは怯んだようすだった。「最初は死んだと聞かされた。ところがじつは生きていた。だがやはり死んでいた。その遺体はほんとうにムィラゲルなのか？」

フィデルマは反対側の端にいるブラザー・トーラを見やった。

「確かにシスター・ムィラゲルだった」トーラが静かな声できっぱりといった。「儂は遺体を確認した。ブラザー・ガスも……」周囲を見まわし、そこで初めてガスが戻ってきていないことに気づいた。

トーラがなにを訊こうとしているかは見当がついた。

「ブラザー・ガスは客室に戻って休んでいます」フィデルマは全員に向けていった。「彼もたいへん動揺していました」

テーブルを囲んだ面々はすっかり黙りこみ、シスター・クレラのすすり泣きだけが響いていた。

「シスター・ムィラゲルはこの一時間ほどの間に殺人者に出会っています」フィデルマはふたたび口を開いた。「その時間にご自分がなにをなさっていたか、それぞれお話しいただけますか？」

「なんなの？」シスター・ゴルモーンは興奮しているようすだった。「あたしたちの誰かが犯人だっていうの？」

フィデルマはひとりひとりの顔を順番に見やった。

「乗組員でないことは確かなのです！」薄く笑みを浮かべる。「シスター・ムィラゲルは自分の命を狙っているのが誰なのか知っていました。じつは、彼女は殺人者の手から逃れようと、行方不明になったふりをしていたのです。日中は身を隠し、夜間や早朝に出てきて食事やそのほかのことを済ませていました」話しながら、フィデルマはふいにあることを思いだした。「そういえば、彼女が海に転落したとされた日の翌朝、ちょうどこの船がすっぽりと濃霧に覆われていたときのことですが、私は甲板でムィラゲルと出くわしていました、ですがそれが彼女だとは気づきませんでした。ウェンブリット、あなたの話していた消えた食料は、ムィラゲルの胃袋に入っていたと考えていいでしょう」

少年は驚いてフィデルマを見た。

「海へ転落したというのは、シスター・ムィラゲルの自作自演だったとおっしゃいますの？」シスター・アインダーは、聞かされた話をいまだ受け入れられないようすだった。

「なんのために？」

「ムィラゲルは犯人を欺こうとしたのです」

ブラザー・トーラはとうてい信じがたいとばかりに、嘲（あざけ）るような凄まじい笑い声をあげた。

「神の名にかけて、いったいこの船のどこに隠れ場所があったというのだ？　隠れようなどないではないか」

「申しわけありませんが、それには同意しかねます」ムィラゲルが出航当日の夜、彼の寝棚から一ヤード（約九十センチメートル）と離れていない場所で過ごしていたことをよほど教えてやりたかった。「それよりも重要なのは、シスター・ムィラゲルを殺した犯人があなたがたの中にいるということです。この一時間、みなさんはそれぞれどちらにいらっしゃいましたか？」

みな怪訝（けげん）そうにたがいを見やった。

ブラザー・トーラが代弁した。

「儂らはほぼ同時に朝食の席についた。一時間ほど前のことだ」

そして〝ご不浄（デフエクトラ）〟に行っていて席を外していたというシスター・アインダーと、甲板で身体を動かしていたというキアンを除き、全員が、それより前は自分の客用船室にいたと主張した。

「あなたは自分の客室にいましたか、ブラザー・バーニャ？」フィデルマが訊ねた。

「はい」

「あなたの客室はムィラゲルの隣ですね。なにか物音を聞きましたか？」

「僕が犯人だっていうのか？」若者は顔を真っ赤にして怒鳴った。「証拠は」

「万が一あなたを告発するとしても、それは確たる証拠が揃ってからのことです」フィデルマはきっぱりと答えた。「おひとりおひとりにもう一度お話を伺う必要があります」

「なんの権利があってのことです?」シスター・アインダーが憤然といい放った。「馬鹿げています。海に転落したと思ったらそうではなかっただの、事故と思いきや殺人だっただの、死体が生き返ってきただのと!」

「この件の調査における私の権利と権限についてはすでにご承知のはずです」くだくだと非難するアインダーを、フィデルマがさえぎった。

ブラザー・トーラがマラハッドをちらりと見やった。

「この者は、今もあんたの承認のもとに行動していると考えてよろしいか、船長?」

「この件については、俺は〝キャシェルのフィデルマ〟にすべてを任せてある」マラハッドは厳しくいいわたした。「二言はない」

第十五章

アルモリカの西海岸が見えてきた――現在でいう小ブリテンだ。

マラハッドが告げた。「あと数時間でウェサン島が見えてくるはずだ、そこがアルモリカの最西端だ」

フィデルマはアルモリカを訪れたことはなかったが、過去二世紀にわたり、アングロ・サクソンの勢力拡大によって何万人ものブリトン人が土地を追われ、その多くがアルモリカの民のもとに新たな住処を求めた。ほかにも大勢がイベリア北西部に逃れ、やがてそこが、まさしく今この船が向かっている、ガリシアと呼ばれる地となった。残った民は今なおアイルランド五王国に根をおろしていたが、ほかの場所よりもさほど数は多くなかった。だがアルモリカにおいては、言語と文化が似かよっていたことも手伝って、ブリテン島から逃れてきた人々がその土地の政治地図を塗り替えはじめ、ついには〝小ブリテン〟と呼ばれるようになった。

「ウェサン島で水と新鮮な食料を調達しよう」マラハッドが続けた。「行程の半ばだが、これ以降は固い地面の上で足を伸ばすことも、温かい食事や入浴などという機会もないと思ったほうがいい」

　フィデルマはぼんやりと聞いていた。巡礼の旅の仲間たちは甲板で思い思いに寛（くつろ）いでいる。彼女は途方に暮れていた。このうちのひとりが殺人者だというのに、誰から疑えばいいかすらわからないとは！　シスター・カナーの死という、ブラザー・ガスから聞かされた秘密はまだ誰にも明かしていなかった。黙っていれば、いずれ誰かしらうっかりぼろを出すのでは、とひそかに期待していたからだ――そうなれば犯人を特定できる。シスター・クレラに対する告発を立証することはまだ不可能だ。

　ブラザー・トーラは定位置である、大檣（メインマスト）のそばの天水桶の傍らに腰をおろし、『ミサ典書』を読んでいた。ブラザー・ダハルとブラザー・アダムレーは、フィデルマから見てもどこか場違いな雰囲気で、腕と腕を絡ませ、冗談をいい合って笑いながら甲板をそぞろ歩いている。すらりと背の高いシスター・アインダーは右舷側に腰をおろし、ブラザー・バーニャになにやら説教していた。シスター・クレラはいまだ動揺が収まらないようすで、なにごとかぶつぶつと呟きながら、腕組みをして甲板を行ったり来たりしている。フィデルマはブラザー・ガスを探してあたりを見まわしたが、見当たらなかった。そういえばシスター・ゴルモーンもいない。

「さて、フィデルマ？」キアンが隣にあらわれ、フィデルマの考えごとをさえぎった。茶化すような口ぶりだ。「この数年間できみが得た評判を思えば、シスター・ムィラゲルの謎などうに解決している頃じゃないのか」

こんな男に恋をしていただなんて、昔の私ときたらなんと幼稚だったのでしょう。自分のことながらとても信じがたかった。思いきり怒鳴りつけてやりたい衝動を抑えつつ、この男からはまだ情報を引き出さねばならないことをフィデルマは思いだした——今こそまさにその絶好の機会ではないか。やり返すかわりに、彼女はいたって冷静に訊ねた。「あなたとシスター・ムィラゲルとの関係は、どのくらいの間続いていたのですか?」

キアンは慌ただしくまばたきを繰り返した。その顔に、小馬鹿にしたような笑みがひろがった。

「俺の女性関係を知りたいのか? なぜムィラゲルのことを訊きたがる?」

「私はただ、彼女の死に至るまでの過程を追っているだけです」

キアンは落ち着きはらった彼女の表情をまじまじと見つめ、やがてちいさく肩をすくめた。

「知りたきゃ話すが、それほど長い間じゃなかった。ほんとうは個人的に興味があるんだろう?」

フィデルマはくすりと笑った。

「自惚れていらっしゃるのね、キアン——まあ、あの頃もずっとそうでしたけれど。シスター・ムィラゲルは顔見知りの者に殺されたのです。朝食の席でもお話ししたはずです」

「俺が関わってたとでも?」キアンが語気を強めた。「きみは、傷ついた自尊心を何年間もいじくりまわしたあげくに俺を告発しようってのか？　馬鹿馬鹿しいったらありゃしない！」

「馬鹿馬鹿しいですか？　痴情のもつれでは殺人は起こり得ないとでも？」フィデルマはなに喰わぬ顔で答えた。

「ムィラゲルとの関係は、この船旅に出る前にはとっくに終わってた」

「とっくに、なんて言葉では抽象的です」

「そうだな、出発の一週間くらい前だ」

「今回も、やはり黙って彼女のもとを去ったのですか、それとも今は面と向かって話すくらいの勇気は持ち合わせているのですか？」フィデルマは手厳しい言葉を加えた。

キアンの顔が紅潮した。

「はっきりいえば、去っていったのは向こうのほうだ――しかも、ああそうさ、面と向かっていわれたよ。信じがたいことに、彼女はこの俺に向かって、ほかに好きな男ができたと抜かしたんだ――それも、あのブラザー・ガスとかいう間抜けな若造だと」

ならば、ガスの話にも真実が多少は含まれているということだ。クレラは、友人がガスと恋人どうしであったということは否定していたが。

「あなたのようなかたには、たやすくは受け入れられないでしょうね、キアン。なにしろ虚栄心のかたまりですもの。別れない、とおすがりになればよかったのに」

キアンが可笑（おか）しそうに笑いだしたので、フィデルマは拍子抜けした。

「別れるといわれてほっとしたのが正直なところだ。そろそろ終わりにしようと思ってたところだったんでね」

その言葉は信じかねた。「ガスのような若者にしてやられて、それでも自尊心が傷ついていないだなんて、よくおっしゃいますこと」

「もっと不愉快になるようなことをいってやろうか。ほんの短期間だが、俺はカナーとも関係を持っていた。ムィラゲルのことはどのみち捨てるつもりだった。おかげで無駄な労力を使わずにすんだわけだ」滔々（とうとう）と話すその態度を見れば、それが嘘ではないことは明らかだった。

「カナーと恋愛関係にあったのはいつのことですか？」

「おや、喰いついてくるじゃないか。まったく、フィデルマ、いつからきみはそんな噂好きな女になったんだ？」

せせら笑いを浮かべている目の前の顔を引っぱたいてやりたかったが、フィデルマは必死で耐えた。

「お忘れのようですけれど」冷たくいい放つ。「私は殺人事件を調査しているドーリィーですから」

「われらが故郷を何マイルも離れ、巡礼船にお乗りあそばしたドーリィー殿か」キアンは小馬鹿にしたようにいった。「俺の私生活をあれこれ詮索する権利はきみにはないね、ドーリイー殿」

「私にはあらゆる権利があります。つまりあなたはムィラゲルとも、そしてカナーとも関係を持っていたのですね？　あなたの性分からして、モヴィル修道院のほとんどの若い女性に手を出していらしたんじゃありません？」

「妬（や）いてるのか？」キアンが鼻で笑った。「あいかわらず独占欲が強くて嫉妬深いんだな、〝キャシェルのフィデルマ〟。自分が詮索したいくせに仕事のふりなんかするなよ。あの頃もそういう面倒臭いところがうんざりだった」

「あなたのつまらない自尊心になど関心はありません、キアン。知っていることだけ話してくだされればよいのです。私はなんとしてもムィラゲルを殺害した人物を見つけねばなりませんの」

　自分たちがいつしか声を張りあげ、怒鳴り合っていることにフィデルマも気づいていた。運よく風と波の音がふたりの声をかき消してくれていたようだが、舵取り櫂（オール）の傍らに立っていたマラハッドは、きまり悪そうに海面に目を凝らしていた。おそらくふたりのやりとりを聞いていたのだろう。

　いつの間にか、若くて無邪気なシスター・ゴルモーンが甲板に姿をあらわし、興味津々という表情で、すぐ近くからこちらをじっと見つめていた。肌寒い風から身を守ろうと、肩にかけていたショールをかき寄せている。フィデルマと目が合うと、彼女はくすりと笑って詠唱を始めた。

「〝その髪はふさやかにして黒きこと烏のごとし
その目は谷川の水のほとりにをる鴿のごとく
乳にて洗はれて
美はしく嵌れり……〟
（『雅歌』第五章十一～十二節）」

キアンは喉の奥で苦々しげな声をあげると、フィデルマの傍らから離れて娘の脇をすり抜け、甲板昇降口をおりていった。シスター・ゴルモーンが甲高い笑い声をあげた。

変わった娘だ、とフィデルマは思った。聖書のどの箇所であろうと難なく暗唱できるらしい。たった今彼女が引用したのはどの部分だっただろう、『雅歌』の一部分ではなかったか？　シスター・ゴルモーンがちらりと視線をあげ、ふたたびフィデルマと目が合った。娘のおもざしに、今一度笑みが浮かんだ――顔の筋肉を動かしただけの、感情のない奇妙な笑みだった。やがて彼女は踵を返し、その場を去ろうとした。

「シスター・ゴルモーン！」フィデルマはしばらくこの娘の相手をすることに決めた。明らかに不安定なようすを見せているのに、誰ひとり彼女にかまおうとしないからだ。娘は、フィデルマが近づいてくるのを訝しげに見つめていた。「シスター・ムィラゲルの身に起こったできごとについて、さすがにもうご自分を責めてはいませんね？」

娘はますます不審そうな表情を浮かべた。

「なんのこと？」

「ほら、ムィラゲルが海に転落してしまったものと誰もが思ったとき、あなたはいっていたでしょう。自分が彼女を呪ったせいだと」

「ああ、そのことね！」ゴルモーンは、今では露ほども思っていないとばかりに唇を突き出した。「あのときはどうかしてたの。当たり前よ、あたしの呪いなんかで死ぬもんですか。もう証明されたじゃない。もしあたしの呪いのせいなら、二日前にとっくに死んでたはずだもの」

あまりにもあけすけな冷たい言葉に、フィデルマは軽く目をあげた。だがそのときにはもう、当の娘はそんな言葉を吐いたことなど嘘のような顔をしていた。

「ご承知のとおり」フィデルマは慌てて話を進めた。「朝食の席に集まる直前にどこにいらしたか、みなさんに伺っているのです。確か、あなたは自分の客室にいらしたのですよね？」

「ええ」そっけない答えが返ってきた。

「同室のシスター・アインダーと一緒に？」

「あの人はどこかに行ってました」

「そうでしたね。彼女が自分でそう話していました」

「ムィラゲルは死んだんでしょ。そんなことを訊いたって時間の無駄じゃないかしら」ゴルモーンがぴしゃりといい返した。

はなはだ失礼な口のききかたに、フィデルマは思わずまばたきをした。

「それが私の義務なのです」いい返すと、相手の気をまぎらそうと話題を変えた。「聖書のみことばを暗唱するのがお好きなようですね」

「聖書のみことばにはすべてのものが詠われているわ」自慢げともいえる表情でゴルモーンが答えた。「すべてよ」そしていきなり、まばたきひとつせずにフィデルマの目を覗きこんだ。おもざしにふたたびあの不気味な笑みがひろがった。

「〝汝の創を裹む膏薬あらず
汝の愛する者は皆汝を忘れて
汝を求めず
我汝を撃ち〟（『ヱレミヤ記』第三十章十三〜十四節）」

フィデルマの背に思わず震えが走った。

「私にはよく……」

ゴルモーンが足を踏みならした。

「『エレミヤ記』よ。聖書くらいご存じでしょう？　ムィラゲルに似合いの墓碑銘だわ」

娘はそういい捨てるとくるりと踵を返し、長身のシスター・アインダーの脇を急ぎ足ですり抜けていった。話しかけようとしたのか、アインダーが彼女に近づきかけたが押しのけられた。鋭い顔つきの修道女はよろけて不服そうな声をあげた。

「シスター・ゴルモーンはどうかしましたの？」アインダーが声をかけてきた。

「彼女には、相談相手となる友人が必要ですね」フィデルマは答えた。

シスター・アインダーは微笑んだ。

「わかっておりますとも。あの娘は常に孤立していて、まるで友人などいらないとばかりに、ひとりでなにやらぶつぶつと呟いていることもしょっちゅうです。ですがまことの聖人には、天使の姿が見えたり声が聞こえたりするというではありませんか。ひょっとするとあの娘は、私ども全員を合わせても足りないほどの信仰心の持ち主なのかもしれませんし、私としては彼女を責める気はございません」

フィデルマには納得しがたかった。

「単に病んでいるだけに私には見えますが」

「乱心もまた神の与えしものですから、彼女は尊き存在なのかもしれません」

「ゴルモーンは乱心している、とあなたはお考えですか？」

「乱心でなければ、少々常軌を逸している、とでも申しあげたらよろしいかしら？　ほら、またこちらへやって来ましたよ、呪いだか悪態だか存じませんけれど、またしてもひとりでなにやらぶつぶつと唱えながら」

そういって唇を尖らせたシスター・アインダーは、明らかにこれ以上この話を続けたくはないらしく、話を変えた。「この船の巡礼団には、大聖堂をめざす修道士と修道女の集まりにしては、ひとつ足りないものがあるように見受けられますわね」

「なにがです?」フィデルマは慎重に訊ねた。

「信仰そのものです。残念なことに、幾人かを除いては、神はこの船の旅人たちとともにはおられないでしょう」

「なにを根拠にそうおっしゃるのですか?」

シスター・アインダーはきらりと目を光らせ、フィデルマを視線で射抜いた。

「シスター・ムィラゲルを殺害した者の手に信仰がないことは明らかですし、ムィラゲルもまた、修道女と呼ぶにはふさわしからぬ者でした。むしろ娼館へ行くべきだったのではないでしょうか」

「あなたはムィラゲルのことがお嫌いだったのですね?」

「いつぞやも申しあげましたが、嫌いというほど知っていたわけではありません。私はただ、あのかたの殿方に対するだらしなさには賛成できかねたというだけです。とはいえ先ほども申しあげましたとおり、一応巡礼団などと名乗っている私ども一行の中では、さほどはみ出していたともいえないでしょう」

「その〝はみ出した〟中にあなた自身は入っていないようですね？　あとは誰ですか？」

「もちろんブラザー・トーラは入りません」

「私は入るのですね？」フィデルマは笑みを浮かべた。

シスター・アインダーは哀れむような目つきで彼女を見た。

「あなたは修道女とはいえません。あなたの関心事は法律で、神に仕える身となったのはただの偶然でしょう」

フィデルマは懸命に無表情を装った。そこまで見抜かれていたとは思わなかった。まずブラザー・トーラに、そして次はシスター・アインダーにまで敬虔さが足りないと責められるとは。フィデルマはこの話を続けることにした。

「ではほかのお仲間がたはどうです？　彼らもまた神の庇護を受けるべきだとはお思いになりませんか？」

「とんでもない。たとえばキアンなどは、好色なうえに、他人に対する道徳心も心遣いも持ち合わせていない男です。救いようがありません。自分の虚栄心が誰かを傷つけているなどとは思いも寄らないのでしょう。武人が性に合っていたのではありませんか。なりゆきで修道院に駆けこんだのでしょう。誤った選択をしたものです」

それから、シスター・アインダーは甲板の向こう側にいるダハルとアダムレーを指し示した。

「あの若者たちなど……！」言葉を憚り、苦々しげに顔を歪める。

「あのふたりにもなにかご異論が？」フィデルマは訊ねた。

「私どもの宗教では、彼らは告発の対象です。『ロマ人への書』のパウロの言葉にもございます。〝男もまた同じく女の順性の用を棄てて互に情慾を熾し、男と男と恥づることを行ひて、その迷に値すべき報を己が身に受けたり……また神を心に存むるを善しとせざれば、神もその邪曲なる心の随に為まじき事をするに任せ給へり〟（第一章二十七〜二十八節）」

フィデルマは顔を引きつらせた。

「タルススのパウロが、禁欲と道徳の厳守を信条としていた修行僧であったことなら誰でも知っています」

シスター・アインダーは苛立たしげにかぶりを振った。

「修道女殿、あなたは明らかに、モーセに向けた神のみことばを心に留めてはいらっしゃらないようですね。『レビ記』第十八章二十二節です。〝汝女と寝るごとくに男と寝るなかれ、是は憎むべき事なり〟と。憎むべきことなのです！」彼女は怒りに満ちた声で繰り返した。

ややあってフィデルマは口を開いた。「私たちの信仰の根幹は、あらゆる人々を救うことにあるのではないですか？　私たちは誰もが罪深く、それゆえにみな救いを必要としているのでは？　神は世界をお裁きにはなりませんでした、ですから私たちにも世界を裁く権利などありません。『ヨハネ伝』の言葉をお返ししますわ。〝神その子を世に遣したまへるは、世を審かん為にあらず、彼によりて世の救はれん為なり〟（第三章十七節）」

シスター・アインダーは笑い声を漏らしたが、機嫌のよい笑い声ではなかった。

「あなたは根っからのドーリイーでいらっしゃいますのね。ご自分の反論を裏づけるためには聖書まで引用なさる。弁護士というお立場なのに、世界を裁かないなどとよくおっしゃれますわね？」

「私は裁くのではありません。真実を追究するだけです——そしてものごとを解明してくれるのはまさしくその真実です」

シスター・アインダーはふん、と鼻を鳴らし、会話を終えて立ち去ろうとした。だがふと立ち止まって振り向いた。

「この愚者の船から救い出してもよいと思えるのは、せいぜいブラザー・バーニャくらいでしょう」彼女はいい添えた。「彼はそこそこ敬虔ですが、ほかは、たとえばシスター・クレラなどは——そう、友人のムィラゲルと大差なく思えますわね。海を往くこのちっぽけな船の上には、キリストが悪と定めた七つの罪すべてが間違いなく存在しています。怒り、貪欲、嫉妬、大食、色欲、高慢、怠惰」

フィデルマは面白がる表情を隠しもせずに、この厳格な修道女を見た。

「私たちがそのすべての罪に当てはまるとおっしゃるのですか？」

シスター・アインダーは表情を和らげもしなかった。

「この船が色欲まみれなのはあなたとてお気づきでしょう。私どもの巡礼団の者たちの多くが色欲の罪に溺れています」

「まあ?」フィデルマはかすかな笑みを浮かべた。「私もその色欲の罪の一端を担っておりますの?」

シスター・アインダーはかぶりを振った。

「いいえ、〝キャシェルのフィデルマ〟。あなたが冒されているのは七つのうちでも最悪の罪……なぜならば、高慢こそがあなたの罪だからです。高慢とは、みずからの欠点を隠すための仮面です」

顔がこわばるのが自分でもわかった。シスター・アインダーがそれ以外の六つの罪のいずれかを自分に当てはめてきたら本気で笑い飛ばしてやろうと思っていたのだが、高慢の罪を問われるとは予想外だった。図星だった。じつは長年気にしていたことでもあった。確かにみずからの手腕に誇りを持ってはいるが、虚栄心を抱いているわけではない。このふたつは別ものだ。だがいったいどこが違うのか、正直なところいまだに確信が持てずにいた。自分を卑下するくらいなら、功績を鼻にかけているほうがまだましだ、とそう思っていた。

シスター・アインダーはフィデルマのおもざしにあらわれた葛藤を見て取り、悦に入った笑みを浮かべた。

「『箴言』ですよ、シスター・フィデルマ」歌うようにいう。「『箴言』第十六章十八節です。〝驕傲は滅亡にさきだち誇る心は傾跌にさきだつ〟」

怒りで思わず頬に血がのぼった。

「それならあなたはどの罪を背負っておいでなのですか、〝モヴィルのアインダー〟？」フィデルマはちくりとやり返した。

シスター・アインダーは薄く笑みを浮かべた。

「私は神との契約をすべて守っております」自信たっぷりとみえる。

フィデルマの両眉がかすかにあがった。

「鼻くそをつけた人間は他人の鼻くそを笑う、といいますものね」と容赦なくやり返す。

これは田舎の古い諺で、以前農民が口にするのを聞いたことがあった。下品で攻撃的な言葉だったが、自分を棚にあげたこの女性にふいに怒りをおぼえたせいで、いつの間にか口から飛び出していた。

シスター・アインダーはあまりにも粗野なその言葉にわなわなと震えて顔を赤くし、息を呑んだ。

先ほどから近くに立っていたマラハッドがぶはっと吹き出した。相当可笑しかったようだ。

だがその諺を口にしたとたんにフィデルマは後悔の念に苛まれ、怒りにわれを忘れてしまったことを詫びようと振り返った。だがシスター・アインダーはいつの間にか立ち去っていた。

フィデルマは一瞬ためらったのち、きまり悪げにマラハッドと視線を合わせた。船長はあいかわらず、にやにやと笑いを嚙み殺していた。

「すまんすまん、姫様、だがいいぶんはもっともだ。あちらはあんたを非難していたが、自分こそ高慢の権化だろうに」

庇（かば）ってくれるのはありがたかったが、後悔の念は晴れなかった。

「怒りにまかせて口にした言葉は、真実であろうとなかろうと、けっして相手に響くものでは――」

ふいに叫び声がしてフィデルマは黙りこんだ。見張りのあげた声ではなく、悲鳴だった。主甲板にいる誰かが、なにごとか急を知らせる大声をあげている。ブラザー・バーニャのようだ。彼は前方を指さしていた。

船首甲板にふたりの人影があった。シスター・クレラだ。さらにすこし前方にブラザー・ガスが立っている。彼は身を縮めながらあとずさり、クレラから離れようとしていた。ブラザー・バーニャが悲鳴をあげたのは、あとずさるガスの身体が手すりの縁に迫っていたからだった。

だが叫んでも遅かった。

ブラザー・ガスは右舷の端でよろけ、恐怖の叫びを残して後ろ向きに海へ転落した。

シスター・クレラは、彼の落ちていった方角へ両手を伸ばして立っていた。

マラハッドが怒鳴った。「落水したぞ！」

フィデルマを含め、甲板にいた者の多くが右舷側に駆け寄った。船は軽やかに疾走しており、波間に浮き沈みするブラザー・ガスの頭が、みるみるうちに艫（とも）のほうへ遠ざかっていく。

「下手（したて）回し用意！」マラハッドが叫んだ。

魔法のように船員たちがあらわれて帆を畳みはじめ、ガーヴァンともうひとりが櫂に全体重をかけると、船はしだいに、恐ろしいほどのろのろと、大きく弧を描きながら旋回しはじめた。

フィデルマは狭い船首甲板に向かって主甲板を駆けだしていた。

シスター・クレラはその場に立ちすくんだまま、背を丸め、両腕で自分の肩を抱いていた。慌てて駆け寄ってきたフィデルマを見つめるその顔は蒼白で、目はかっと見開かれていた。衝撃のあまり呆然としているのが、表情にありありとあらわれている。

「あの……あの人、落ち……」彼女は力なくいいかけた。

「彼になにをいったのです？」フィデルマは厳しい口調で問いただした。「いったいなにを？」

クレラはまるで口がきけなくなったかのように、フィデルマをただじっと見つめた。

「彼はあなたからあとずさっていました」わざときついいいかたでなんとか口を割らせよう

と、フィデルマはさらに畳みかけた。「あなたが彼を脅していたのではありませんか？」

「脅すですって？」シスター・クレラは戸惑った表情で見つめ返してきた。「どういうことですか」

「でなければなぜ、彼は海へ転落するほどの恐怖に怯えながらあなたからあとずさっていたのですか？」

「わたしが知るはずないでしょう？」

「彼になにをいったのです？」

「〈第七の交わり〉のことは知ってるのよ、といっただけです」

「なんのことですって？」わけがわからなかった。

「ご存じないはずないわ」シスター・クレラは冷静を取り戻していい返した。その顔にふてぶてしい表情が浮かんだ。「わたしに訊かないでください。そのうちあの人たちが彼を助けあげるでしょうから、彼に直接お訊きになったら」

シスター・クレラはフィデルマを押しのけ、甲板を駆け去っていった。

フィデルマは急ぎ足でマラハッドのもとへ戻った。船員たちとほかの乗客たちはまだ舷側に連なり、ガスの姿が見えはしないかと水面を覗きこんでいる。

「そばまで行けそうですか？」傍らへ来るなり、フィデルマは息を切らしつつマラハッドに訊ねた。

船長の顔は暗かった。

「まだ姿すら見えん」

「なんですって？　船のすぐ近くを通り過ぎていったではありませんか」

マラハッドは気難しい表情を浮かべていた。

「たとえ即座に帆を絞って旋回を始めても、すでに転落した場所からはかなりの距離を進んでしまっている。旋回し、もと来た道を戻っているが、今のところ見当たらん」

マラハッドは、マストの先端にいる見張りをちらりと見やった。

「なにか見えるか、ホエル？」上に向かって怒鳴る。

否、という声が返ってきた。

「とりあえずできるかぎり探そう。あとは彼が泳ぎが得意なことを祈るしかない」

フィデルマがふと見ると、ブラザー・バーニャが心配そうに水面に目を凝らしていた。

「ガスは泳ぎが得意でしたか？」彼女は訊ねた。

ブラザー・バーニャはかぶりを振った。

「いくら泳ぎが得意でも、こんな海じゃ長く保つはずがありません」

「とにかく手は尽くす」マラハッドがいった。「やれるだけのことをやるしかない」

フィデルマはブラザー・バーニャに近づいた。

「あなたはなにを見て、急を知らせる大声をあげたのですか？」質問をほかの者に聞かれぬよう、フィデルマは声をひそめて訊ねた。

「なにを？　ガスがあまりにも船縁に寄ったので、危ないと叫んだだけです」

「それはそうでしょうが、彼がそんな危険な場所へあとずさっていった理由をなにか目にしませんでしたか？」

「気づいていなかったんじゃないでしょうか」

フィデルマはもどかしさをおぼえた。

「シスター・クレラに脅されているようすはありませんでしたか？」

ブラザー・バーニャは愕然とした。

「シスター・クレラが？　ご冗談でしょう？」

「シスター・クレラがガスと一緒に船首甲板にいたことにはあなたも気づいていましたね？」

「もちろんです。ふたりは話をしていて、そのうちブラザー・ガスがすこし慌ててあとずさりはじめました。少なくとも僕はそう思いました。僕は危ないと叫びましたが、彼はよろけてそのまま転落してしまったのです」ブラザー・バーニャは困ったようにフィデルマをまじまじと見つめた。

「ありがとうございました」フィデルマはいった。「あなたが目撃したことをきちんと確かめておきたかったのです」

彼女は首を軽くかしげ、考えを巡らせながらゆっくりと船尾甲板へ戻った。時間が過ぎるにつれ、暗鬱(あんうつ)な空気が人々を呑みこんでいった。一時間以上経った頃、マラハッドが捜索の打ち切りを告げた。

「残念だが、あの気の毒な青年にしてやれることはもうない」あいかわらずこの巡礼団のまとめ役を気取っているキアンに向かい、船長は告げた。「おそらく、転落してすぐに沈んでしまったんだろう。絶望的だ。申しわけない」

フィデルマは甲板下へおりていき、シスター・クレラの客用船室に向かった。

シスター・クレラは仰向けに横になり、天井の上甲板を見つめていた。フィデルマが入っていくと、期待をにじませた表情で起きあがったが、フィデルマの険しい顔つきを見て、みずからも顔をこわばらせた。

「マラハッドはブラザー・ガスの捜索を打ち切りました」フィデルマは告げた。「生きて見つけることはもう不可能だそうです」

シスター・クレラの表情は固まったままだった。

「そろそろ、先ほどのあなたの言葉の意味を教えていただけませんか?」フィデルマは続けた。

シスター・クレラの声は硬かった。

「あなたほどのドーリイーなら、〈第七の交わり〉の意味くらいすぐにおわかりになるでしょう」

「〈第七の交わり〉？」フィデルマの視界がふいに開けた。「つまり、男女関係をあらわす七つめの形式のことですか？　秘密の異性関係を意味する法律用語ですね？」

シスター・クレラは答えるかわりに目を閉じた。

「ええ、〈第七の交わり〉に関する法律なら存じあげています」フィデルマは相槌を打った。

「ですが今の状況で、その言葉が意味をなすようなことがらはひとつもありません。ブラザー・ガスはなぜあのような反応を？」

「わたしはただ彼に、あなたはムィラゲルにずいぶんしつこくつきまとっていたわよね、といっただけです」クレラは瞳をらんらんと輝かせてフィデルマを睨み据えた。「おわかりでしょう、想いに応えてもらえなかったガスがムィラゲルを殺したんです」

フィデルマは備えつけの椅子に腰をおろした。

「つきまとっていた？　それは興味深い言葉ですね」

「必死に相手の関心を惹こうとするのをほかになんて呼ぶんです？」シスター・クレラは訊ねた。

「ではあなたは、ブラザー・ガスはシスター・ムィラゲルの関心を惹こうと必死になっていた、けれども彼女はそれに応えなかった、と信じているのですね？」

「当然です。あんな変人――ブラザー・バーニャといい勝負でした。ムィラゲルはあの人と関わるのさえいやがっていたんです。間違いありません」

「なぜそういえるのです？」

「ムィラゲルはわたしの友人だったんですもの。前にもお話ししましたでしょう——わたしたちの間に秘密なんてなかったんです」

「ですがムィラゲルは、命の危険を感じて船内に隠れていたことをあなたには話していませんでした、違いますか？　関わりすらなかったのなら、なぜムィラゲルはガスに手助けを頼んで身を隠していたのです？……むろん、あなたからも」

　クレラは怒りのまなざしでフィデルマを睨めつけた。

「ガスが嘘をついているんです」

「では、ムィラゲルが怯えた末に頼った相手がガスだったという点はどう説明なさるのですか？」フィデルマは詰め寄った。「この二日、彼女を匿っていたのがガスだったということは？」

「あのそばかす面、自分はムィラゲルの恋人だったなんていったんです。だから〈第七の交わり〉の話をしてやったんです」

　クレラはふいに屈みこんで寝台の下に手を伸ばし、細長いナイフをするりと手に取ると立ちあがり、これ見よがしにひと振りしてみせた。攻撃から身を守ろうとするとっさの反応で、フィデルマも慌てて立ちあがった。だがシスター・クレラはしばらくナイフを見おろしていただけだった。やがて、柄のほうを向けてフィデルマに差し出した。

「ほら、持っていらしたら」

フィデルマは面喰らった。

「早く！」シスター・クレラが噛みつくようにいった。「持っていってったら！　乾いた血がまだついてるでしょう」

「これは？」

「わたしの気の毒な友人を殺したナイフでしょうよ。それ以外のなんだとおっしゃるの？」

フィデルマは彼女の手からおそるおそるナイフを受け取った。確かに、刃には乾いた血の跡がある。じっさいのところ、これがほんとうに殺人に用いられた凶器なのかどうかはわからなかったが、かといって違うともいい切れなかった。よくある肉切り用ナイフだ。

「なぜこれがその凶器だと思うのですか？」慎重に言葉を選んで問いかけた。「どうやって手に入れたのです？」

「ブラザー・ガスがわたしの客室に置いたんです」クレラは声を詰まらせた。「わたしは朝食の席にいました。するとあなたが入ってきてムィラゲルが死んだと告げたんです。客室に戻ろうとして、廊下でガスと出くわしました。彼は気味の悪い目つきでわたしをじろじろと見てました。そしてわたしの脇をすり抜けて甲板へあがっていったんです。わたしはそのまま自分の客室に向かいました。そしてそのナイフを見つけたんです」

フィデルマは視線を落として寝棚を見おろした。立っているこの位置からでは、その下は陰になっている。

「どこに隠してありましたか？」

「寝棚の下です」

「どうやって見つけたのです？」

「たまたまです」

「たまたまであろうと、人がものを透かし見ることなど不可能です！　膝をついて寝台の下を覗きこまないかぎり、この室内のどこからも見えるはずがありません」

クレラは動じもしなかった。

「戻ってきたときに林檎を手に持ってたんです。ドアを開けたときにそれを落としてしまって。拾おうと思って屈んだら、ナイフが見えたんです」

「じっさいにガスがそこに隠すのをその目で見たわけではないのですね？　今のお話では、彼がやったのだとあなたが考える理由の説明にはなりません」

「でもあのときは全員が朝食の席に集まっていましたわ――たったひとりを除いて。ブラザー・ガスだけがあの場にいませんでした。彼は自分の客室にいたと証言していた、とあなたはおっしゃいましたけど、ガスがそこから出てくるのをわたしはこの目で見たんです。ガスは、わたしをムィラゲル殺しの犯人に仕立てあげようとしてたんです。あの人、わたしが犯人だってみんなにいいふらしてました」彼女は眉をひそめた。「どうせあなたにもそういったんでしょう」

「あなたが犯人だと彼がいいふらしてまわっている、とはどこで耳にしたのですか？」フィデルマが訊ねた。

クレラは口ごもった。「ブラザー・キアンから聞きました。ガスがそういっていた、とキアンが教えてくれたんです」

「それであなたはどうしましたか？　ナイフを見つけて、ガスがあなたを告発しているとキアンから聞かされた。それから？」

「あまりにも腹が立ったので、ガスといっぺん話をつけようと思って、甲板に向かいました」

「でもナイフはここに置いていったのですね」

「どうしてそれを？」

「甲板にいたときにあなたがこれを手にしていなかったからです。つい先ほど、あなたは寝棚の下に手を入れてこれを取り出したではありませんか」

「そういえば置いていきました」

「妙ですね。敵とあいまみえるのに凶器を持っていかないとは。普通は持っていくものではありませんか？」

「さあ。わたしはただ彼にいってやりたかっただけなんです。ムィラゲルと人を憚る関係にあるだなんていうけちくさい嘘はわたしには通用しませんからね、そんなことをいいふらしておいて逃げおおせようったって許さない、って！」

「そしてほんとうにそうなったのですね？　彼は恐怖のあまり、あなたから遠ざかろうとして海へ転落しました」シスター・クレラは反論しようとしたが、フィデルマは頑なに続けた。「このブラザー・ガスなる人物は、じつに手口の鮮やかな無慈悲なる殺人者だった、しかも殺人ばかりか証拠隠滅まで謀ろうとした——ところがその彼は、みなの面前で女ひとりに立ち向かわれただけで、恐怖のあまり、追いつめられて海へ転がり落ちてしまった、そういうことなのですね」

シスター・クレラは皮肉だらけの言葉をじっと聞いていた。

「ガスはナイフを隠して、わたしに罪をなすりつけようとしたんです！」

「悲しいことに、ブラザー・ガスに訊問することはもうできません」フィデルマはそっけなくいった。「彼の死によって、あたかもすべてがうまく結びついたようには見えます」

クレラは訝しげにフィデルマを見た。

「どういう意味ですか」

「教えてくださるかしら、なぜあなたは、ムィラゲルがガスと深い仲になるなどあり得ないとそれほど確信できるのです？　それがいまだに腑に落ちないのですけれど」

クレラはむきになったように顎をくいとあげた。

「わたしが嘘をついてるとおっしゃるの？」

「ムィラゲルは多くの男性と関係を持っていましたか？」

「わたしも彼女もごく普通の若い女ですから。それはおたがいにいろいろとありましたわ」

「では彼女はそのときの相手が誰なのか、その都度あなたに報告していたのですか？」

クレラは身がまえるようにふんと鼻を鳴らした。

「もちろんです」

「彼女が自分の異性関係について、最後にあなたに話したのはいつですか？」

「前にも申しあげたでしょう。ムィラゲルはキアンとつき合ってました。じつをいうと、わたしもほんの短い間、キアンと深い仲だったことがあるんです。あっという間にいやになってしまいましたけど」

「キアンがあなたを捨ててムィラゲルに走った、というのがほんとうのところではないのですか？」

クレラの頰に血がのぼった。

「わたしは誰にも捨てられてなんかいません」

「そのことで嫉妬や怒りを抱かなかったのですか？」

「だからって殺したりなんかしません！　つまらないことをおっしゃらないで。ムィラゲルとは恋人だって交換し合ってた仲なんです。わたしたちは親友でもあり従姉妹どうしでもあったんですよ」

「そしてあなたは、彼女の最後の相手はガスではなくキアンだったと思っているのですね？」

「ガスなものですか。でもモヴィル修道院を出発する前に、ムィラゲルとキアンはなにか口喧嘩をしていたようでした」

「あなたはなぜそこまで、彼女とガスの間に異性関係はなかったと断言できるのです？　ムィラゲルはじつに奔放な考えかたの女性だったのでしょう」

「そうだったならかならずわたしに打ち明けてくれていたはずです」クレラはいいはった。「彼女が関係を持っていたとしても、ガスはいちばんあり得ない相手です。彼は真面目すぎました。彼女に夢中になったガスが拒絶されたあげくに殺そうと思い立ち、それを実行に移したとしかわたしには考えられません」

「この二日、ムィラゲルが船内に隠れて、あたかも海に転落したかのように見せかけようとしていたのはなぜだったのか、そしてどのように隠れていたのか、あなたのご説明は？」

「きっと、望んでもいない好意を押しつけてくるガスから逃げようとしてたんです」

「ではなぜあなたに秘密を打ち明けなかったのでしょう？　お気の毒ですけれど、クレラ、ガスがムィラゲルの恋人だったことには、確固たる証拠があると申しあげねばなりません。もうひとつ伺いたいことがあります。シスター・カナーについてはいかがですか？」

　どう反応するだろうかと、フィデルマはクレラの目をじっと覗きこんだ。

　その瞳に、かすかに戸惑いが見えた。

「シスター・カナー？　彼女がどうかしたんですか？」

「彼女を殺したのもガスだと主張なさるおつもり？」

クレラはますますうろたえたようすだったが、芝居をしているわけではなさそうだった。

「なぜシスター・カナーが殺されただなどとお思いになるんです？」娘が問いただした。

「あなたとわたしたちは、出航後まで顔を合わせてすらいませんでしたよね。シスター・カナーのなにをご存じだとおっしゃるの？」

フィデルマは立ったまましばらく娘をじっと観察していたが、やがてかすかな笑みを浮かべた。

「理由はありません」といって話を終わらせた。「なにも」

踵を返し、ナイフを手に客用船室を出た。

シスター・クレラが真実を語っているのか、それとも……フィデルマはかぶりを振った。これまで数々の事件に関わってきたが、これはその中でもとりわけもどかしい事件だった。シスター・クレラの話がほんとうならば、ガスはとんでもない嘘つきだったということになる。逆にブラザー・ガスの話がほんとうならば、嘘つきはクレラのほうだ。誰が真実を話しているのだろう？　嘘をついているのは誰？　真実は偉大であり、かならず勝利するものだとフィデルマは昔から教わってきた。だがこの件に関しては、いまだに糸口すら見つからない。

ガスの語ったいっさいをクレラに聞かせたとしても無意味だろう。自分にやましいところがあればクレラはそれを頭から否定するだろうし、さらにそれ以上の証拠がなければ先へも進めない。完全に行き詰まってしまった、とフィデルマは感じていた。

第十六章

マラハッドは霞の中からあらわれた黒い海岸線を指さした。

「あれがウェサン島だ」

「大きな島のようですね」その傍らで、フィデルマがいった。彼女はガスから聞かされた話についてひたすら考えていた。シスター・カナーが死んでおり、ムィラゲルとガスがふたりしてそこに居合わせた。ムィラゲルが殺されたのはそれを目撃したからだろうか？　それともガスがいったように、ほかに動機があったのだろうか？　もしガスのいっていたことが正しくて、嫉妬が動機だったというのなら、クレラが犯人ということもあり得るのだろうか？　そのせいでガスは死んだのだろうか？　クレラのいう真実とブラザー・ガスのいう真実が喰い違っていることはフィデルマにもわかっていたが、謎の解明につながる確実な証拠はなにひとつ手に入っていなかった。

一時間ほど前、みなでシスター・ムィラゲルを弔う祈りを捧げ、遺体を水葬に付した。彼女を弔うのは二度めだったが、一度めよりもみな口数は少なく、張りつめた雰囲気だった。それとともに哀れな若きガスを悼み、神のみもとにその魂を委ねた。ここにいる者のうちのひとりが口先だけで祈りを唱えていると思うと気味が悪かった。やがて午後も遅くなり、曇った西空にかかった太陽が、暗くなりはじめた海のうねる波にひと筋の光を落としていた。しだいに肌寒くなり、黒い海岸線が水平線上にゆっくりと姿をあらわしはじめた。マラハッドが指さしていた、どんよりと暗い海岸まではおそらく数マイルというところだろう。

「確かに島としては大きい」船長はフィデルマの疑問に答えて、いった。「しかも危険だ。だがわれわれは運がいいらしい」

「運がいい？　どういうことです？」

「この霞だ……ともすれば、突然濃霧に包まれるなんてことはウェサン島ではしょっちゅうだ、しかもこのあたりは潮流も激しいうえ、そこらじゅう暗礁だらけときてる。さらに強い風に煽られでもすりゃ、たとえ暗礁に捕まらずにすんでも、荒れた岩場に叩きつけられるのが落ちだ。このあたりの風は、一週間や十日はやまずに吹きつづけることもあるんでね」

　迫りくる低い黒々とした島の輪郭は、ぼんやりと霞んでいてもどことなく不気味だった。小高い山らしきものはいっさいない。おそらく最高地点でも二百フィート（約六十メートル）もないだろう、とフィデルマは見当をつけたが、それでも、海岸線を囲む岩に打ちつける、遠く響く波の轟きや波が泡立つ音はやはりどこか不吉さをたたえていた。まるで島そのものが来る者を拒んでいるかのようだ。

「どこから上陸するのですか？」彼女は訊ねた。「切り立った岩の壁しか見えませんが」

マラハッドは渋い顔をした。

「むろんこちら側には着船しない。今見えているのは北側だ。岬をひとつまわって南側の広い湾に出ると、そちら側にこの島の集落があって、そこに、一世紀くらい前に聖人ポール・アウレリアン（六世紀のウェールズの聖人）というブリトン人が建てた教会がある」

彼が指さした。

「あの岬をまわらねばならん――見えるかね？　まさに船が一隻こちらへ向かってこようとしてるあのあたりだ」

彼が腕を伸ばした方角を目で追うと、黒々とした岬の向こう側から船が一隻ぽつんとあらわれ、針路を変えてこちらをめざしていた。マストの先頭から声が降ってきた。

マラハッドは一歩踏み出すと怒鳴り返した。「とっくに見えてるぞ。十分前に知らせろ！」

ガーヴァンが船首から姿をあらわした。

「モントゥルーレ（モルレー、フランス北西部のブルターニュ地域圏）の横帆艤装船ですな」

「それはただの船型だろう。それだけじゃどこの船かわからん」マラハッドは答えた。「常に甲板へ知らせないなら見張りのいる意味はない」

横帆艤装船がフィデルマにも見えた。舳先（へさき）が高い位置にあるところはカオジロガン号とすこし似ている。

ドロガンとともに舵取り櫂（オール）に取りついていたガーヴァンが、接近してくる船を細部まで見ようと、身体を伸ばして前方を覗きこんだ。

「あの船、どこかおかしいですぜ、船長」と声をあげる。

マラハッドは眉根を寄せると勢いよく振り向き、相手の船に目を凝らした。

「帆が乱れてるせいで風上へ流されてる」彼は呟いた。「ひどい操船だ、おまえにもわかるだろう」

フィデルマにはどこがひどいのかまるで見当もつかなかったが、マラハッドやガーヴァンのような熟練の目には、同じ船乗りとして雑な部分がはっきりとわかるのだろう、と思っておくことにした。

するとマラハッドが彼らしからぬ絶叫をあげ、フィデルマは思わず縮みあがった。

「馬鹿野郎！　早く下手回し（したて）にしろ。海風で岩場へ持っていかれるぞ」

二隻はしだいに近づきつつあったが、カオジロガン号はずらりと並んだ険しい岩のはるか西にあり、じゅうぶんに船を動かせる位置にあった。いっぽう向こうの船はみるみる海風に流されていく。

「なんで下手回しにせんのだ？　危険が見えとらんのか？」ガーヴァンが叫んだ。だが答える者は誰もいなかった。

船員たちの中には、左舷側の手すりに取りついて、あちらの船の操舵方法にあれこれと難癖をつけている者もいた。

「もういい！」マラハッドが怒鳴った。「揚げ索（ハリヤード）用意」

船乗りたちは話をやめ、帆を上下させるロープのある場所へ向かった。フィデルマは、船乗りが使う、このいっぷう変わった言葉を心の中に書き留（と）めた。初めて見る目の前のできごとに興味津々だった。ふいに風向きが変わった。船上では風の状態がきわめて重要だということを知って以来、いつしかそうした変化に気づくようになったのは自分でもじつに不思議だった。

「いわんこっちゃない！」マラハッドが地団駄を踏みながら叫んだ。「能なし船長め！」

その声にフィデルマは思わず、やや離れた場所を行くあちらの船を見やった。マラハッドの言葉を正しく解釈できていればだが、つまりあちらの船長は帆の向きを変え、風に逆らって上手（うわて）回しで船をジグザグに進めてしまったということだろうか。その船乗り用語の意味がなんだったにせよ、見ていれば結果はおのずとわかるだろう。

凄まじい風に帆を押され、あちらの船の舳先が、まるで弓から放たれた矢のごとく突進し、前方の低い岩場にまともに突っこんだ。さらに逆風を受けて船体が傾き、一瞬、そのまま横倒しになってしまうのではないかと思われた。船はしばらくゆらゆらと不安定に揺れていたが、やがてなんとか持ち直した。風がふたたび帆をとらえ、波風の轟きが響きわたる中でさえ、帆が引き裂かれるぞっとするような音がフィデルマの耳にも届いた。

「祈りでも捧げてやってくだせえ、姫様！」ガーヴァンが叫んだ。「もうどうにもなりませんや」

「どういうことです？」フィデルマは息を呑み、馬鹿な質問をしてしまったことに気づいた。

一瞬あちらの船は動きが止まったように見えたが、やがて、裂けて垂れさがった主帆と、いまだ無傷の舵取り帆を風にとらえられて、ふたたび前方に傾いた。

今まで聞いたことのない音がフィデルマの耳を震わせた。まるで巨大な獣が藪を踏み分け、木の幹を裂き、下生えや木々を根こそぎにしながらやって来るような音だった。それが何百倍もの凄まじい響きとなって海面を渡ってくる。

前方の岩に叩きつけられたのか、フィデルマが恐れおののきながら見守る中、あちらの船がばらばらと崩れはじめた。

「岩に衝突しやがった、畜生！」マラハッドが声をあげた。「神よ哀れな魂を救いたまえ」

フィデルマが肝を冷やしながらも目を離せずにいると、奥のマストが突然まっぷたつに裂け、索具やずたずたになった帆の残骸もろとも、まるで巨大な木が倒れるかのごとく、凄まじい音とともに横倒しになった。板材も割れはじめているようだった。ちいさな黒い人影が船から白く泡立つ海へ次々と飛びこむのがフィデルマにも見えた。泣き叫ぶ声や悲鳴が聞こえるのではないかと身がまえたが、それらの音は風の音や岩に打ちつける波の音にかき消されてしまっていた。

やがて船は完全に形を失い、尖った黒い牙のような岩のまわりの水面に残骸が浮き沈みするばかりとなった――船の破片が浮いている。割れた木板がほとんどだ。樽。かご。さらに、うつ伏せになった死体もあちらこちらに浮いていた。

マラハッドは石になったように立ちつくしたまま、その光景を見つめていた。やがて、まるで眠りから覚めた者のごとく頭をひと振りすると、声に感情が出ないよう咳払いをした。

「主帆をさげろ！」鋭い声でいう。

すでに揚げ索のもとにいた男たちが索を引きはじめた。

キアンとほかの幾人かの巡礼者たちは、尋常ならざることが起こっているのを察してすでに甲板に姿をあらわしており、懸命にことのしだいを聞き出そうとしていた。

マラハッドはキアンを睨みつけると、腹立たしげに怒鳴った。「あんたらは下にいろ！さっさと行け！」

フィデルマはばつの悪い思いで前に進むと、修道士や修道女たちを昇降口へ押しやった。

「船が一隻、あちらの岩場に衝突したのです」不平をぶつける仲間たちに答えて彼女はいった。「乗っていた哀れな魂が救われる見こみはないようです」

「なにかできることはありませんの？」シスター・アインダーが訊ねた。「私(わたくし)たちも手助けするべきでは？」

フィデルマはちらりと振り返り、大声で指示を出しているマラハッドを見やると、きゅっと唇を引き締めた。

「船長は最善を尽くしていらっしゃいます」長身の修道女に向かい、きっぱりという。「最も手助けとなるのは、彼の指示に従うことです」

「舳先を風上へ向けろ、ガーヴァン！　海錨をおろせ！　船を固定しろ。軽装船準備！」

命令を飛ばしながら、マラハッドが生存者を助けあげようとしていることにフィデルマは気づいた。

巡礼仲間たちがしぶしぶ甲板下へ向かうのを見つつ、彼女はマラハッドのもとに戻った。

「私たちでお役に立てることはありますか？」と訊ねた。

マラハッドは顔を歪めてかぶりを振った。

「ここはわれわれに任せてくれ、姫様」ぶっきらぼうな返事だった。

フィデルマは甲板下へ向かう気にも客用船室へ戻る気にもなれず、甲板の隅のほうへ行き、邪魔にならぬようことのしだいを眺めていることにした。

ガーヴァンは持ち場である舵取り櫂を別の者に託してそこから離れ、ふたりの男たちとともに長艇――マラハッドは軽装船と呼んでいた――を波立つ海面におろす作業にかかっていた。船員のひとりひとりがみずからの持ち場となすべき仕事をきちんと理解しているらしきようすに、フィデルマは驚嘆を禁じ得なかった。今のところ、カオジロガン号は帆を畳み、海錨をおろして船体を固定してはいるが、それでも、このあたりの海ではどんな船であろうと長時間同じ位置にとどまるのは不可能だとフィデルマにも見て取れた。マラハッドが帆をひろげ直し、危険区域から離脱せねばならなくなるのも時間の問題だろう。禍々しい岩はかなり間近に迫っているようだ。

軽装船が一艘、舳先で指揮を取るガーヴァンと、櫂を漕ぐもうふたりの船乗りを乗せて、水音をたてながら、波立つ水面をかき分け、岩や浮き沈みする漂流物のある方角へ向かった。

フィデルマは身を乗り出し、男たちを見守った。

「あのようすじゃ誰も生きてないよ」傍らからか細い声がした。

ふと視線をさげると、隣にウェンブリットがいた。青ざめた顔で喉に手を当てている。そこに傷があることにはフィデルマも乗船時に気づいていた。彼のこれほど恐怖におののいた表情を見るのは初めてだった。目の前の光景に動揺しているようだ。

「海ではこういうことがよく起こるのですか?」

少年はまばたきを繰り返し、硬い声でいった。

「船が岩に衝突するか、ってこと?」

フィデルマは頷いた。

「よくあるよ。しょっちゅうさ」少年はまだ身体をこわばらせていた。「だけど操船が下手くそだったり、海に対する知識がお粗末だったり、海を舐めてたりする連中のせいで船が座礁するなんてことは普通はない。そもそもそんなやつらは船なんて乗るべきじゃないし、ましてや他人の命なんか預かるべきじゃないんだよ。船が岩場で座礁するのは、たいがいが風や潮流や時化なんかの、人の手に負えない天候のせいだ。たまに、船員とか船長が酔っぱらって沈んじゃう船もあるけどさ」

フィデルマは、感情を必死に抑えているような少年の口調が気になった。

「そのことについてはいろいろと思うところがあるようですね、ウェンブリット」

少年はふいに威勢のよい笑い声をあげたが、その中に漂う怒りに、フィデルマはと胸を突かれた。

「私、なにか悪いことをいってしまいましたか？」彼女は訊ねた。

ウェンブリットがとたんにすまなそうな顔をした。

「いいんだ。ごめん、姫様のせいじゃないよ。姫様にだったら話してもいいかな。マラハッドは命の恩人なんだ。おいら、あの人に海から助け出されたんだよね、ちょうどあんな難破船からさ」海面に浮いている残骸に向かって、くいと首を振る。

フィデルマは声を失った。しばらくして、話の続きを促した。「それはいつのことですか、ウェンブリット？」

「何年前だったかな。おいらの乗ってた船が操船に失敗して岩場で座礁したんだ。よく憶えてないんだけど、船長が酔っぱらって命令を間違ったのさ。で、船が木っ端微塵になった。何日か経って、マラハッドがおいらを海から引きあげてくれた。おいらは木の格子板の破片にくくりつけられてて、そのおかげで沈まずに溺れ死ななくてすんだらしいよ。くくってたロープの一本が首に巻きついてたんだって。傷、気がついてただろ」

この少年がマラハッドをまるで英雄のごとく崇拝している理由がわかりはじめた気がした。

「ということは、あなたはずいぶん幼い頃から給仕係（キャビンボーイ）をしていたのですか？」

ウェンブリットは表情の乏しい笑みを浮かべた。

「ご両親は心配だったのでは？」フィデルマは優しく訊ねた。

ウェンブリットが彼女をじっと見あげた。黒い瞳に深い苦悩がにじんでいる。

「その船長ってのがおいらの父さんだったのさ」

フィデルマは動揺を隠すのが精一杯だった。

「お父様は船長でいらしたの？」

「ひどい酒飲みでね。酔っぱらってばかりいた」

「お母様は？」

「憶えてない。おいらを産んですぐに死んだ、って父さんはいってた」

「その船でほかに助かった人は？」

「おいらの知るかぎりひとりもいなかった。船が難破してからカオジロガン号に乗せられるまでのことはなんにも憶えてないんだ。マラハッドの話では、たぶん数日間漂流してて、海から引きあげたときには死にかけてたらしいよ」

「誰か生きている人がいるかもしれないとは思いませんか？　ひょっとしたらお父様だって」

　ウェンブリットは関心なさそうに肩をすくめた。

「父さんの船が籍を置いてたコーンウォールの港へマラハッドが連れてってくれたけど、なんにも知らせは届いてなかった。結局、乗組員は全員行方不明ってことになった」

「マラハッドのほかにこの話を知っている人はいますか？」

「船員のみんなはだいたい知ってるよ、姫様。今はここがおいらの家さ。マラハッドが通りかかってくれて、ほんとに神様に感謝だよ。なにしろ新しい家族ができたんだからね、それも前よりずっといい家族がさ」

　フィデルマは微笑んで、少年の肩に片手を置いた。

「私も神様に感謝していますよ、ウェンブリット」そう口にして、ふいに思い至った。「それに、救出される可能性が万にひとつでもあるよう、気を失ったあなたの身体を格子板にくくりつけてくれた誰かにも」

　波の向こうから叫び声がした。軽装船が、海に浮かぶ船の残骸にたどり着いたのだ。足もとが揺らぐ中、ガーヴァンは立ちあがり、水面に目を凝らした。やがて一点を指さし、ふたたび腰をおろした。櫂が水を掻いているのが見えた。

「生存者が見つかったのでしょうか？」フィデルマは訊ねた。

　ウェンブリットがかぶりを振った。

「死体だよ。水の中に戻してる」

「遺体を引きあげられないのですか?」なにかしら弔いの儀式をするべきだと思い、フィデルマは異を唱えた。

「海ではね、姫様、死んだ人より生きてる人のほうが優先なんだ」ウェンブリットが諭した。

波の奥からまた叫び声がして、次の者は軽装船の上に引きあげられた。さらにその近くで水しぶきが起こった。救助船に向かって泳いでくる者がいるようだ。

「とりあえずふたりは助かったようだね」ウェンブリットが呟いた。

軽装船が戻ってきたのは十五分後だった。結局、生きて見つかったのは三人だけで、マラハッドは慌ただしく船を出す準備をしていた。というのも、帆を畳んで海錨をおろしているにもかかわらず、カオジロガン号が風と潮流によってじりじりと岩場のほうへ押しやられているのが、フィデルマにすらわかるほどだったからだ。海錨とはじっさいはどんなものなのだろう、とフィデルマは常々思っていた。普通の錨ならば知っている。ウェンブリットが説明してくれたので、この船には巨大な革袋が四つ積まれており、いざというときにはそれを海に沈め、船が流されないための重りとして用いるのだとわかった。

難破船から救出された三人がカオジロガン号の主甲板に引きあげられ、マラハッドが大声でいくつかの命令をくだした。

「主帆を張れ! 海錨をあげろ。下手回し用意。ガーヴァンは舵取り櫂へ」

フィデルマは救出された三人の男たちのもとへ向かうことにした。船員たちのほとんどは、船を危険から遠ざけることで手一杯だったからだ。

ひとりはすでに起きあがってすこし咳きこんでいた。あとのふたりは意識を失ったまま横たわっている。

フィデルマは素早くいくつかのことを見て取った。気を失ったまま倒れているふたりの男は一般的な船乗りの服を身につけている——見たところ、ごく普通の船員のようだ。いっぽう起きあがって具合もよくなってきたとみえる男は立派な身なりをしており、服はずぶ濡れで武器もいっさい身につけていないが、それなりの地位にある男のようだ。

体格もよく、そのおかげで海中でもほぼ無傷で生き残ることができたのだろう。金髪で、長く伸ばした口髭をゴールふうに口の両側に垂らしており、顔じゅうに塩がこびりついている。水色の瞳に、すっきりと整った目鼻立ち。海水で濡れ鼠になってはいるが、まとっているものはいずれも一流品ばかりだ。屋外での生活にも慣れているふうだった。彼が豪華な宝石をいくつか身につけていることにフィデルマは気づいた。

「〝クオモード・ウァーレス〟(お加減はいかがですか)?」そこで、ラテン語で話しかけてみた。もし彼がそれなりの地位にあるならば、いずれの国の者であろうとも、多少はラテン語の素養があるはずだと踏んだからだ。

驚いたことに、男の答えは彼女の母国語であるアイルランド語、しかもラーハン王国訛りだった。「わたしは大丈夫だ」男は意識のない仲間たちを見やった。「だが彼らはそうもいかぬようだが」

フィデルマは屈みこみ、いちばん先に助けあげられた男の脈を取った。脈はあるがとても弱い。

「おそらく水を大量に飲んでしまったのだろう」アイルランド人の男がいい添えた。

ウェンブリットが進み出た。

「おいらが蘇生してみてもいいかな、姫様」と申し出る。

フィデルマが後ろへさがると、少年は男の身体をひっくり返して仰向けにさせ、馬乗りになった。

「水を吐き出させるんだ。姫様は頭のほうへ行って、まずこの人の両腕を上に引っ張って。おいらが声をかけるたんびに、その腕をぐっと前に押すんだ。ポンプの要領だよ」

別の船員たちが、もうひとりの男に同じように処置をした。

フィデルマが少年にいわれたとおりにすると、動きにしたがって男の胸が上下した。その動きに合わせ、少年が男の口から強く息を吹きこんだ。これではだめなようだ、とフィデルマがいいかけたまさにそのとき、ゴボッという音がした。男の口から水が噴き出し、とたんに彼は咳きこみはじめた。ウェンブリットが男の身体を横向きに転がしてやると、船員は甲板の上で嘔吐しはじめた。

フィデルマは後ろへさがった。もうひとりの船員は額がぱっくりと割れており、完全に意識を失っていたが、どうやら呼吸は戻ったようだった。カオジロガン号の船員がふたりがかりで彼を船員居住区へ運んでいった。気づくと、まるで先ほどのできごとなど嘘のように、ラーハンの男はすでに立ちあがっていた。憂い顔であたりに目を凝らしている。

　蘇生した船員が、ウェンブリットの手を借りて起きあがった。男がなにごとか呟き、ウェンブリットも同じ言葉で答えた。

「彼はアイルランド人ではないようですね？」それを見て、フィデルマは先ほどのアイルランド人に問いかけた。

「ブルトンの貿易船だったのでね、修道女殿。船員もブルトン人だ。わたしはスレーニー川（アイルランド南東部を流れる川）河口までの船賃を支払い、あの船の乗客となっていた」

　フィデルマは考えこんだようすで彼をじっと見た。

「あなたはラーハンのかたとお見受けしますが」

「いかにも。これはアイルランドの船なのかね？」

「アードモアの船です」フィデルマは肯定した。「ですが船員たちの出身はさまざまです。マラハッドが船長を務めています」

「モアン王国の船かね？」男は周囲を見わたして笑みを浮かべた。「なるほど、巡礼船か。目的地は？」

「イベリアの聖ヤコブ大聖堂です」

男は小声で悪態をついた。

「それは困る。この船を取り仕切っているのは誰だといったかね？　今すぐ話がしたい」

フィデルマが見やると、船尾甲板のマラハッドはまったく手が離せないようすだった。

「岩だらけの海にもう一度ほうり出されるような目に遭いたくないのでしたら、しばらくお待ちになったほうがよろしいと思いますわ」彼女は微笑みを浮かべた。「どのみち、新鮮な水を補給するためにまもなくウェサン島に寄ることになっていますし」

男は口をへの字に曲げた。

「われわれはそのウェサン島から来たのだ」

船員のひとりに手を貸して生存者を運び終わったウェンブリットが、甲板を掃除していた。

「あの人たちの具合は？」フィデルマは呼びかけた。

少年はにっと笑った。

「ふたりとも、運がよかったと思うよ。そっちの人にも、なんか身体があったまるようなものをすぐ持ってくるよ」

「気がきくな、ぼうや」新たな客人も歓迎した。

「あなたのお名前は？」フィデルマは朗（ほが）らかに訊ねた。

「それは船長に申しあげる」男はそっけなくいった。

フィデルマが彼の無作法を咎（とが）めてやろうと勢いよく振り向いたとき、ゆったりとした法衣の襟もとから〈黄金の首飾り戦士団（ニーア・ナスク）〉(1)の徽章（きしょう）がするりと滑り出た。兄である〝キャシェルのコルグー王〟から直々に与えられた、古来よりオーガナハト王家(2)に伝わる名誉である。黄金の十字架に陽光がきらめいた。あとから考えても、自分が無意識にそうしたのか、それともわざとそうなるようにしたのか、フィデルマ自身にもよくわからなかった。だが目の前の男に対して凄まじい効果があったのは明らかだった。

　男は徽章をじっと見つめ、それがなんであるかを悟って目をみはった。〈ニーア・ナスク〉、つまり〈黄金の首飾り戦士団〉は、歴代のキャシェル王たちの警護を務めた古代の精鋭騎士団に端を発した、モアン王国の由緒ある貴族階級の集団である。その栄誉はキャシェルを治めるオーガナハト家の王自身の手によってひとりひとりに対して授けられ、栄誉を受けた者はそれぞれが王に対して個人的に忠誠を誓い、王はその忠誠に報いて、いにしえの太陽神を模したとされる十字架を贈ることになっていた――だがこの名誉の起源は、はるかなる時という名の霧に包まれてあまりよくわかっていない。書記僧たちの中には、この栄誉がキリスト生誕よりも千年近く前から制定されていたと主張する者もいた。

　ラーハンの男は、ただの修道女がそんなものを身につけているはずがないことを知っていた。そういえばあの少年は彼女に〝姫様〟と呼びかけていなかったか。男は気まずそうに咳払いをすると首をかしげ、会釈をした。

「これは失礼をさしあげた、姫様。わたしはビーシュクニー氏族（クラン）のトカ・ニアと申す者。さきのラーハン王フェーラーン殿の警護団団長を務めておりました。ところであなたは？」

「〝キャシェルのフィデルマ〟と申します」

男は面喰らったようすだった。

「〝キャシェルのコルグー王〟の妹ぎみの？　モアンとラーハンとの争いにおいて弁護人を務められたドーリィー殿の……？」[3]

「コルグーは私の兄です」フィデルマはその言葉をさえぎった。

「ご評判はかねがね伺っております、姫様」

「このイベリアへの巡礼の旅においては、私は一介の弁護士であり、一介の修道女にすぎません」

「一介の？」トカ・ニアは拍子抜けしたように笑い声をあげた。「そういえば以前お見かけしたことがありますが、お名前を伺うまで、まさかあなただとは思いもしませんでした」

今度はフィデルマのほうが驚かされる番だった。

「お目にかかったことがありましたかしら」

「憶えていらっしゃらなくて当然です、じっさいにお会いしたわけではありませんから」彼はわけを話した。「大勢が集まった修道院の聖堂で、遠くからお見かけしただけです。ロス・アラハー修道院で、もう一年以上前のことです。わたしはわが王フェーラーンが亡くなったのちも、しばらくの間、引きつづき若きラーハン王フィーナマルに仕えておりました。

王につきしたがい、ファールナのノエー修道院長とブレホンのファルバサッハとともに修道院へ赴きましたが、まさにそこで、ラーハンとモアンの間に紛争を起こそうという企みをあなたが暴かれたのです」

ずいぶんと昔のことのような気がする、とフィデルマは思った。ほんとうに、あれからたった一年とすこししか経っていないのだろうか？

「まさかこのようなところでふたたびお目にかかるなんて」彼女は礼儀正しくいった。「ラーハン王フィーナマルはいかがお過ごしですか？　気短で、気性の激しい青年だったと記憶しておりますが」

トカ・ニアは笑みを浮かべて頷いた。

「ロス・アラハーでの一件のあと、わたしはあのかたのもとを離れました。戦(いくさ)も武人という職業も、もうじゅうぶんだという気がしましてね。モントゥルーレ公が馬の調教師をお探しだと耳にしまして、それならば腕におぼえがありますので参上したしだいです。そして彼のもとで一年を過ごし、いざラーハンへ戻ろうとしたらば……」

と、大仰に片手で海を指してみせた。そのしぐさがフィデルマを現実に引き戻した。振り返ると、驚いたことに、ぎざぎざした岩並みは遠ざかりつつあった。またしてもマラハッドが、見事な操船の腕を見せつけ、船を危険から回避させたのだ。

そのマラハッドが、船尾甲板のほうからこちらへまっすぐに歩いてきた。

トカ・ニアは向き直って彼を迎えた。

「怪我はないかね？」マラハッドはこの頑丈そうな武人の身体の上から下まで、鋭い視線をさっと走らせた。

「ない。あんたと乗組員が折よく助けてくれたおかげだ、船長」

「お連れさんは？」

ウェンブリットが進み出て、男のかわりに答えた。

「船員がふたりだよ。ひとりはあんな目に遭ったわりには元気だけど、もうひとりは二、三日かかりそうだ。海に飛びこんだときに頭を岩にぶつけて、ひどい切り傷ができてた」

「船名は？」難破船の生存者にマラハッドが訊ねた。

「モルヴァウート号――つまりウミウ号だな」（〝モルヴァウート〟はブルトン語で〝鵜〟の意味）

マラハッドは男をじっと見据えた。

「巡礼船かね？」

トカ・ニアは笑みを浮かべた。「貿易船だ。ラーハン行きの葡萄酒やオリーブ油と一緒に運ばれていた」

フィデルマがここで口を挟んだ。

「彼はトカ・ニアです。かつてラーハン王の警護団団長を務め、近頃は馬の調教師を……どちらの大公のもとで、とおっしゃいましたかしら？」

「モントゥルーレは小ブリテンの北岸に位置する大陸の小公国です」

「あんな危険な海域で船を走らせるとは、そちらの船長はどういうつもりだったのだね?」

というのがマラハッドの次の質問だった。

もと武人は肩をすくめた。

「船長は二日前に亡くなった。北に針路を取り直接ラーハンをめざすかわりに、南のウェサン島へ向かったのはそのためだ。航海士が操船を引き継いだが、残念ながら彼の腕は芳しくなかったうえ、命令に従わない数名の船員たちをまとめることができなかった。しかも林檎酒が過ぎた」

「船員が謀叛を起こした、ということですか?」フィデルマは訊ねた。

「そのようなものです、姫様」

「ふたりの生存者も謀叛を起こした側なのかね?」マラハッドが問いただした。「謀叛を起こすような輩をこの船に乗せる気はないが」

「どうでしょうな。船長が亡くなったあとは船内は無法地帯だったんでね」

「船長の死因は?　謀叛によって殺されたのか?」

「操舵席で突然倒れて死んだ。心臓発作だ。戦の前にもあとにも、ああいう不可解な死を遂げる連中を何人も見た。傷もないのにいきなり心臓が止まってしまうらしい」

「腕におぼえのある船乗りは船長ひとりしか乗っていなかったのか?」マラハッドはさらに

問いただした。「そんなことがあり得るのかね」

「あり得ようとなかろうと、とにかくご覧になったとおりだ。ありがたいことにあんたがたが通ってくれなかったら、わたしはこうして生きてはいなかっただろう。船長、わたしはラーハンへ向かいたいのだが」

マラハッドはかぶりを振った。

「この船は聖ヤコブ大聖堂への巡礼の旅の途中だ。たっぷり三週間、あるいはそれ以上かかっても、アードモアに戻れるかどうかというところだ。だがウェサン島には寄港する予定だ。そこからお国へ帰る船を捕まえればよろしかろう」

もと武人は切なげな笑みを浮かべた。

「こいつをいくつか売らねばなるまいな」彼は、宝石をはめた指をこちらに向けた。「まる一年ぶんの稼ぎがあの海の底に沈んでしまった」と、あとにしてきた岩場を手で示す。「ご覧のとおり身ひとつだ。待てよ、船員として雇ってくれる船を探すという手もあるか」

マラハッドが胡散臭(うさんくさ)そうに彼をまじまじと見た。

「船乗りとしての経験は?」

男は大笑いした。

「戦の神々に誓って、まったくない。わたしはそれなりの武人だった。戦略と武器の技術を磨いた。馬を愛し、調教する術(すべ)を身につけた。三つの言語を習得した。読み書きもできるし、少々だがオガム文字を刻むこともできる。だが船を操ることに関してはまったくの素人だ」

マラハッドは唇を尖らせた。

「まあいい、ウェサン島で船を見つけるかどうかはお好きになさればいい。では失礼してもかまわないかね？」と彼は背を向け、持ち場に戻っていった。

酒を手にしたウェンブリットが、武人に杯を差し出した。

「その濡れた服は着替えたほうがいいよ」彼は勧めた。「予備の服から合いそうなのを探してくるよ」

「すまないな、ぼうや……」男がいいかけて黙りこんだ。

もと武人の手が、酒の杯を口に運ぼうとしたまま途中で固まっているのにフィデルマは気づいた。酒をあおろうとしているかのように口だけは開いているが、両目は見開かれたままなにかを見つめていた。まさかという表情がそのおもざしに浮かんでいる。さらに片頬がひくひくと引きつりはじめた。

なぜそこまで態度が豹変したのだろう、とフィデルマは振り向いた。

甲板にキアンが姿をあらわしていた。マラハッドの命令で巡礼客が甲板下へ追いやられていた間のできごとを確認しようとしているのか、あたりをきょろきょろと見まわしている。

やがてフィデルマを見つけると、こちらへやってこようとした。

トカ・ニアの喉の奥から、動物めいた奇妙な声があがった。両手に持っていた杯が転がり落ち、中の液体が甲板にこぼれた。

彼の思惑にフィデルマが気づくより早く、男は甲板の先にいる、面喰らった顔をしたキアンに飛びかかった。

「この野郎！　人殺し！」

ふたつの言葉がまるで鞭のごとく、二度にわたって空を打った。

ほぼ同時に、男はブラザー・キアンに摑みかかり、啞然としたその顔に拳を一発喰らわせた。ほんの一瞬、キアンは血だらけの鼻を真っ赤に腫らして、信じられないという表情で、その上にある両目をみはったまま立っていた。それからまるで重力に引かれるようにゆっくりと、甲板に倒れ伏した。

第十七章

フィデルマは呆然とその場に立ちつくした。最初に反応し、大声で急を知らせたのはウェンブリットだった。甲板に横たわったキアンの無防備な頭を踏みにじろうと足をあげかけたトカ・ニアに、マラハッドの船員がふたり駆け寄った。船員たちは、暴れる男をうつ伏せになったキアンの身体から引き離した。マラハッドが甲板の奥から慌てて戻ってきた。

「畜生、なにごとだ……？」彼がいいかけた。

「畜生もいいところだ、この悪魔が！」トカ・ニアは船員たちに押さえつけられてもがきながら、憎悪に顔を歪めて怒鳴り散らした。

フィデルマは進み出て、意識のないキアンに屈みこみ、脈を確かめた。顔をあげてマラハッドを見る。

「誰か、ブラザー・キアンを彼の客室まで運んで手当てしてくださいませんか？　殴られた傷は深刻ではありませんけれど、気を失っていますので」

マラハッドが合図すると、ふたりの乗組員が無言でキアンの身体を持ちあげ、甲板下に運んでいった。

フィデルマは立ちあがり、トカ・ニアに向き合った。彼は船員たちの腕にがっちりと捕らえられたまま、静かに立ちつくしていた。彼女は腕組みをして、眉をひそめ、激昂(げっこう)した相手の顔を見据えた。

「どういうことですか?」彼女は問いただした。

トカ・ニアは答えなかった。

「説明してもらわんことにはな、お客人」マラハッドがいった。「うちの乗客を殺させるためにあんたを海から助けたわけじゃない。しかも相手は巡礼の旅の途中の修道士様だ。いったいなにがあったというんだね?」

トカ・ニアはマラハッドの険しい顔を凝視していたが、やがて向き直ってフィデルマにいった。

「やつが修道士でなどあるものか!」

「説明してくれ」マラハッドがいい募った。「ブラザー・キアンは俺の船に客として乗っている巡礼団のひとりなんでね」

「キアン! そうだ、そんな名だった。忘れてたまるものか。だがやつは武人だ、わたしと同じでな。アイレックの戦士団のひとりだった。やつは〈ラス・ビリャの虐殺者〉[1]だ!」

フィデルマはトカ・ニアをじっと見つめ、彼の告発をどうにか理解しようと努めた。

「〈ラス・ビリャの虐殺者〉?」戸惑いつつ繰り返す。

「〝アイレックのキアン〟の命令で、村と砦がひとつまるごと破壊され、建物という建物が焼きつくされて、男も女も子どももみな殺しにされた。あの極悪非道な悪魔の手で、百四十人もの魂が天に召されたのだ……」トカ・ニアの声は激昂に震えていた。

フィデルマは片手をあげ、彼を黙らせた。

「落ち着いてください、トカ・ニア。ブラザー・キアンがそのような非道なおこないをしたなどと、なぜあなたがそんなにも断言できますの？」

アイルランド人の男は怒りの形相を浮かべ、両の瞳は苦悶に燃えていた。

「わたしの母も姉も妹も弟もかの地で虐殺されたからだ。わたしの目の前で」

船長室で、フィデルマは寝棚に腰をおろし、マラハッドは椅子に手足を投げ出してすわっていた。トカ・ニアはガーヴァンの船室に連れていかれ、ドロガンが入口を見張っている。フィデルマの表情は不安に満ちていた。新たな事態になかなか頭がついていかなかった。

「人があんなに豹変するのを見たのは初めてです」彼女はマラハッドにいった。「トカ・ニアは感じのよい気さくなかたに思えたのですが、キアンの姿を見たとたんに激怒して、箍が外れたように手がつけられなくなりました」

マラハッドは肩をすくめた。

「やつのいいぶんが正しけりゃ、怒るのは当然だ。あんたは昔キアンとよしみがあったそうだが、ならばトカ・ニアが主張していたようなことはむろん聞いていたんじゃないのかね？」
フィデルマは居心地悪そうに身じろぎをした。

「彼は十年前の知り合いです」彼女は認めた。「キアンはアイレック王の警護団の武人でした。ですが私もそれ以上のことは知りません。ラス・ビリャというのも初耳です」

長い沈黙が漂い、マラハッドは記憶を掘り起こそうとしているようすだった。

「そういえばすこし記憶にある」しばらくして彼が口を開いた。

「いつのできごとです？」

「数年前だ。五年ほど前だったか。ラス・ビリャはラーハン王国のイー・フェルミーダ領(2)の片田舎の村だ」

「キルデアの南側ですね」フィデルマは眉根を寄せた。「私はキルデアで数年を過ごしましたが、そんな話はまったく聞いたおぼえがありません」彼女はしばし考えこんだ。「五年前？　すると、私がしばらくの間西へ遣わされていた間のできごとかもしれません。この虐殺についてなにかご存じではありませんか？」

マラハッドは肩をすくめた。

「詳しくは知らん。確か大王ブラーマックとラーハン王フェーラーンが揉めて――〝タラのブラーマック〟と〝ファールナのフェーラーン〟のどちらがイー・ケイヒグ領(3)から税を徴収するか、とかいう諍いだったはずだ。

で、協定が結ばれた。ところがブラーマックは叛旗をひるがえしたフェーラーンに身のほどを知らせんと、イー・エネハグレッシュ領[4]沿岸へ船で精鋭戦士団を送りこんだ。連中はフェーラーンの弟の砦のあるラス・ビリャへ進軍し、そこで凄まじい虐殺をおこなった。かの地を少人数で守っていたラーハンの武人たちもろとも、老いた男女や子どもたちまでもが命を奪われたのは事実だ」

フィデルマは心穏やかではいられなかった。

「この船旅で、このような厄介ごとは起こってほしくありませんでした」

マラハッドも不安げだった。

「おまけにシスター・ムィラゲル殺しの件もまだ解決にはほど遠いのだろう? シスター・クレラが犯人だという噂がある。そうなのかね?」

「まだ確信には至っていません。見えない影の部分でたくさんのことが起こっています。ウエサン島の港まではあとどのくらいですか?」

「風のご機嫌しだいだが、一時間もすれば到着するだろう。トカ・ニアとキアンをどうしたものか、ご助言をいただきたいんだがね、姫様」

フィデルマはかぶりを振った。「確か、戦時の犯罪について記述のある『クリー・ガブラッハ[5]』では、〝コージェ〟、つまり平和条約が結ばれた場合、その後一か月間は、条件にしたがって誰でも相手に賠償を請求できることになっています。非合法な死が明らかとなった場合に、法のもとでの報復を望む者は、その時点までに申し出る必要があります。おっしゃっている虐殺からはもう数年が経過しています」

マラハッドは渋い顔をした。

「殺人事件に、次は戦争犯罪だと！　さんざん海を渡ってきたが、そんなものに出くわしたのは初めてだ。いったいどうしろと？　トカ・ニアは聖書の言葉を引き合いに出して復讐を求めているが」

「復讐は法ではありません」フィデルマは答えた。「この件に関しては古参のブレホンに伺いを立てる必要があります。なにをなすべきか助言するには、私では力不足ですので」

「当然ながら俺も役には立たんよ、姫様」

「キアンと話してきます」フィデルマは腹を据え、立ちあがった。「まずは、彼がこの件に関してどう申し立てるか、です」

キアンは寝棚に仰向けになり、上半身を起こして、血のついた布を鼻に当てていた。彼がブラザー・バーニャと共有している客用船室の中は薄暗かった。天井の鉤(かぎ)からランタンがぶらさがり、室内にいる者を揺らめく光で照らしていた。トカ・ニアの告発については、どうやら今のところ、キアンにはまだ誰も告げていないようだった。フィデルマが入っていくとキアンは布を外し、顔の片側だけで笑みを浮かべてみせた。

「あの難破船の船員殿は、救助してくれた相手にずいぶん変わった礼のしかたをするんだな」と苦笑いをする。

フィデルマは片頬すら緩めなかった。

「あの人が誰なのかおわかりになっていないようですね？」

キアンは肩をすくめ、痛そうに顔をしかめた。

「俺の知っている相手なのか？」

「名はトカ・ニアです」

「聞いたこともない」

「彼は船員ではなく乗客でした。しかも、かつてラーハン王フェーラーンに仕えた武人だったそうです」

キアンはそっけなかった。

「なるほど、だが俺とてアイルランド五王国の武人全員を知りつくしてるわけじゃない。なぜあいつは俺に突っかかってきたんだ？」

「あなたも彼を知っているものとばかり思っていましたけれど」

「なんという名だって？」キアンは眉根を寄せた。

「トカ・ニアです」

キアンはしばし考えこみ、やがてかぶりを振った。

「ラス・ビリャのトカ・ニアです」フィデルマは冷ややかにいい添えた。

ラス・ビリャとつけ加えたことで、キアンの内のなにかに触れたのは間違いなかった。

「私に対して申し開きがありますか？」フィデルマはさらにいった。

「はっきりいってくれ、なにを申し開きしろと？」

「ラス・ビリャでのできごとについてです」

「俺の片腕がきかなくなったのはラス・ビリャでのことだった」その声には苦々しいものがにじんでいた。

「ラス・ビリャではなにを？」

「大王の命（めい）についていた」

「もうすこし詳しく聞かせていただけますか、キアン」

「俺は大王の警護団を率いていた。そこでの戦（いくさ）で上腕に矢を受けた」

フィデルマは苛立ち、大きく息をついてみせた。

「細かい部分までいちいち話さなくても結構です」

キアンが口もとを結んだ。

「トカ・ニアはいったい俺のなにを告発しているんだ？」

「彼は、あなたが〈ラス・ビリャの虐殺者〉であったと主張しています。あなたの命令で、男も女も子どもも、百四十人もの命がむごたらしくも奪われ、村と砦には火が放たれた、と。

今の話に真実は含まれていますか？」

「トカ・ニアは、こちら側の武人がかの地でいったい何人命を落としたかいっていたか？」

キアンが突っぱねた。

「それは弁明にはなりません。武人たちが村と砦を襲撃したのであれば、それはみずから危険に足を踏み入れたということになります。女性や子どもたちの死は、彼らの死ごときでは賄（まかな）いきれません。集団虐殺の罪を免（まぬが）れる正当な理由などこの世に存在しないのです」

「よくもそんなことがいえるな？」キアンが嚙みついた。「大王が望まれたのだ、それだけでじゅうぶんな理由だ！」

「ご立派な道徳観念ですこと、キアン。そんなものは正当な理由になどなり得ません。とにかく、そのときになにがあったのかを話してください。でなければ、トカ・ニアの告発は真実であり、あなたに責任を問うべきだということになります」

「嘘だ！　真実なものか！」キアンは怒りを募らせて叫んだ。

「では、あなたの側から見たそのできごとを話してください。大王とラーハン王の間で国境紛争が起こったのでしたね？」

　キアンはしぶしぶながら頷いた。

「大王は、クロンカリー周辺に暮らすイー・ケイヒグ一族は自分に直接納税すべきだとお考えだった。彼らの領主は自分だ、とラーハン王が異を唱えた。この税は〝ボーラワ〟（〝太った牝牛の意〃）に代わるものだと大王はおっしゃった」キアンは、家畜による計算方法を意味する古い言葉を用いて、いった。

「よくわかりません」フィデルマはいった。

「時は〃正統なるトゥアハル大王〃（一世紀後半〜二世紀初頭のアイルランド大王）がタラの采配を振るっていた時代にまで遡（さかのぼ）る。トゥアハルには娘がふたりいた。いい伝えによれば、その頃のラーハン王はオーキー・マク・エーハッハといい、トゥアハルの上の娘と結婚したが、彼女よりも妹のほうに心惹かれてしまった。そこで彼はトゥアハルの宮廷に戻り、最初の妻が死んだと偽って、めでたく妹のほうと結婚した」

キアンはそこで言葉を切り、厳しい立場に置かれているにもかかわらず、にやにやと笑みを浮かべた。

「このオーキー王というのが、じつに悪賢い好色漢だった」

フィデルマは返事もしなかった。そんな策略のどこが面白いというのか。

「さて、当然ながら」キアンは続けた。「結局、真実はふたりの娘の知るところとなった。妹はみずからの婚姻が正式なものではなかったことを知った。なにしろ姉が生きているのだから。姉妹でひとりの男を夫としていたことに気づき、ふたりの姫は恥辱のあまり胸が張り裂けて死んでしまった」そこでふと黙り、にやりと笑った。「なんという愚かな！　ともかく、その話が娘たちの父親、つまり大王の耳に入り、復讐心に燃えた大王はラーハンに兵を進め、オーキーに戦を仕掛けた。大王はオーキーを斃し、王国を掠奪した。

　ラーハンの者たちが進み出て和平を請い、年税を――おもに家畜を――納めることに同意した。それ以来、トゥアハルの後継である代々のイー・ネール一族はこのボーラワ、つまり家畜税をラーハンに要求しつづけてきたが、力ずくで徴収することも少なくはなかった。ブラーマックが俺たちを南へ送りラス・ビリャを壊滅させたのは、まさにこの、ラーハン王にはかならず税を納めさせるという固い決意のもとにおこなわれたことだった」

「ですがすでに協定が結ばれていたのでは？」フィデルマは指摘した。「あなたが南へ送られたのは、両王が協定を結んだあとのことだったのではないのですか？」

　キアンは苛立たしげに答えた。

「武人というのは命令に疑問を抱いてはならないんだ、フィデルマ。俺は南へ赴けと命じられた。だから南へ行った」

「指揮を取っていたことは認めるのですね？」

「当然だ。否定してどうする！　だが俺は大王の正式な命令に従ったまでだ。税を取り立てるためだ」

「大王といえど法を超越することは許されません、キアン。それでなにが起こったのです？」

「四隻の船に、大王に仕えるフィニアン騎士団員四十五名で出航した。俺たちは精鋭騎士団から選ばれた最強の武人たちだった。イー・エネハグレイシュの港から上陸してスレーニー川を渡り、ラス・ビリャに到着した。ラーハン王の弟は砦と村を明け渡すことを拒んだ」

「だから攻撃したのですか？」

「そうだ」キアンはきっぱりといった。「そうしろと大王に命じられていたからだ」

「あなたを含む武人たちが女性や子どもたちを無差別に殺したことを認めますか？」

「突入のさいに相手が敵か味方かいちいち訊くわけにもいかない。連中は攻撃してきて、俺たちに矢を放った。それこそ武人や年寄りの男たちにかぎらず、女も子どももだ。俺たちの務めはとにかく目的を果たし、法に基づいた命令に従うことだった」

フィデルマはしばらくの間、彼の話についてじっくりと考えを巡らせた。カオジロガン号の状況はますますややこしいことになった。シスター・ムィラゲル殺しの謎だけでも手を焼いているのに、ブラザー・ガスのいいぶんによれば、シスター・カナーも出航を待たずして殺害されたという。そのうえ、トカ・ニアのキアンに対する告発という厄介ごとまで降りかかってくるとは。

「キアン、ことは深刻です。この件はブレホンの長と大王の法廷に諮る必要があります。私は戦争に関する法律には明るくありません。そうした権限を持つ判事に、いかなる処遇が必要であるかを問わねばならないでしょう。人の命を奪うことが容認され、刑罰が免除される場合もあることは私も承知しています。戦において人を殺めることは――窃盗の現行犯で捕らえられた盗人を殺すこともそうですが――法には抵触しません……ですが決定は法廷に委ねられます」

キアンのおもざしには憤りがありありとあらわれていた。

「きみは俺の言葉ではなく、トカ・ニアの言葉を信じるというのか？」彼は詰め寄った。

「どちらが真実を語っているのかを判断するのは私の役目ではありません。トカ・ニアはあなたを告発していますので、あなたはそれに応えねばなりません。これはゆゆしき告発です。あなた自身のためなのです、キアン、なぜならトカ・ニアは、法を踏みにじる者は誰に殺されても文句はいえないことをじゅうぶん承知の上だからです。彼にはあなたを殺し、しかもその罪を咎（とが）めぬよう求めることができます」

「アイルランド五王国の外までは、法律は及ばない」キアンは反論した。

「関係ありません。今あなたはアイルランド船籍の船に乗っていますので、エリンの地を踏んでいるのと同じく〈フェナハスの法〉に従わねばなりません。抗弁するためには、あなたはラーハンへふたたび赴かねばなりません」

キアンはまさかという表情で彼女を見た。

「きみがそんなことをさせるはずがない、フィデルマ」

視線が合った。フィデルマのまなざしは険しかった。

「させますとも」彼女は穏やかな声でいった。「〝ドゥラ・レクス・セド・レクス〟、酷法もまた法なり、です」

「俺がこの船をおりれば、その法律は無効になるのか？」

　フィデルマは返事のかわりにひとつ肩をすくめると、踵を返して出ていこうとした。だがふと客用船室の戸口で立ち止まった。

「それはマラハッドが、法のもとで船長としていかなる責務を果たすかによります。残念ながら、彼はトカ・ニアとあなたをどう処遇すべきか判断を迫られることになるでしょう。あなたを放免するのか、それともあなたがたふたりをアイルランドへ帰国させて裁判にかけるのか。私としては、彼があなたがたをラーハンのブレホンのもとへ送ってくださるといいと思っていますが」

「俺は大王の命令に従ったまでだ」キアンは譲らなかった。

　フィデルマは戸口に立ちはだかった。

「それは免罪の理由にはなりません。あなたには道義的責任があるのです」

　そののち、ことのしだいをマラハッドに説明すると、腹の据わった船長は唇を尖らせ、音のない口笛を吹いた。

「つまり俺に、キアンとトカ・ニアをアイルランドに連れ帰れ、と？」

「あるいは、連れ帰ってくれるほかの船に彼らを引き渡してくださってもかまいません」彼女は示唆した。

「ではそのような船がウェサン島にいることを願うとするか」マラハッドがぼそりといった。

「船長、さしあたりは、キアンとトカ・ニアのふたりをそれぞれの客室に閉じこめておいたほうがよろしいでしょう。この船でこれ以上の流血騒ぎを起こされても困りますし」

「おいいつけどおりに、姫様」船長は頷いた。「願わくはウェサン島のポール神父様が、この件に対する手立てをなにかしらご存じだといいんだが」


カオジロガン号は危険な岩場と小島を避けて沖へ出ると、ポワント・ド・ペルヌ岬を迂回した。マラハッドがわざわざ注意を促すまでもなく、乱杭歯（らんぐいば）のようなぎざぎざの黒い花崗岩が、黄ばんだ泡の間から突き出している岬が見えた。船はマラハッドの指示を受け、細長いU字形をしたポルスポル湾をゆっくりと進み、湾の最遠端の、風雨をしのげる停泊地をめざした。

「たとえほんの短い間でも、大地を踏みしめることができるのはありがたいですわ」フィデルマは感謝をこめてマラハッドにいった。

マラハッドが岸を指し示した。

「ほかの船はいないようだ」と、一目瞭然のことを口にした。「向こうにあるちいさな波止場の上手（かみて）に見えるのが、いちばん大きな村と教会のあるランポルだ。一泊して新鮮な食料と水を補給する。次の旅程は、風しだいではあるが、これまでで最も長いものとなるだろう。

陸も見えない大海原を、一直線に南へ向かう」

「けれどもトカ・ニアの件を検討しなければなりません」フィデルマは念を押した。

マラハッドは当惑の表情を浮かべた。

「俺としてはここでトカ・ニアとキアンには下船してもらって、勝手に決着をつけてほしいところなんだが」

「楽な解決方法ではありますわね……私たちにとっては、ですけれど。でもそれではのちのちややこしいことになるでしょう」彼女は答えた。

カオジロガン号がジグザグの航路をとりながら海上を三キロほど走り、入江の先端までやって来ると、フィデルマの目にも、のぼり坂になった小径がランポルの村へ続いているのが見えた。船が入江に近づいていくのに気づいた住人たちもいたようで、幾人かがすでに港におりてきていた。

マラハッドが大声で、主帆(メインスル)を、そして舵取り帆を畳むよう命じた。舳先(へさき)から海錨(かいびょう)がひとつ投げ入れられ、船はぐらりと揺らいで、数日ぶりに穏やかな海に停泊した。

「俺は上陸するが」マラハッドはフィデルマにいった。「よければ一緒に来てポール神父様に挨拶するかね？　聖職者というばかりでなく、いわばこの島の長のようなものだ。ブラザー・キアンとトカ・ニアの件はあのかたに相談するといい」

フィデルマはぜひそうしたいと告げた。軽装船(スキフ)をおろしていると、ブラザー・トーラをはじめ、ほかの巡礼客たちがぞろぞろと甲板に出てきた。すぐさまトーラが自分たちは上陸できないのかと騒ぎはじめ、ほかの者たちも一斉に文句をいいはじめた。

マラハッドが片手をあげて彼らを黙らせた。

「俺が先におりて必要な手配をしてくる。それが済んだらあんたがたも上陸してかまわないし、なんなら俺たちが残りの船旅のための備蓄を調達する間、陸でひと晩過ごして寛ぐといい。だが話がつくまでは、できれば全員船内に残っていてくれ」

みな、明らかにそれが気に喰わないようだった。とりわけ、フィデルマが船長とともに先に上陸するのを見て、なおさらそう思ったようだ。

マラハッドとガーヴァンが櫂を漕ぎ、艫のほうにフィデルマを乗せて、ちいさな軽装船はカオジロガン号から、岩の波止場への短い距離を進んでいった。

船長がおりると、長身の、浅黒い肌をした鋭い目鼻立ちの男が出迎えた。服装と、首からかけた鎖についた十字架が、彼の職業をはっきりとあらわしていた。

「また会えてなによりだ、マラハッド！」話しかたの癖で、〈ゲールの子ら〉の言葉が彼の母語ではないことがうかがえた。

ガーヴァンは軽装船を岸に舫うと、おりるフィデルマに手を貸した。

「ありがたくも、またこの島の土を踏みにやってきましたよ、ポール神父様」マラハッドは答えた。傍らへやって来たフィデルマを身ぶりで指し示す。「神父様、こちらは〝キャシェルのフィデルマ〟。われらがコルグー王の妹ぎみで……」

「シスター・フィデルマと申します」落ち着き払った笑みを浮かべ、フィデルマはきっぱりとさえぎった。「それ以外の肩書きなどございません」

ポール神父は向き直り、フィデルマの手を取ると、彼女の顔にさっと探るような視線を走らせた。

「では修道女殿、よくいらした、ようこそ」彼は笑みを浮かべると、航海士のほうを向いた。

「おまえもよく来たな、ガーヴァン、悪戯ぼうずめ。また会えてなによりだ」

ガーヴァンはきまり悪そうに笑みを浮かべた。カオジロガン号はこの島によく寄港しており、船員たちはみな顔なじみのようだ。

「さあ、ランポルでひと休みしていきたまえ」神父は小径を手で示し、話を続けた。「なにか変わったことはなかったかね？」

三人は彼に連れられて小径をのぼりはじめた。

「残念ながらよくない知らせだ、神父様。モルヴァウート号だが」

ポール神父はぴたりと立ち止まり、勢いよく振り向いた。

「モルヴァウート号？　今朝ここを出航したばかりだ。いったいなにがあった？」

「島の北側の岩場で大破した」

神父は胸で十字を切った。

「生存者は？」彼が訊ねた。

「三人だけだった。船員がふたり、ラーハンに向かっていた乗客がひとりだ。船員のふたりを早めに上陸させたいんだが」

ポール神父はふいに表情を曇らせた。

「ああ、このあたりの海を往く人々がそうした運命をたどることの多さよ。船員たちはみな大陸出の者ばかりだった。故郷に戻る彼らの魂のために蠟燭を灯そうではないか」と、そこでフィデルマの戸惑った表情を目に留めた。「この島に暮らす儂らはだね、修道女殿」と理由を話しはじめる。「仲間を海で失ったときにはちいさな十字架を立てて蠟燭を灯し、ひと晩じゅうまんじりともせずに、失われし魂の平安を祈るのだ。翌日、十字架は教会の聖骨箱に納められ、そののち、これまでに海の藻屑と消えたすべての者の十字架が待つ霊廟に安置される。そこではそうした者たちが、海から故郷へ戻ってくる魂を迎えてくれるのだ」

村に到着した。いかにも港近くの村らしい集落がひろがる中心に、灰色の石造りの教会が建っていた。

「あれが儂のささやかな教会だ」ポール神父が建物を指し示した。「さあ、そなたらの無事の到着に感謝の祈りを捧げようではないか」

マラハッドが控えめに咳払いをした。

「じつは急ぎの話があるんだが」と口を切る。

ポール神父は微笑んで、彼の腕に片手を置いた。

「感謝の祈りをあとまわしにせねばならないほど急ぎのことなど、この世にあるものかね」

彼がきっぱりと告げた。

マラハッドはフィデルマをちらりと見やり、肩をすくめた。

一行はちいさな教会に入り、祭壇の前に跪いた。その絢爛豪華さにフィデルマは驚きを隠せなかった。島の暮らしは質素なのだろうと思いきや、祭壇には絹の覆いがかけられ、金銀で飾りつけがなされている。

「こちらは裕福な村のようですね、神父殿」フィデルマは声を落とし、いった。

「ものを持たずとも心が豊かなのだよ」神父は大らかに答えた。「村人たちが神の栄光を称えんと、身銭を切って寄付をしてくれているのだ。〝ドミヌス・オプティモ・マキシモ〟（全能なる主よ）……」

フィデルマが不愉快そうに口をへの字に曲げたのに、神父は気づかなかった。民に貧しい暮らしをさせておいて無駄な贅沢をするなど、とても賛成できたことではない。

ポール神父は俯いてラテン語で祈りを唱え、それに合わせてフィデルマらも「アーメン」と復唱した。

そしてようやく彼らは神父に連れられ、教会の隣のこぢんまりとした彼の自宅へ向かった。林檎酒を注いだ陶器の杯を前に、マラハッドがトカ・ニアとキアンの件を語った。

ポール神父は鼻の横をこすりながら考えこんでいた。それが考えごとをするときの癖のようだ。

「〝クィッド・ファキエンドゥム？〟」マラハッドが話し終えると彼が訊ねた。「どうしたものかね？」

「それをご相談したいのだが」マラハッドが答えた。「ここからイベリアに向かい、さらにラーハンへ帰り着くまで、トカ・ニアとキアンをずっとうちの船に乗せていくなんてとてもじゃないが無理だ。この手の告発はアイルランド国内で権限を持つ判事に諮らねばならないと教わったが、そういう連中をここへ連れてこられるわけじゃなし、かといって、アイルランド行きの船がウェサン島に来るまで延々と待っているわけにもいかない」

「どちらにせよ、なぜそのような必要が？」

「それは」フィデルマがそっと口添えした。「トカ・ニアの告発はアイルランドの法廷においてなされねばならないからです。アイルランド行きの船が次にやって来るまで、できればここでふたりの身を預かっていただきたいとマラハッドは考えているのではないでしょうか」

ポール神父はしばらく考えこんでいたが、やがて身ぶりで拒絶を示した。

「それはいつまでだね？　そもそも修道士に向かって、そのような告発に対する釈明をおこなうために巡礼の旅を中断しろなどと命じる権利はそなたにはないであろう？　いったい法律のなにをご存じなのかね、修道女殿？」

「シスター・フィデルマはわが国の法廷が定めた弁護士だ」マラハッドが慌てて説明した。

　ポール神父がもの珍しげに彼女に向き直った。

「教会法を司(つかさど)る弁護士ということかね？」

「『懺悔規定書(ペニテンシャル)』[6]は心得ておりますが、私は世俗の、古代アイルランド法をよりどころとする弁護士です」

　ポール神父は失望した顔をした。

「世俗の法律などよりも教会法を優先すべきではないかね？　それを鑑(かんが)みれば、このような主張など聞くにも及ばん」

　フィデルマはかぶりを振った。

「私どもの国では、法律はそのような働きはいたしません、神父殿。トカ・ニアは、考え得るかぎり最も深刻な告発をおこなったのです。キアンはそれに応えねばなりません」

　ポール神父はしばし考えこんでいたが、やがて首を振って異を唱えた。

「この集落の長として、また教会の代表者としていっておかねばならんことだが、そちらの法律はこの島では通用せん。儂にはどうしようもない。もしそのブラザー・キアンとトカ・ニアとやらのどちらか、あるいは両方が、みずからの自由意志に基づいて下船し、アイルランド行きの船が通りかかるまでこの島にとどまりたいと望むのならば好きにすればよろしい。ふたりがほかの土地へ向かいたいというのならばそれもよかろう。だが彼らがこの島の法律を破ったというのならともかく、そうでないなら儂にはなんの指図もできなければ、身柄の拘束もいたしかねる。なにが最善か、そちらで決めたまえ」

マラハッドは見るからにいやな顔をした。

「どうやら」とフィデルマは船長に向き直り、いった。「選択肢はひとつしかないようですね。マラハッド、あなたの船はあなたの王国であり、〈フェナハスの法〉に鑑みればあなたの治めるべき場所です。あなたは義務として、キアンとトカ・ニアをみずからの船で管理し、最終的にはアイルランドへ連れ帰らねばなりません」

マラハッドは異を唱えようとしたが、フィデルマは片手をあげて彼を制した。

「義務、と私は申しあげました。あなたに責任があるとはいっていません。今後のことについて裁定をくだすのはあなたです。私には、この件を法律に照らした場合のことを助言してさしあげることくらいしかできません」

船長は沈んだ顔でかぶりを振った。

「究極の選択だな。俺はどこに補償を訴えればいいんだね？　船旅の間じゅう拘束下に置かれたままじゃ、当然キアンは復路の代金など支払う気はなかろうし、トカ・ニアの宝石くらいじゃ埋め合わせにもならん。ご存じだろうが、俺は自分の懐だけ心配していればいいわけじゃない、船員たちのことも喰わせなきゃならんし、あいつらにだって養うべき家族がいる」

「トカ・ニアの告発が真実であると証明されれば、ラーハン王が補償してくださるでしょう。

もしそれが叶わなければ、あなたがトカ・ニアに対して動産差し押さえを請求すればよろしいのです」

マラハッドは決めかねていた。

「やつがそんな財産や資産をほんとうに所有していればいいんだがな。とりあえず考えさせてくれ」

この話は終わり、とばかりに、ポール神父がぱんと手を叩いた。

「ではその間に、友なるマラハッドよ、乗客たちを上陸させて荒波から解放してやり、わが地の偉大なる殉教者ユストゥスを称える宴（うたげ）に参加してもらってはどうかね」

「お心遣いに感謝する、ポール神父様」マラハッドはぼそりといったが、どう見ても考えごとで頭がいっぱいのようすだった。

「私からもお礼を申しあげます、神父殿」フィデルマはいい添えた。「私どもの国内の問題に、ここまで親身になっていただいて」ふと黙りこむ。「ユストゥスの宴？ 同じ名の偉大な聖職者は私も幾人か存じておりますけれど、このあたりに縁（ゆかり）のあるユストゥスというと、私の記憶にはないのですが」

「幼くして殺された少年の名だ」ポール神父は説明した。「ディオクレティアヌス皇帝（ローマ皇帝、在位二八四～三〇五年）による迫害がおこなわれていた頃のことだという。彼はふたりのキリスト教徒をローマ兵から匿い、そのために殺されたそうだ」

ポール神父はゆっくりと立ちあがり、マラハッドとフィデルマも、そして会話にいっさい加わらなかったガーヴァンもともに立ちあがった。

「新鮮な水とパン、それにそのほかの備蓄品が必要なのだな?」

そのとおりだ、と船長は頷いた。

「そっちはガーヴァンに任せるので彼にいってくれ、神父様。俺は乗客に、上陸して寛いでくれと伝えてくる」

「ユストゥスに捧げる礼拝は日没に開始し、そのあとに宴を催すことになっている」

神父にしばしの別れを告げ、波止場に向かってゆっくりと戻った。どうやらアードモアに帰港するまでキアンとトカ・ニアを乗せていかねばならないらしい、とマラハッドは憂鬱(ゆううつ)そうな表情だったが、諦めたようすで、このさいしかたがなかろう、と口にした。

「賢明な決断だと思います、マラハッド」フィデルマは心からそういった。「気がかりなのは、むしろシスター・ムイラゲルの事件のほうです。なにしろ私ですらこのような、どこから解決方法を探ってよいのかわからない厄介ごとに直面するのは、まったく初めての経験なのです」

第十八章

ふいに動悸がしてフィデルマは目覚めた。あたりは暗く、なぜ突然目が覚めたのかはわからなかった。疲れ切っていた。なんと長い一日だったことか。見張りとともに客用船室に閉じこめられたままのキアンとトカ・ニアを除き、全員が下船した。カオジロガン号の巡礼団と船員たちが島でのユストゥスの礼拝と宴に招かれている間に、難破船の船員ふたりは陸へ運ばれた。人々が船に戻ったのは真夜中近くのことだった。ランポルには誰も宿泊しなかった。マラハッドから、食料もすでに積み終わり、朝の潮流に乗って早々に出航するつもりだと告げられたからだ。イベリアにさっさと到着しておけば、そのぶん厄介な乗客ふたりをアードモアへ連れ帰るまでの時間が短くなるからな、ともいっていた。

なぜ目が覚めたのだろうと横になったまま考えていると、引っ掻くような奇妙な音がした。客用船室の下の、甲板の厚板から聞こえるようだ。フィデルマは寝棚から起きあがって眉をひそめた。やがてウェンブリットの話を思いだした。船の下層に鼠がひそんでいるのだ。

寝棚の足もとの、ずっしりと重くて温かいかたまりに手を伸ばし、猫の黒い毛を撫でた。「おいで、ルッフチェルン」と小声で呼ぶ。「あなた、ちょっと仕事をさぼっているんじゃなくて？」

猫はもぞもぞと動いて、丸めていた身体を精一杯伸ばした。猫というのはこんなにも伸びるものなのか、とはいつも思うことだった。目の前の生きものは、ピイ、と猫らしくない、まるで鳥のような鳴き声をあげると寝棚から飛びおりた。猫はしずしずと床を横切り、窓枠に飛び乗って姿を消した。

カサカサという音がやがてやんだ。足もとの、厚板を一枚隔てただけの暗がりに鼠がいるのを想像し、フィデルマは軽く身震いをした。耳をそばだてる。もう音はしていない。鼠はいなくなってしまったようだ。〝鼠の王様〟が闇の仕事を手際よく片づけたのにちがいない。

フィデルマはあくびをし、枕に背中を預けたとたんに眠りに落ちた。ほんの一瞬眠ったような気がしたところで、ガーヴァンに揺り起こされた。見るからに不安げなようすだ。

「向かいの船室まで来てもらえませんかね、姫様」彼がやや声をひそめていった。

フィデルマは法衣を肩から羽織り、寝棚からするりと抜け出した。ガーヴァンの表情を見ただけで、つまらない質問で時間を無駄にしている暇はなさそうだと悟った。ガーヴァンの船室といえば、トカ・ニアが閉じこめられている場所だ。

ガーヴァンは自室のドアを手で開いたまま廊下に立っていた。まだ夜明けまでは間があり、狭い室内にはランタンが灯されている。フィデルマは中を覗きこんだ。

トカ・ニアが仰向けに横たわっていた。両目をかっと見開き、胸もとは血まみれだった。

「心臓のあたりをめった刺しにされてるようでさ」説明が必要だと感じたかのように、背後でガーヴァンがぼそりといった。

フィデルマは一瞬立ちつくし、衝撃が収まるのを待った。

「マラハッドには話しましたか？」彼女は訊ねた。

「伝言をやりました」ガーヴァンが答えた。「気をつけてくだせえ、姫様、床が血だらけですんで」

見おろすと、掻き切られた動脈から床じゅうに血があふれ出ていた。床はおそらくガーヴァンにさんざん踏まれてしまったあとのようだったが、フィデルマはあることに気づいた。

「その場から動かないでください」彼女はいうと、床にべっとりとついた跡を目で追いながら戸口まで行った。室内には足跡としてはっきりわかるものはなく、最初に犯人がつけたであろうしるしの上を、ガーヴァンが踏み荒らしてしまったことは明らかだった。血の跡はフィデルマの客室の前で途切れていた。これにはフィデルマも頭をひねった。足跡は主甲板に通じる出口まで続いているものとばかり思っていたからだ。そこで自分の客用船室に戻り、ドアを開けた。薄く残っている足跡は、おそらくガーヴァンが入ってきたときのものだろう。犯人が足跡を残していることに気づき、ふたたび歩きだす前になんらかの方法で足の裏の血を拭った、としか考えようがない。

ふと直感がひらめき、フィデルマは自分の靴を調べた。クレラに渡されたナイフがしまってあったはずだ。はたしてナイフは消え失せていた。彼女はガーヴァンを振り向いた。

「キアンの客室に誰かをやってください」と促す。この状況において、まずすべきことはそれだった。

ちょうどそこへ、マラハッドが廊下をやって来た。不安げに顔を引きつらせている。今のフィデルマの言葉が耳に入ったようだ。

「キアンの客室にならとっくに人をやった。知らせを聞いて、あんたがまず話を聞きたかろうと思ってな。だが寝床はもぬけの殻だった」

「なんですって？」まさかキアンがそんな馬鹿な真似をするとは、フィデルマも本気で思ってはいなかった。だが彼の心の深淵を知りつくしているわけでもなければ、そういえば彼の考えかたを理解できたことすら一度としてなかったではないか。

「ドロガンに客室を見に行かせたところ、見張りは眠ってやがった。同室のバーニャは、出てった物音すら聞いてないそうだ。船員を責めないでやってくれ。囚人を見張るなんてことには慣れてないんでね」

いいわけなどどうでもよかった。

「もう一度見てきてください」彼女はきっぱりといった。「今すぐに行ってくださいますか、ガーヴァン？」

航海士は即座にその場をあとにした。

「どうやら間違いないようだな」マラハッドはトカ・ニアの遺体をちらりと見やり、呟いた。

「キアンは自分を告発した相手を殺して陸へ逃げたんだろうよ」

それが唯一の、筋の通った説明であると思われた。フィデルマは諦めたようにため息をついた。

「確かにそのようには見えます」彼女は認めた。「ですが彼も、隠れおおせるほどこの島は広くないと承知しているはずです。島なのですから、彼はじきに見つかるでしょう。私(わたくし)は身支度を調えてまいります。急いで上陸し、キアンを探さねばなりません」

マラハッドとガーヴァンとフィデルマは軽装船(スキフ)で波止場に降り立った。早朝の灰色の光の中を行き交う者は誰もいなかった。小径をのぼって教会へ直行した三人は、扉の陰からあらわれて彼らを迎える人影があることに驚いた。ポール神父だった。深刻な表情だ。

「誰を探しに来たのかは承知しておりますぞ」彼は応じた。

フィデルマも険しい表情で応えた。

「ここへ逃れてきた理由を、彼は話しましたか？」彼女は訊ねた。

「いかなる告発を受けたのかは知っている」神父が答えた。

「居場所をご存じなのですか？　できれば教えていただけると助かります。私たちで島じゅうを探して時間を費やすよりはそのほうがよいと思いますが」

「探す必要はない、修道女殿。そのような捜索を容認するつもりもない。ブラザー・キアンは教会で保護している」

昨日とは打って変わった、神父の刺々しい口調にフィデルマは戸惑いを隠せなかった。

「では彼に弁明の機会を与えるべく、カオジロガン号へ連れ帰らせていただきます」

神父は眉をひそめ、歩みだそうとする三人を片手をあげて制した。

「それは許可できない」

フィデルマは驚きのまなざしでポール神父を見つめた。

「許可できない、ですって?」まるで面白がってでもいるように、彼女はおうむ返しにいった。「昨日あなたは、キアンの置かれた状況など知ったことではないとおっしゃったではありませんか。ところが今はキアンを船に連れ帰るのは許可しない、と。どのような理屈のもとにそうおっしゃっているのです?」

「儂には、そなたらがキアンを連れ帰るのを止める権利がある」

「この犯罪はあなたの島ではなく、マラハッドの船上で起こったことです。裁く権利があるのは明らかにマラハッドです」

神父はふと戸惑いを見せたが、やがて頑とした態度を示すように両腕を組んだ。

「ひとつ、ブラザー・キアンはこの地に〈聖域権〉(1)を求めてやって来た」彼は告げた。「ふたつ、彼が告発を受けているその犯罪とやらが起こったのは五年前、しかも何百マイルと離れた土地でのことだ。そなたらの船上でそのような聴取をおこなう権限はない。修道女殿も昨日いっておられたことだ」

　マラハッドは後頭部を掻きながら、説明してくれとばかりにフィデルマをじっと見た。

「〈聖域権〉？」途方に暮れたようにいう。「なんのことやらさっぱり……」

　ポール神父がさえぎった。

「シスター・フィデルマがご説明くださるだろう、『民数紀略』において主なる神はこう仰(おお)せになっている。〝汝(なんぢ)らのために邑(まち)を設けて逃遁邑(のがれのまち)と為(な)し、誤(あやま)りて人を殺せる者をして其処(そこ)に逃(のが)るべからしむべし。其(そ)は汝(なんぢ)らが仇打(あだうち)する者を避(さけ)て逃(のが)るべき邑(まち)なり……〟（第三十五章十一～十二節）」

「『民数紀略』の内容は私どもとて存じております、ポール神父殿」フィデルマは穏やかな口調でいった。彼女はマラハッドに向き直り、説明を始めた。「教会法における〈聖域権〉とは、私たちの国の法律でいうところの『ネメド・テルマン〈保護に関する法律〉』に当たるもので、それによれば、暴力行為によって告発された者は、たとえ有罪であろうとも、その事件に対する正式な聴取がおこなわれるまでの一定期間において〈聖域権〉を求めることが許されるのです――ですが私どもの法律では、神父殿」とポール神父を振り向く。「こうも述べられています。だが〈聖域権〉を求める有罪なる者が、最終的に審判を免(まぬが)れることができるわけではない、と」

　ポール神父は知っているというしるしに軽く頭をさげた。

「承知しているとも、修道女殿。だがそなたらのアイルランドの法はこの地には及ばぬ。ここでの法律は、聖書に記された神による法律だ。『出エジプト記』にはこのようにある、〝神人をその手にかからしめたまふことある時は我汝のために一箇の処を設くればその人其処に逃るべし〟（第二十一章十三節）。彼は復讐を求める者に対し、身を守る術をじゅうぶんに調えるまで、こうした場所に逃れることが許されているのだ」

「ポール神父殿、私どもは復讐が果たされることを望んでいるわけではありません。ですがブラザー・キアンは、この犯罪について弁明を述べるために出頭せねばなりません」

「彼は正式な手続きを踏んで保護を求め、受け入れられたのだよ」

フィデルマは素早く考えを巡らせた。

「正式な手続き？」おうむ返しにいう。

ドーリィーとして、感情は抜きにして事実のみに目を留めようと懸命に努めてはいるものの、今槍玉にあがっているのは、どこかの見知らぬ脱法者ではなく、キアンなのだ。キアン！　今は大嫌いとはいえ、かつては心を捧げた相手だ。感情的なものはいっさい無視するしかなかった。フィデルマは、もはや自分自身の気持ちすら信用できなくなっていた。今は法律のことだけを考えなければ。今はとにかく法律が問題なのだ。

「彼は正式な手続きを踏んで〈聖域権〉を求めたというのですか？」彼女は繰り返した。

ポール神父は、フィデルマがみずからの主張を述べようとしているのを察して黙っていた。

「たった今あなたは『出エジプト記』を引き合いに出されましたが、それには続きがあります。こう締めくくられています。〝人もし故にその隣人を謀りて殺す時は汝これをわが壇よりも執へゆきて殺すべし〟（第二十一章十四節）。違いますか？」

「そのとおりだ。だが戦における謀殺とはなんだね？　戦では相手を殺さざるを得ん。武人は戦の熱に浮かされて正気を失うこともあろう。キアンもそうであったなら、それ相応の責任を取らねばなるまい。だがその謀殺を彼の行為の一部とする主張が通るとは思えんのだが」

「私どもが話しているのは、トカ・ニアがキアンを告発した武人時代の罪のことではありません」フィデルマは嚙んで含めるように答えた。「今朝、ブラザー・キアンが船から逃亡し、〈聖域権〉を求めてあなたのもとに身を寄せたのとまさに同じ頃、マラハッドの船の寝棚でトカ・ニアが殺害されているのが発見されました。私どもはその話をしているのです」

ポール神父は愕然としたようすで、両手をだらりと身体の脇へさげた。

「そんな話はひとことも聞いておらんぞ」

フィデルマは獲物を目の前にした狩人よろしく身を乗り出した。

「では『ヨシュア記』に記された規範を思いだしていただけますかしら。〝斯る者は是等の邑の一に逃れゆき……邑の門の入口に立てその邑の長老等の耳にその事情を述べし……〟（第二十章四節）。キアンもまた入口に立ち、トカ・ニア殺害の罪について事情を述べたのですか？」

ポール神父は明らかにうろたえていた。

「そのような話はいっさい聞いていない。彼が〈聖域権〉を求めたのは、トカ・ニアに告発を受けた罪についてだけであった」

「では、あなたが引用なさった教会法に鑑みれば、彼はみずからの事件について正式に述べていませんので、ゆえに保護を求めることはできません」

ポール神父は葛藤していた。やがてようやく心を決めたのか、一歩あとずさり、彼らに先に行くよう促した。

「ブラザー・キアンのいいぶんを聞いてみようではないか」彼は静かにいった。

キアンは教会裏にある庭の陰に腰をおろしていた。ポール神父がマラハッドとフィデルマを連れて入っていくと彼は立ちあがり、不安げなまなざしでフィデルマを、そしてマラハッドを見た。

「俺は〈聖域権〉を与えられた身だ」彼は告げた。「トカ・ニアにはそう伝えてくれ。俺はここに残る。あんたたちの手も、あんたたちの法律も俺には及ばない」

マラハッドは眉をひそめて口を開こうとしたが、フィデルマが身ぶりで彼を黙らせた。

「なぜトカ・ニアが聞き入れると思うのですか？」彼女はなにごともなかったかのように訊ねた。

「きみならうまく話をつけられるだろう、フィデルマ。〈聖域権〉に関する法律についてあいつに教えてやってくれ」

「トカ・ニアが法律に関心を持つことはもはやないと思いますが」

ブラザー・キアンは驚いてまばたきを繰り返した。

「まさかあいつが告発を取りさげたのか？」

フィデルマはキアンの目をじっと覗きこんだ。そのまなざしには不信感と、さらに希望すら垣間見えたが、はぐらかそうとするような狡猾な光はいっさい宿っていなかった。

「トカ・ニアが死んだのです」

キアンの驚いた反応に嘘偽りはなかった。

「死んだ？　そんな、まさか？」

「トカ・ニアは殺害されました。あなたが船から逃亡したのとほぼ同時刻のことです」

キアンは思わず一歩あとずさった。間違いなく動揺している。こんな芝居が彼にできるはずはないからだ。

困り果てたようすで、ポール神父が肩をすくめた。

「これでは儂の立場が難しくなる、修道士殿。教会法に基づいてこの教会内に保護することは承諾したが、あくまでもそれはそなたが告発を受けた罪に対してのみだ。ところが……」

キアンはうろたえたようすで神父を、そしてフィデルマを見た。

「だがトカ・ニアが死んだなんて初耳だ。神父殿はなんの話をしてるんだ？」とフィデルマを問いただす。

「トカ・ニアを殴ったその手で彼の命を奪ったか、と訊かれたら否定しますか？」

キアンはますます混乱に陥り、両目を大きくみはった。

「本気でいってるのか？　つまり……彼を殺した罪で俺は告発されているのか？」

フィデルマは手を緩めなかった。

「では否定するのですか？」

「当たり前だ。真っ赤な嘘だ」キアンは激怒してわめき散らした。

フィデルマは皮肉めいた表情を浮かべた。

「彼が殺されたのは偶然だと主張なさるのですか？　自分はなにも知らないと？」

「どういういいかたをしようが、俺は殺してない」

フィデルマは、先ほどまでキアンがすわっていたベンチに腰をおろした。

「もし偶然ならば、ずいぶんと都合のいい偶然ですこと。船から逃亡なさった理由をお聞かせ願えますかしら？」

キアンは彼女の向かい側に腰をおろし、身を乗り出した。彼の態度は必死に懇願している者そのものであった。

「俺はやってない、フィデルマ」彼は抑えた声で懸命に訴えた。「俺のことはよく知ってるはずだ。確かに戦では人を殺めたが、平気だったことなど一度としてない。ただの一度もだ！　きみならわかるだろう、俺がそんな——」

「私はドーリィーです、キアン」彼女は鋭い声でさえぎった。「知っている事実だけを話してください。それ以外の訴えは必要ありません」

「だが俺はなにも知らないんだ。話せる事実などない」

「ではなぜカオジロガン号から逃亡し、〈聖域権〉を求めてここに来たのですか?」

「わかりきったことだろう」キアンが答えた。

「あなたがトカ・ニアを殺したのであればわかりますが、でなければそうとはいえません」

キアンは怒りに頬を紅潮させた。

「俺は……」いいかけてふと黙った。「〈聖域権〉を求めてここへ来たのは、考える時間が欲しかったからだ。トカ・ニアに告発されたあときみに訊問されて、冗談などではないのだと悟った。きみとマラハッドは俺を拘束し、ラーハンに送還して裁判にかけようとしているのだ、と。ラス・ビリャの虐殺において俺が有罪となるのは確実だ」

「確か、虐殺に関しては認めていましたね」

「やったことは認めるが、罪を犯したとは思っていない。あれは戦で、俺はただ命令を遂行しただけだ」

「ならば告発に対する釈明を調えておくべきでしたね。殺人の罪を犯していないのであれば、先ほどの法に頼ることができましたのに」

「考える時間が欲しかったんだ。あんな告発を受けるとは思いも寄らなかった」

マラハッドが厳しい口調で割って入った。

「それよりも、あんたはトカ・ニア殺害の罪を認めるのか否かをまず答えてもらおう」

フィデルマもいつしか頷いていた。

「じつのところ、ほかにあなたを告発する証人がこれ以上あらわれなければ、トカ・ニアの告発は彼の死とともに消滅します。私たちにはあなたを拘束する権限もなければ、さきの告発に対して釈明を迫ることもできません。というのも、トカ・ニアは法的な文書を残しておりませんので」

キアンは呆気に取られていた。

「では、ラス・ビリャの件での告発は帳消しということか？」

「トカ・ニアは公的な告発をおこなったわけではありません。記録もなければ証人もいません。死者による口頭での告発は、遺言として証人の前で述べられたのでないかぎり、あなたに対する証言とみなすことはできないのです」

「では俺はその告発から免れるのだな？」

「あなたに不利な証言をするラス・ビリャの目撃者がほかにあらわれないかぎりは。そのような者はこの場には誰もおりませんので、さきの告発に関しては、あなたは無実となります」

ブラザー・キアンのおもざしに笑みがひろがったが、その言葉に含まれた意味を察して、その表情がまた険しくなった。

「父と子と聖霊に誓っていうが、俺はトカ・ニアを殺してない」
その声には真実の響きが宿っていたようにフィデルマには感じられたが、個人的感情が邪魔をして、彼の無罪の主張をもうひとつ信じきれなかった。ホラティウスはなんといっていた？〝ナトゥラム・エクスペレス・フルカ・ターメン・ウスクエ・レクーレット〟――〝たとえ熊手で追い払おうと、生来のものはなべて戻ってくるものだ〟そう語っていたではないか。キアンは根っからのペテン師で、彼のいう真実など信じられたものではない。だがそこで、またしても個人的感情に流されて彼を責めはじめている自分にふと気づき、罪悪感で胸が疼いた。

口を開きかけたそのとき、すぐ近くで荒々しい叫び声がした。

ポール神父が眉をひそめて視線をあげた先に、いかにも漁師というでたちの、ひょろりと痩せた島民が、教会の建物の角をまわって走りこんできた。彼らの姿を見ると漁師は慌てて足を止め、息を切らしながら傍らに立った。

「どうした、ティバットウ？」ポール神父は不機嫌そうに訊ねた。「そのような騒がしいようすで神の家を訪れるものではない」

「サクソンの！」男は息せき切って唸り声をあげた。「サクソンのやつらが！」

「どこだ？」神父が漁師を問いただし、マラハッドは驚いて思わず跳びあがり、腰のナイフに手をやった。

「ロシェー岬にいたらばよう……」

「北側の沿岸の岬だ」ポール神父がさっと彼らを見て説明を加えた。

「したら、サクソンの船がこっちめざして、入江に向かってくるのが見えたんでさ。主帆に稲妻のしるしのある戦船だ」

キアンとともに立ちあがっていたフィデルマは、マラハッドと素早く視線を交わした。

「あとどれほどで入江まで来そうだ？」神父は険しい表情で問いただした。

「たぶん一時間てとこです、神父様」

「警報を鳴らせ。島民を家の中に避難させろ」彼は歯切れよく命じた。「来たまえ、マラハッド、船員と巡礼客を全員上陸させたほうがいい。洞穴がある。そこなら隠れられるし、最悪でも立てこもることはできる」

マラハッドはきっぱりとかぶりを振った。

「サクソン人だろうがフランク人だろうがゴート人だろうが、海賊どもに俺の船をみすみす渡してなるものか！　ちょうど潮目も変わったところだ。入江の外へ船を出そう。乗客の中で上陸したい者がいるなら、それぞれ好きにすればいい」

ポール神父は一瞬、啞然として彼を見つめた。

「外海へ出るまでに入江の出口を塞がれてしまうのが落ちだ。ロシェー沖までたどり着いているということは、三十分もしないうちに岬をまわってこちら側へやって来る」

「みすみす上陸されてみな殺しにされるのをこの島で待つくらいなら船の上のほうがましだ」マラハッドは答えた。ガーヴァンを振り返る。「俺たちのほかに上陸している者は？」

「おりません、船長」

「姫様はどうする？」マラハッドはフィデルマに訊ねた。

彼女は即答した。

「あなたが急いで船に戻るなら、私も参ります、マラハッド」

「よし、行くぞ！」

彼らが身の振りかたを話し合っている間、じっとそばに立っていたキアンが一歩踏み出した。

「待ってくれ！　俺も行く」

マラハッドは驚いて彼を見つめた。

「〈聖域権〉を求めてここへ来たんじゃなかったのか」と鼻で笑う。

「いっただろう、俺が〈聖域権〉を求めたのはトカ・ニアの告発に対する釈明を調える時間が欲しかったからだ」

「けれどもその場合、彼を殺害したという告発に対する釈明を調えねばなりませんよ」フィデルマは念を押すようにいった。

「しかたがない。だがなす術もなくここでやつらに捕らえられるのはごめんだ。俺も連れていってくれ」

マラハッドは肩をすくめた。「ぐずぐずしてる暇はない。好きにしろ。行くぞ」

すると角笛の音が響きわたった。急を報じる荒々しい響きだった。教会をあとにするさい、四方八方へ逃げまどう島民たちが目に入った。女たちは泣き叫ぶ子どもらを抱え、男たちはとりあえず手に入れた武器を握りしめていた。

マラハッドは神父の手をぐっと握りしめた。

「どうぞご無事で、ポール神父様。おそらくあのサクソンの連中はわれわれを探しにきたのであって、この島を襲うつもりはないはずだ。なあに、一度撒(ま)いてやったんだ、次もそうさせてもらうさ」

マラハッドが先頭に立ち、細いくだり坂を入江へ向かった。

フィデルマがちらりと振り返ると、ポール神父が祝福を送るかのように片手をあげ、そして姿を消した。彼にはこれから、島民がみな安全な場所へ移動できたかどうかを確かめるという仕事があるのだ。

四人はひとことも交わすことなく曲がりくねった小径を急ぎ、軽装船を舫(もや)ってある波止場へ向かった。全員が乗りこみ、ガーヴァンとマラハッドがカオジロガン号めざして力強く櫂(オール)を漕いでいたまさにそのとき、キアンの目と、フィデルマの訝(いぶか)しげな緑の瞳が出会った。彼は視線をそらさずにじっと目を合わせてきた。

「俺はトカ・ニアを殺してない、フィデルマ」彼はきっぱりといい募った。「ポール神父殿のところへきみたちが来てそう聞かされるまで、彼が死んだとはまったく知らなかった。誓ってほんとうだ」

フィデルマはすでに、彼のいうことはほぼ真実だろうと思ってはいたが、万全は期しておきたかった。心からキアンを信用することはまずできなかった。はるか昔にいやというほど痛い目に遭ったではないか。

「潔白を主張する時間はあとでいくらでもあります」とにべもなく答えた。

軽装船が船に横づけされた。フィデルマはあとから甲板に降り立った。マラハッドはすでに甲板に飛び移り、大声で指示を飛ばしていた。ガーヴァンがフィデルマのあとに続き、足もとがぐらつかぬよう船尾を押さえていてくれた。

「準備は万端か?」艫にガーヴァンが合流すると、マラハッドが訊ねた。船員たちは、近づく軽装船の中からも命令をくだしていたマラハッドに従い、すでに動きだしていた。

「万端です、船長」航海士は声をあげた。ドロガンという名の船員が彼とともに舵取り櫂を担っている。

フィデルマは歩いていってマラハッドの傍らに行った。それがよいと自然に思ったからだ。

「どうします、マラハッド?」問いかけて、入江の出口をちらりと見やった。

彼は無表情のまま、海の灰色をした瞳を細め、深く湾曲した入江をじっと見わたしていた。

入江を出ようとするこちらの針路を塞ごうと、サクソン船の黒い輪郭が岬の南側をまわってやって来るのが見えた。こちらの船が停泊している場所から入江の出口までは三キロメートル、幅は最も広い場所でもせいぜい一キロメートルというところだ。こちらの退路という退路を断とうとするなら、襲撃船のほうにはいくらでも時間の余裕があった。

「しつこいからな、あのサクソンの悪魔どもは」マラハッドがぼやいた。「あえてそう呼ばせてもらうがね。ゆうべ、われわれが逆戻りしてあちらをやり過ごしたことに気づくとは、向こうの船長もすこしはできるやつのようだ。ここまで追いついてくるとはなかなかいい腕をしてる」

「この船を隠してくれる暗闇も、今はありませんものね」フィデルマは指摘した。

マラハッドがそこでふと黙り、乗客たちを甲板へあがらせるな、と怒鳴った。自由の身となったキアンが、襲撃船の襲来を仲間たちに知らせてまわろうと甲板下へ向かうのを見とがめたからだ。やがて船長は、霞んだ青空に点々と列をなして並んでいる白い雲を憂鬱そうに見やった。

「そのとおりだ」彼はフィデルマに向かって答えた。「鰯雲――つまり晴れていても天候は不安定ということだ。どちらにせよ、闇も霧もわれわれを隠してはくれんだろう。霧がかかればなんとかやつらの脇をすり抜けられるかもしれんがな。はあ！　霧よかかってくれ、と祈る船乗りなど、姫様も初めて見るんじゃないかね」

彼女が動揺せぬよう、マラハッドがわざと喋りつづけてくれているのがフィデルマにもわかった。

「私のことはご心配いりませんわ、マラハッド。襲撃されても、ただでやられなければいいのですから」

彼は賞賛のまなざしでフィデルマをしげしげと眺めた。

「とても修道女様とは思えない台詞(せりふ)だな、姫様」

フィデルマは彼と同じように、力強い笑みを浮かべてみせた。

「今のはオーガナハト王家の姫としての台詞です。ファルバ・フラン王の娘として、そしてコルグー王の妹として人生を始めたからには、それとして人生を終えるのもまた私の運命なのかもしれません。戦って死なねばならないとしても、かならず敵には高い賠償を支払っていただきますわ」

ガーヴァンが持ち場を離れてふたりのもとへやってきた。その顔には笑みのかけらもなかった。

「戦って死ぬのは気が進まねえですな」彼はいった。「へたな防御を打つより、素早く退却するほうがよかねえですかね」

ガーヴァンを知りつくしているマラハッドは、航海士の声になにかを感じ取ったようだった。

「なにか考えがあるのか？」

「どのみち風と帆しだいですがね」ガーヴァンは軽く頷き、答えた。

「サクソン船は先手を取ったと思っとりましょう。あっちの船長はポワント・ド・ペルヌ岬寄りの北側を航行しながら、こっちが焦って逃げてくるのを待ちかまえてますわ。さながら鼠に飛びかかろうとする猫ってとこですかな？」

「船乗りでなくとも、そのくらいはわかります」フィデルマも頷いた。

「前のほうに小島があるのが見えまさあね？」ガーヴァンが入江を指さした。

「ああ見える、ここから一キロほど先だ」マラハッドがいった。

「そっからサクソン船を見てくだせえ」ガーヴァンがいった。

ふたりはいわれたとおりにした。

大きな横長の帆が畳まれはじめていた。

「あっちの船長は櫂だけでこっちの船に近づこうとしてますわ。前にも一度失敗してる手でしょうに」ガーヴァンが低くいった。

マラハッドのおもざしに満足げな笑みがひろがった。航海士がなにをいおうとしているのか、突如として悟ったからだ。

「なるほど。やつらの死角を狙って小島の南側を通ろうってわけか。それならどこから入江を出るか向こうの船長には知られずにすむ。一歩先んじることができるだろう」

フィデルマは眉間に皺(しわ)を寄せた。

「私にはよくわからないのですが、マラハッド」

畳まれた帆が風に煽(あお)られて音をたて、帆柱が揺れた。船員たちは今か今かと命令を待ちかねている。

「説明してる暇はない」マラハッドは大声でいった。「出航用意!」向き直り、声をあげる。「総員! 全員で帆を張れ!」

船員たちはただちに動いた。

フィデルマはさがって、船員たちが帆を張って風をとらえようとするようすを見つめていた。ガーヴァンがふたたびドロガンとともに舵取り櫂を握る。革製の帆がわずかに風をはらむと、耳慣れた弾(はじ)けるような音が響いた。海錨(かいびょう)が手早くあげられた。カオジロガン号は跳ねるように前進を始めた。

入江の向こうの海上から、賊のあげる咆哮が聞こえた。「ウォドンよ!」櫂の先が振りあげられ、振りまかれた海水が陽光にきらめいて、そびえ立つ舳先(へさき)が波を割ってこちらに突進してくるかに見えた。

ガーヴァンの予想どおり、サクソン船は入江の北側の広い海峡を航行しつつこちらを待ち伏せしていた。風は南西に向かって吹いており、やがて、小島の陰に隠れて南側の海峡を懸命に抜けていくカオジロガン号の舳先が、弧を描きながらあらわれては消えていく水の泡をかき分けはじめた。

「危険かもしれん」マラハッドの怒鳴り声がフィデルマの耳に届いた。

「確かに」航海士が答えた。「ですがこのあたりの海は心得てますんで」

「海峡を渡り切るまで、俺が舳先から合図を送る」マラハッドが答えた。

状況をよく把握できぬまま、フィデルマは船長が舳先へ向かうのを眺めていた。彼は船の中央付近で立ち止まり、船員たちになにごとか命じた。五、六人の男たちが甲板下へ向かい、しばらくして戻ってきたときにはそれぞれが五フィート（約一・五メートル）ほどの長さの旧式の長弓と矢筒を手にしていた。マラハッドは万事怠りなく備えていた。やむを得ず戦闘になれば戦うつもりなのだ。このとき、カオジロガン号はすでに小島の陰に入っていた。船はあっという間に島陰を通り過ぎてふたたび海原へ出た。サクソン船の船長が一瞬、ひょっとすると獲物は帆を畳んで海錨をおろし、隠れんぼよろしく島の陰に姿をくらましているのでは、と躊躇したらしきことがフィデルマにも見て取れた。これなら折り返して北側の海峡を渡ることもできる。サクソン船の船長の、この一瞬の迷いのおかげで、カオジロガン号は島の陰になった南側の海峡を一気に抜けることができ、敵に一歩先んじるわずかな時間を得た。サクソン船はようやく状況を把握すると、のろのろと旋回してカオジロガン号を追いかけはじめた。船員たちが必死に櫂を漕ぎ、激しい水しぶきをあげている。

ガーヴァンはフィデルマに向かってにんまりと笑みを浮かべ、親指を立ててみせた。

「あとはあっちの船長が帆を張ってこっちを追っかけてくるのを祈るだけでさあ、姫様」

フィデルマにはいまだに状況が摑み切れていなかった。

「追い風で帆を張れば、サクソン船のほうの速度があがってしまうのではありませんか」

「よく憶えておいでで――とりあえず、あっちの船長が〝前方を一度見ることは後方を二度見るに等しい〟って古い諺なんか聞いたこともなけりゃいいんですがな」

面白がっているようなガーヴァンの表情からは、フィデルマにはなにひとつ読み取れなかった。

カオジロガン号は向かい風に船体を傾けながら、入江の南側の、ごつごつとした花崗岩の海岸線から数ヤードあたりを水を切って駆けていった。南側の岬を回ろうとガーヴァンが舵を切っている。彼がどういうつもりなのか、フィデルマには見当もつかなかった。このままではカオジロガン号は外海に出て、凪いだ海の真ん中でまる見えになってしまう。サクソン船にもすぐに追いつかれてしまうだろう。

船員たちが甲板へ運んできた長弓に答えがあるのだろうか? マラハッドとガーヴァンは外海に出たところでとにかく一戦交えるつもりなのだろうか?

眼前の光景に気づいたのはそのときだった。花崗岩の小島と入り組んだ岩の間で荒波が唸りをあげ、白い海水が滝のように流れていた。見わたすかぎりの岩礁だった。目を凝らしていると、シリー諸島の岩場を抜けたときよりもはるかに恐ろしげな光景がひろがっていた。

フィデルマがふいに身体をこわばらせたのにガーヴァンが気づいた。

「任せてくだせえ、姫様」彼は前方をまっすぐ見たまま、大声でいった。「ご覧のとおりなんで、それでどの船も島の南側の岬を回らないんでさ。この場所ではなんもかも風と潮しだいなんで、とんがった岩だらけの海岸に叩きつけられたら木っ端微塵（こっぱみじん）ですからな。だからこそわざわざここを行くんでさ。あっしは昔ここを抜けたことがありましてな。今度もうまくいくといいんですがね。まあ、だめでも……サクソンの奴隷にされたりやつらの剣の餌食になって死んだりするよりゃ、自由な身のまま死ぬほうがまだましでさ」

「サクソン船が追ってきたら？」

「そんときはあっちの船長も、うまくいくように自分の神様ウォドンに祈るしかねえですな。じっさい腕のいい船乗りかどうかは知りゃしませんがね、あっちが岩から距離を取って広いほうの海峡を渡ってくれりゃ、こっちはそのぶん何マイルか稼げるってわけでさ」

フィデルマは前方を見やり、船首でバランスを取りつつ立っているマラハッドに目を留めた。両手を振りまわして合図をしているが、それらが舵取り櫂を握るガーヴァンとその相棒に向けられていることは間違いなかった。というのもそのふたりの動きが、船長のひとつひとつの合図に応えているように見えたからだ。カオジロガン号が海流に乗り、速度をあげながら進んでいくのをフィデルマも感じた。一度だけ、岩が舷側をこすり、軋（きし）むような奇妙な音が響いた。

思わず目を閉じ、短い祈りを唱えた。

目を開けると岩は過ぎ去っており、船はまだ形を保っていた。

「後方を見てもらえますかね、姫様？」ガーヴァンが呼びかけた。「サクソン船の気配は？」

フィデルマは艫の手すりを握りしめ、後方を見やった。

航跡に白い海水が泡立ち、岩礁と岩がすぐ後ろを過ぎていくのを目にして背筋が震えた。

やがて彼女は視線をあげ、彼方を見やった。

「サクソン船の帆が見えます」興奮した声が出た。以前マラハッドが教えてくれた、例の帆に描かれた稲妻のしるしがかろうじて見分けられる。

「見えます」もう一度叫んだ。「海峡を抜けてこちらを追ってきます」興奮に声が裏返った。

「異教の神ウォドンよ、彼らを救いたまえ」にんまりと満面に笑みを浮かべながら、ガーヴァンが答えた。

「神よ、どうか私たちをお救いください」フィデルマはひとり呟いた。

カオジロガン号は波に揺さぶられ、水平線が激しく上下して、フィデルマは追ってくる船の帆を幾度となく見失った。

凄まじい速度で沈んだかと思うとまた跳ねあがる。ガーヴァンとドロガンは舵取り櫂に全体重をかけていたが、ふたりだけの力ではしだいに支えきれなくなり、ほかの船員に手を貸してくれと叫んだ。

船首からマラハッドが必死に合図を送りつづけ、カオジロガン号は波の泡に洗われる岩や小島の間を、眩暈(めまい)がするほど激しく揺さぶられながら進んでいった。やがてようやく、すこし穏やかな波間に出た。まだ揺れも収まらぬうちに、マラハッドは不安そのものといった表情で、船尾甲板へ駆け戻ってきた。

「やつらは?」唸り声をあげる。

「見失ってしまいました」フィデルマは声をあげた。「私たちを追って岩の多い場所に入ってきたのですが」

マラハッドは目をすがめ、もと来た方角を振り返った。岩だらけの海岸線はここまで離れてしまうと、まるで薄霧にすっぽりと覆われているように見えた。

「波しぶきが岩に当たってるせいだ」と、訊かれるともなく答える。「見通しが悪い」

彼は白い泡の中に突き出た、黒い乱杙歯(らんぐいば)のような岩を見やった。

フィデルマは何度めかの軽い身震いをした。あのような恐ろしい牙の間を無事に通り抜けてきたとはとうてい信じがたかった。

「あそこだ!」マラハッドがふいに叫んだ。「見えたぞ!」

フィデルマは前に伸びあがったが、なにも見えなかった。

ややあって、マラハッドがため息をついた。

「中檣(トップマスト)が覗いたような気がしたんだが、見えなくなった」

「うまくやつらを出し抜けたようですな、船長」ガーヴァンが声をあげた。「追いつくには向こうも相当速度をあげなきゃならんでしょう」

マラハッドは振り返り、ゆっくりとかぶりを振った。

「連中の心配をする必要はもはやないだろう、相棒」彼は静かな声でいった。

フィデルマは、みるみる遠ざかっていく島の海岸線をちらりと振り返った。追ってくる船の気配すらない。

「岩に衝突したということですか?」思いきって訊ねてみた。

「あの場所を抜けることができていたなら、とうに姿をあらわしてるはずだ」マラハッドは低い声でいった。「われわれか連中か、どちらかがそうなる運命だったのさ、姫様。それが連中だったことを俺たちは神に感謝するしかない。やつらはみずからの奉ずる異教の英雄が待つ広間へ行ったんだ」

「なんて恐ろしい死でしょう」フィデルマは重々しい声でいった。

「死者は嚙まない、というわけだ」(〝人間は生きているかぎり危険であり、死んで初めて安全になる〟の意)マラハッドはそう答えただけだった。

フィデルマは短く死者のための祈りを唱えた。異教徒であれなんであれ、あれはサクソンの船だった。彼女はブラザー・エイダルフを思っていた。

第十九章

「とても穏やかな朝ですわね、マラハッド」

船長は頷いたが、機嫌はよくなさそうだった。ウェサン島を発(た)って二日。彼はたるんだ帆を指さした。

「穏やかすぎる」とこぼす。「ほとんど風がない。ちっとも進みやしない」

フィデルマは凪(な)いだ海面にじっと目を凝らした。〝ちっとも進みやしない〟のは彼女も同じだった。追っ手を撒(ま)いたあと、一行は船を停めてトカ・ニアの遺体を水葬に付した。ブラザー・ダハルの言葉を借りれば、この船旅はまるで、死者のさまよえる魂を集めて船に乗せ、死後の世界へ連れていくという古代アイルランドの死者の神ドンの船を模さんばかりの〝死の船旅〟だった。ダハルがこれを引き合いに出したとたんにブラザー・トーラとシスター・アインダーは鼻白んだが、ほかの巡礼者たちはダハルの言葉を聞いてすっかり憂鬱な気分に包まれていた。

フィデルマは、これまでに明らかになった事実を幾度となく頭の中でためつすがめつし、たとえどんなに細かろうと、ともかく事件の解明に結びつく糸口を見つけようと奮闘していた。トカ・ニア殺害の件についてだが、まずキアンは、乗客乗員の最後のひとりが島から戻って間もない、真夜中をほんのすこし過ぎた頃に船を離れたと証言している。だがガーヴァンが、その時刻のだいぶあとに船室を覗いたところ、トカ・ニアはすやすやと眠っていた、と話している。船を離れた時刻に関するキアンの証言が真実ならば、彼は無実ということになる。

フィデルマはたるんだ帆を見あげてある決意をした。

「この天候を利用してはどうかしら」明るい声でいう。

「どんな手だね？」マラハッドが訊ねた。

「数日前に水浴びをしたきりです。ウェサン島ではそんな時間もありませんでしたし、汚れていて気持ちが悪いのです。これだけ海も凪いでいますし、ひと泳ぎして身体の汚れを落としたいのですが」

マラハッドは不機嫌そうな顔をした。

「俺たち船乗りはそういう不自由には慣れてるが、姫様、あいにくとこの船には、女性が海水浴できるような一式など積んでない」

フィデルマは頭を仰け反らせて笑った。

「ご心配いりませんわ、マラハッド。殿方のお目の毒になるようなことはいたしません。シフトドレス[1]をつけて泳ぎますので」

「危険すぎる」彼は首を横に振り、反対した。

「なぜです？　あなたがた船乗りは、こうした好天候のときには泳いで身体を清潔に保つのでしょう、私もそうしてはいけませんか？」

「うちの船員は気まぐれな海の動きを熟知してる。どいつも泳ぎの猛者たちばかりだ。万が一突風が吹いたらどうする？　泳いで戻る間もなく、船のほうが長距離を流されちまうこともある。気の毒なブラザー・ガスがみるみる遠ざかるのを見ただろう」

「確かにその危険はありますけれど、それは船乗りだろうと乗客だろうと同じですわ」フィデルマはいい返した。「この船の船員がたはどうしておられるのです？」

「身体にロープを縛って泳ぐ」

「では私もそうさせていただきます」

「しかし……」

マラハッドとフィデルマの目が合った。梃でも動かないというそのまなざしを見て、マラハッドは深いため息をついた。

「やれやれ」航海士に向かって呼びかける。「ガーヴァン！」

ブルトン人がやって来た。

「姫様は凪の合間に船のそばでひと泳ぎなさるそうだ。しっかりと腰にロープを縛って、船の手すりに固く結んでさしあげてくれ」

ガーヴァンは両眉をあげ、抗議するようになにかいいかけたが、そのまま口ごもった。

「どのあたりから入られますかね、姫様？」諦めた口調だった。

フィデルマは笑みを浮かべた。「風下はどちらです？　あなたがたが〝船に守られている側〟と呼ぶのは確かその方角でしたね？」

ガーヴァンの顔の筋肉がぴくりと動き、フィデルマは一瞬、笑い返してくれるのかと勘違いした。

「おっしゃるとおりで、姫様」彼は真顔で答えた。右舷側を指し示す。「今は無風ですんで、こっち側が〝船に守られてるほう〟でさ。しかしそのうち風が出てきますんで、そしたら左舷側がそうなりますな」

「あなたは天気読みなのですか、ガーヴァン？」

ブルトン人はかぶりを振った。「北東の雲が見えますかね？　あの雲がじきに風を運んできますんで、なるべく早めにあがってきてくだせえ」

フィデルマは手すりに近づき、波を見おろした。水面（みなも）は穏やかだ。

法衣を脱ぎはじめたが、ガーヴァンが困り果てた表情を浮かべているのに気づき、動作を止めた。

「ご心配なく、ガーヴァン」陽気にいう。「肌着は脱ぎませんから」

褐色の肌をしているにもかかわらず、ガーヴァンが顔を赤らめていることはわかった。「修道女様が公衆の面前で服を脱いだりしたら罪とみなされませんかね?」

フィデルマは皮肉っぽく顔をしかめてみせ、聖書の言葉を引用した。「〝エホバ神アダムを召て之に言たまひけるは、『汝は何処にをるや』。彼いひけるは、『我園の中に汝の声を聞き、裸体なるにより懼れて身を匿せり』と。エホバ言たまひけるは、『誰が汝の裸なるを汝に告しや』〟(『創世記』第三章九~十一節)。罪は見る者の目ではなく心にあるのだ、と神はおっしゃっているのだと私は思います」

それでもガーヴァンは落ち着かなげだった。

「ともかく、申しあげたとおり、けっして裸にはなりませんから。さあ、その風とやらが出てこないうちに、私を泳がせてくださいな」

そういってフィデルマはさっと法衣を脱ぎ捨てた。肌着はいつもスロール――ゴールの商人から仕入れた絹と繻子のことだが、それを用いたものをつけている。キャシェルの王家の一員として幼い頃からそう習慣づけられてきたうえ――フィデルマにとっては、これだけは譲れないという唯一の贅沢な品だった。なにしろこの舶来の生地は、ほかに出会えないほど肌触りがよいからだ。むろん、こうした極上の布地を購入するという贅沢が許されるのは裕福で地位のある者だけだった。そうではない人々が毛織物や麻の肌着を身につけていることは彼女もじゅうぶんに承知していた。

ブレホンの〝ダラのモラン〟に師事していた若かりし学生の頃、服装に関する法律までもが存在するということを知るにつけ、フィデルマは驚きを禁じ得なかった。『シャンハス・モール』には、里子に出される子どもたちの服装に関する法律が定められていた。一着を洗濯する間に着替えに困らぬよう、子どもひとりにつき服はふた揃い持たせること。王の息子や娘の服装に始まり、族長の子ども……果ては最も身分の低い者たちの子どもの服装に至るまで、それぞれの社会的地位に照らし合わせて漏らさず列挙されていた。また、里子を受け入れている間は――つまりその形で教育を与えている間は――子どもたちにはかならず、どこへ出しても恥ずかしくない服装をさせてやること、とも記されていた。

そのようなことをつらつらと考えているうち、ふいに孤独を感じた。ここにエイダルフがいてくれたら！　彼がいれば、たとえ意見が合わなくとも、こうしたことについてあれこれと議論を交わすことができるのに。目の前の難問を解き明かすのに、ぜひとも彼の手助けが欲しかった。エイダルフならば、彼女が見逃しているなにかにきっと気づいてくれるにちがいなかった。

ガーヴァンは目をそらしたまま、長いロープを手にして立っていた。

「お待たせしました、ガーヴァン。大丈夫です、ちゃんと着ていますから」

ガーヴァンはしかたなく視線をあげた。

フィデルマのいでたちは確かに目を覆うようなものではなかったが、すらりとした形のよい体型を完全に隠し切れてはいなかった。生命の喜びにあふれんばかりの若々しい身体つきは、修道女という聖職には不釣り合いにすら見えた。

ガーヴァンが緊張したようにぐっと息を呑んだ。

「ロープを身体にどうやって結んだらいいか、やってみてくださるかしら」フィデルマは水を向けてみた。

ガーヴァンはロープの端を握り、前へ出た。

「こうして腰にしっかり巻くのがいちばんですんで、姫様。で、外れにくくてほどけにくい結び目を――こう、こま結びで」

「結びかたは憶えたと思います。自分でやってみますので、正しくできたかどうか確かめてください」

フィデルマは彼の手からロープの端を受け取り、腰に巻きつけると、真剣な面持ちでロープを結びはじめた。

「右を上に、それから左を上に……合っていますか？」

ガーヴァンは結び目を確かめると満足げに頷いた。

「完璧でさ。あっしが、もういっぽうの端をおんなじ結びかたでここの手すりに結んでおきますんで」

そしてそのとおりにした。ロープは、舳先(へさき)から艫(とも)まで悠々と泳いでいけるほどのじゅうぶんな長さがあった。

フィデルマは感謝のしるしに片手をあげると手すりに近づき、舷側からしなやかに海へ飛びこんだ。

思いのほか水は冷たく、その衝撃に思わず息が止まりそうになりながら、ふたたび海面から顔を出し、荒く息をついた。しばらくすると、ようやく息も整い水温にも慣れてきた。軽く数回水を掻く。フィデルマはよちよち歩きもせぬ幼いうちから、〝姉妹の川〟と呼ばれる、キャシェルにほど近い場所を流れるシュア川ですでに泳いでいた。水を怖がることはなく、それがどんな力を持っているかを理解して、素敵なものだとただ純粋に思っていた。

内地の人々の多くが川で泳ぎを覚えるいっぽうで、海岸沿いの漁村に暮らす人々、とりわけ西海岸の人々のほとんどが泳ぎを覚えようとしないのは、当のアイルランド人にとっても不思議きわまりないことだった。フィデルマはかつて、ある老漁師に理由を訊ねたことがあった。もし船が沈んでしまったら、泳げないと困るのでは？　と。すると老漁師はかぶりを振り、いった。

「儂(わし)らの船が沈んだとしてだ、生き残ろうなんてしてここいらの海でちょっとでも長く足掻(あが)くくらいなら、まっすぐ水ん中の墓へ行くほうがましじゃよ」

確かに、荒波の泡立つ岩だらけの仄暗い海岸は、間違っても泳ぎたいといえるような場所ではなかった。老漁師の言葉こそ的を射ていたのだろう。

「儂らに生きよと望まれるなら神がお助けくださる。運命に逆らったとていたしかたないことじゃ」
フィデルマはもうそれ以上訊ねなかった。漁師たちがあまり好んで話したがる話題ではなかったからだ。そういえば、彼らのように海岸沿いに暮らす人々にとって最も辛辣な悪態といえば〝溺れて死んじまえ！〟ではなかったか。

フィデルマはちいさく波打つ水面に、仰向けに浮かんでいた。カオジロガン号の黒い巨大な輪郭がのしかかるように高くそびえ立ち、帆桁にかかった広い帆はまだたるんだままだ。手すりの向こう側からガーヴァンの黒い影がこちらを覗きこんでいるのが見えたので、片腕を伸ばしてゆらゆらと手を振り、万事順調であることを伝えた。すると彼は頷いて顔をそらした。

ため息をつき、目を閉じた。陽光の温もりが顔に降りそそぐ。唇についた潮水が乾き、舐め取りたいのを必死にこらえた。そうしてしまったらひどく喉が渇くのがわかっていたからだ。

現時点での状況をざっと思い返しはじめてはみたものの、気の毒なシスター・ムィラゲルの死について考えようとしてもあまり集中できなかった。それどころか、浮かんできたのはキアンの顔だった。キアン！　奇妙にも、ふと『ヱレミヤ記』の文句が頭をよぎった。〝汝はおほくの者と姦淫を行へり、されど汝われに皈れよ〟（第三章一節）。フィデルマは軽く身震いをした。なぜこれが思い浮かんだのだろう？　確かに言葉の意味はふさわしいが、いったいなぜ聖書の文句なのだろうか？　この船旅では聖書からの引用をどれだけ聞かされたことか！　ひょっとすると自分にもその癖がついてしまったのかもしれない。

身体に負った傷のせいで武人という職業を続けられなくなってしまったキアンに対し、ふと同情の念が湧いた。肉体的に優れていることがどれほど彼の人生において重きをなしていたかも知っていた。彼は虚栄心のかたまりだ。みずからの肉体が、武器を振るう腕が、不老不死の精神がなによりも自慢だった。〝若者は常に興奮状態である（酔っている）〟といったのはアリストテレスだったか？[2]　これぞまさに若き日のキアンをいいあらわした言葉だ。彼はいつでも自分の若さに酔っていた。彼の世界では、若者は永遠に若く、老いていくのは年老いた者だけだった。

フィデルマが惹かれたのもそこだった。彼の若さと、そして力強さに惹かれた。けっして知的というわけではなかった。熟知していたのは馬を乗りこなすわざや、槍をほぼ百発百中で投げるわざ、鮮やかに剣を突き、かわし、盾を巧みに用いて身を守るわざだった。弓で矢を射るわざも心得ていた。知識で身につけようとしていた唯一のものといえば、せいぜい戦略くらいだった。

彼はなにかにつけて大王（ハイ・キング）エー・マク・アネミーレフ[3]の話を引き合いに出した。六十年前、ラーハン王ブランダヴの命（めい）で食料かごにひそんだ戦士たちに野営地にしのびこまれ、敗北した大王だ。

それ自体はたいして面白い話ではなかったが、それでもフィデルマはうまく話を持っていき、軍隊での戦略の参考になるからといって、〈黒鴉（ブランダヴ）〉[4]や〈木の智（フィシエル）〉[5]にキアンを誘った。だがキアンはそういったものにすら興味を示さなかった。彼にとっては、盤上のゲームなど面倒臭くて退屈きわまりないものでしかなかったようだ。

右腕が使えない以上、もう武人とはいえない。彼は人生における新たな役割を受け入れることも、新たな人間として生きていくこともうまくやれていないように見えた。キアンが修道士になるなどとは想像もつかなかった。みずからの逆境に対して苦悩や怒りをあらわにし、それを埋め合わせるように剛胆なところを見せつけようとする愚かな姿は、フィデルマの目には哀れにすら映った。エイダルフならばけっしてしないことだ。ウェルギリウスの『アエネーイス』の一節が心に浮かんだ。〝トゥ・ネ・ケーデ・マルイス・セド・コントラ・アウデンティオール・イト〟――〝逆境に屈せず、よりいっそう大胆に立ち向かえ〟。エイダルフならそうするだろうが、片腕の使えなくなったキアンでは……。

水中で身体がこわばった。

片腕が使えない！　なのにどうやってたったひとりで真夜中にカオジロガン号からおり、軽装船（スキフ）を漕いで島まで行ったというのか？　片手で船を漕ぐのはまず無理だ。しかもあの軽装船！　なんということか。私は観察力をどこへ置いてきていたのだろう？　なんらかの奇跡が起こって、たとえカオジロガン号から軽装船を漕いで島までたどり着けたとしても、それからどうやって軽装船だけ戻ってきたというのか？　誰かがキアンを軽装船に乗せて島まで行って戻ってきたのだ。

エイダルフなら気づいていただろう。ああ神様、なぜ彼はここにいないのでしょう。彼と心ゆくまで話し合い、彼の助言を参考にして考えることがもはや日常となっていた。

思考があらぬ方向へ流れているのを自覚し、フィデルマはもどかしげに身じろぎをした。白昼夢に耽る暇があったらもっと早く思いつくべきだった。穏やかな波に揺られて浮かんでいると、どうしても眠気が……。

そのとき、波がそれほど穏やかではなくなっているのに気づいた。波が荒れはじめ、遠くでパンと弾（はじ）けるような音がした。瞼（まぶた）を開いたフィデルマは、思わずまばたきをした。カオジロガン号の巨大な帆が風をはらんで膨らみはじめていた。聞かされていたとおりに風が強まり、船がすこしずつ動きはじめていた。慌てて水面に顔を伏せ、手で数回水を掻く。

はたと気づいて背筋が凍りついた。

腰に結んだロープがたるんで水面に浮いていた。ロープが水中に沈んでいないので、先ほどよりもずっしりと重く感じる。反対の端が船の手すりにつながっていないのだ。

フィデルマは助けを求めて大声をあげた。

手すりのそばにはガーヴァンはおろか、誰の姿も見えなかった。カオジロガン号がみるみる遠ざかっていく。

死にものぐるいで泳ぎだしたが、しだいに波は高くなり、速く泳ぐのが難しくなってきた。必死に水を掻きはじめたものの、舷側にたどり着くまでに船は見えなくなってしまうだろう。たったひとり、フィデルマを大海原の真ん中に置き去りにしたまま。

第二十章

　さざめく波音と、風が波頭を吹き抜ける音がしていた。この場所からだと、逆巻く波は巨大で、獰猛で、いかにも凄まじい力を叩きつけているかに見え、ほかの音はいっさいかき消されていた。遠くで叫び声がしたような気がしたが、フィデルマはうつ伏せになり、とにかく必死に水を掻いた。やがて傍らの水中に誰かの気配がした。

　フィデルマは驚いて顔をあげた。ガーヴァンだった。

「摑まれ！」打ちつける波に口を塞がれかけながら彼が叫んだ。「早く！」

　とやかくはいわなかった。フィデルマは彼の両肩にしがみついた。

「絶対離さんでください！」ガーヴァンが怒鳴った。

　彼が向きを変えたので、その身体にロープが結んであるのがフィデルマにも見えた。凄まじい速度で引っ張られている。舷側に見えるいくつかの人影が必死にロープを引いており、やがて、恐ろしいほどの時間をかけて、船員たちの腕力だけで船の脇腹をゆっくりと引きあげられていくのがフィデルマにもわかった。

　ぞっとするような考えがふとよぎった。自分たちは高速で進む船の舷側にぶらさがっているだけなのだ。頭上の船員たちが万が一ロープから手を滑らせでもすれば、フィデルマとガーヴァンはふたりして、凄まじい速度で走る船の下に引きこまれてしまうだろう。そうなれば一巻の終わりだ。

しばらくして、水中から身体が浮いた。

「しっかり摑まっとってください」ガーヴァンが叫んだ。

返事はしなかった。いわれずとも、航海士の服を摑む両手に力が入った。

ふたりを水底の暗い淵へふたたび誘いこもうとするかのように、白い波頭がためらいがちな指先を絡みつかせてくる。だがしばらくして、ふたりはようやく、獲物を逃すまいとするかのような海から上へ引きあげられはじめた。

フィデルマは目を閉じ、ロープが切れないことを祈った。やがていくつもの手が彼女の手首や腕を摑んだ。そして手すりの内側へ引きあげられ、彼女は荒く息をついて、震えながら甲板に倒れこんだ。ウェンブリット少年が急いでやってきて、肩に法衣をかけてくれた。心配そうな顔つきだ。フィデルマは息も絶え絶えで声も出なかったので、とりあえず顔をあげて笑みを浮かべ、感謝の念を示した。

ふらつきながらも立ちあがれるようになるまでにはしばらくかかった。転ばないよう、ウェンブリットが腕を取ってくれた。ガーヴァンも甲板で手すりに寄りかかり、息を整えていた。彼の救助があと一瞬でも遅ければ絶望的だった。船は今や波を切って進んでいた。風が強まるにつれ、帆が膨らみ帆桁をしならせている。フィデルマは無言で片手をあげ、ガーヴァンに礼を伝えた。しばらくは声も出なかったが、やがていった。「あなたは命の恩人です、ガーヴァン」

航海士は肩をすくめた。申しわけなさそうな表情だ。彼もようやく話ができるようになったというところだ。

「水ん中にいらっしゃる間は、もうちょっとあっしが気をつけてるべきでした、姫様」

マラハッドが甲板を慌ててやって来たが、フィデルマが無事だとわかって胸を撫でおろした。

「申しあげたはずだがね、姫様、こういう水浴びは危険だと」と厳しい声でいう。

「船長」ガーヴァンが脇へ退き、手すりを指さした。「見てくだせえ、ロープが切られとります」

端は手すりに結んであったが、そこから続いているロープは短く途切れていた。

フィデルマは、ガーヴァンが指し示した先に目を凝らした。

「擦り切れたのではなくて?」訊ねたものの、馬鹿げた質問をしてしまったことに気づいた。撚ったロープは、まるで鋭利なナイフを用いたかのようにすっぱりと切断されていた。

「誰かがお命を狙ったんでしょうな、姫様」ガーヴァンが抑えた声でいった。わざわざいわれるまでもなかった。それは火を見るよりも明らかだった。

「私（わたくし）が海に入ったあと」フィデルマはガーヴァンに訊ねた。「あなたはどのくらいの時間、ロープのそばに立っていましたか？」

そう問われてガーヴァンは考えこんだ。

「あっしは姫様が悠々と泳ぎはじめられるまで待ってました。手を振ってくださったでしょう。そんときブラザー・トーラに声をかけられて気がそれたんでさ。誰が泳いでるんだ、水中は危なくないのかと矢継ぎ早に訊かれましてな」

「ほんの一瞬でも、この場所から離れたときがありましたか？」

「あってもせいぜい数分てとこでさ。船長に話があったんで、ちょいと船尾へ」

「そのとき甲板にはほかに誰もいなかったのですか？」

「船員は何人かいましたな」

「船員のことではありません。乗客のことを訊いているのです」

「あのお若い修道女様のシスター・ゴルモーン、それからシスター・クレラと例の腕のお悪いブラザー・キアンがふたりでおられて、あとはあの無愛想な――ブラザー・バーニャもおられましたな」

見まわしてみると、今名前の出た者たちがすこし離れた場所に固まって、落ち着かなげに彼女を遠巻きに見ていた。全員が先ほどの救出劇を見守っていた。

「ロープの近くには誰かいましたか？」

「どうでしたかな。誰がいてもおかしくなかったんで。風が出てきた気がして急いで戻ってきたら、ロープが切られとったんです。そこで船員をふたり呼び寄せて、別のロープを手すりに結わえて、あとはご存じのとおりでさ」

フィデルマは無言で、立ったままじっと考えこんだ。

「姫様」ウェンブリット少年だった。「濡れた服を着替えたほうがいいよ」

フィデルマは彼を見おろして微笑んだ。濡れた絹地が、まるで第二の皮膚のように身体に貼りついている。彼女は肩にかけた法衣をさらにかき寄せた。

「コルマが一杯あるといいかしらね」それとなくいってみた。「私は客室に戻っています」

船員たちと乗客たちがいくつかのかたまりに分かれ、声を抑えつつも激しい口調で話し合っている中、フィデルマは慌ただしく甲板を横切っていった。

半時間ほどして、舌がひりつくようなコルマ酒で内側から、肌をしっかりとさすって乾いた服を身にまとうことで外側からもようやく身体を温めたあと、フィデルマは艫(とも)側にある船長室へ向かい、マラハッドを訪ねた。船長は、あろうことかキャシェル王コルグーの妹ぎみの命が危険に晒(さら)されようとは、と先ほどのできごとにいまだ動揺が収まらぬようすだった。

「落ち着いたかね、姫様?」船長室に入ってきたフィデルマを彼が迎えた。

「自己嫌悪に陥っていますけれど、とりあえずそれで済んでいます、マラハッド。すっかり失念しておりましたわ、殺人者は快楽を得るためだけに人を殺すこともある、と」

マラハッドは面喰らっていた。

「殺人狂がこの船に乗っているというのかね？」

「殺人を実行に移しはじめるのはまさに心を病んでいるしるしです、マラハッド」

「やはり怪しいのはブラザー・キアンかね？　つまるところ、トカ・ニアが死んで得をする者はほかにいない。彼がシスター・ムィラゲルを殺し、さらにあんたの口を封じようとしたというところか」

フィデルマはマラハッドの正面に腰をおろし、否定の意思を身ぶりで示した。

「その理屈は通らないでしょう。トカ・ニアを殺した人物は、ムィラゲルを殺した人物と同一人物とはかぎりません。シスター・カナー殺害の件も鑑みる必要があるとはいえ、ブラザー・ガスがそう話していただけです。残念なことにもうガスはこの世にいませんので、唯一の証人であった彼の言葉はもはやなんの役にも立ちません。キアンを拘束し訴えることはできないという判断基準は、カナー殺害の件にも当てはまるのです……つまり、目撃者はいずこに？　という点です。けれども法律をさておいても、私には、ガスがほんとうのことを話していたのではないかという気がしてきました」

「つまりシスター・クレラが犯人だと？」

「じゅうぶんにあり得ます。彼女の話が矛盾しているのがその根拠です。けれども彼女はなぜあのような、すぐに反論されてしまうような話を私にしたのでしょう？　嘘をついていたのか、それともそれが真実だと思いこんでいたのでしょうか？　動機がどうもわかりません」

「いったいなんなんだ？」マラハッドには不思議でならないようだった。「海暮らしは常に死と隣り合わせだが、こんな死にかたは違う。この船旅は呪われてるのかね。あの若い修道士様のブラザー・ダハルもそんなことをいっていた。〝この船旅はまるで〈死者の神ドンの船旅〉のようだ〟と……」

　フィデルマはかすかに笑みを浮かべた。

「迷信です、マラハッド。迷信は、世界を恐怖とともに閉じこめてしまいます。檻を開くのは理性です。あらゆる謎には論理的な答えが存在しますから、私たちの答えもいずれ見つかります。かならず」そこで言葉を切り、やがて口を開いた。「私が水浴びをしている間、あなたはずっと甲板にいましたか？」

「ああ。ガーヴァンがロープをあんたの身体と手すりにしっかり結びつけるのを見た。あんたが海へ飛びこむところもちゃんと見てた。あのときロープに近づいた者がいなかったか、俺が記憶をたどらなかったわけがないだろう」

「どこかの時点で、ガーヴァンがあなたのところへ来て話しかけたのでしたね？」

「あいつのいったとおりだ。ガーヴァンはしばらく手すりのそばにいた。それから片手をあげた。するとトーラが甲板を歩いてきて、あいつと話しはじめた。風が出てくると、あいつが俺のところへ相談にやって来たから、舵行速度（舵をきかせるのに必要な最低進航速度）に入るからそろそろあんたを引きあげたほうがいいと話した」

「ほかに、甲板でロープに近づいたらしき人物はいませんでしたか?」

「船員がふたり帆桁の下にいたが、あのふたりには、あんたが着替えてる間に確認した。なにも見ていないそうだ。どうやら風が出てきそうだったから、それに備えて帆を調節していた、と。あともうひとり……」彼は眉をひそめ、右手で後頭部の髪をかき回した。「ありゃあ誰だったのか」

「なにか特徴は?」

「それがわかればいいんだが、だいぶ舳先(へさき)のほうにいたうえに、そら、例の頭巾(ずきん)みたいな……」

「カウル(修道僧の法衣についている頭巾)ですか?」

「なんと呼ぶのかは知らんがね、頭巾のようなものをかぶっていた」

「では、その人物は巡礼客だったということですか? 男でしたか、女でしたか?」

「それすらもわからずじまいでね、姫様」

「その人物は手すりに近づいていましたか?」

「かもしれん。あの場にいた人間はそれだけだ。帆が風をはらんだんで、俺は船員たちに声をかけた。そのときロープのそばに戻ってきたガーヴァンが異変に気づいた。そこにいた、誰かは知らん修道士様だか修道女様だかの姿はもうなかったから、たぶん甲板下(した)へ戻ったんだろうと思った」

ふいにマラハッドが、なにか大切なことを思いだしたようにフィデルマを見た。

「ということは、そいつは戻るときに船尾の甲板昇降口(コンパニオンウエイ)を使っていないのか」

フィデルマは混乱した。

「ではどこから？」

「おそらく船首側の出入口(ハッチ)を通ったんだろう」

「ですが、そちら側には下甲板へおりる道はないのでは？」

「じつは、姫様の客室のドアを出たすぐそばにちいさな出入口があるんだが、使う者はほとんどいない。少なくとも乗客が使うことはまずない。おりても貯蔵庫に続いているだけで、そこから船のほかの場所に行くにも、かならずいったん貯蔵庫を通らねばならんのでな」

「けれども、つまりそれは、船首からも甲板下へおりることができて、さらにそこから客室に行くこともできる通り道があるということですね？」そのとおりだとマラハッドが認めると、フィデルマは立ちあがり、いった。「確かめてみましょう」

明かりが必要だった。片側にフィデルマの客室、片側にガーヴァンの船室、とふたつの部屋を隔てている狭い通路と、その突き当たりにある便所(ヘッド)は真っ暗だったからだ。フィデルマは自室に入ってランプを取ってきた。〝鼠の王様〟という名の猫のふさふさした黒い毛のかたまりが、寝棚の足もとのところで丸くなって眠っていた。フィデルマはランプに火をつけると、床にあるちいさな出入口の蓋を持ちあげているマラハッドのそばへ行った。そんなものがあったことにすら今まで気づかなかった。出入口は、せいぜい一度にひとりおりるのが精一杯だった。

「ここはめったに使われていないといいましたね？」

「まあ使わんね」

「そしてここから船じゅうの至るところへ行けるのですか？」

マラハッドはそのとおりだといった。

ふたりは木の階段を下までおりると、狭い貯蔵庫で足を止めた。立ちあがれるほどの高さもない。フィデルマはランプをかざして周囲を見わたした。

「埃だらけですね」小声で呟く。「船室としてどころか、貯蔵庫としてもほとんど使われていないのでは？」

「ほぼ使っていない」マラハッドがいった。「貯蔵品はおもに隣の船室にしまってあるからな」

床に点々とついた足跡をフィデルマが指さした。

「出航二日めにシスター・ムィラゲルを捜索したさいにもガーヴァンがここを調べたはずですね」マラハッドが賛同すると、彼女はさらに言葉を重ねた。「時化のあとにも、彼は船の外殻に傷がないかどうかを調べていましたね？」

「そのとおりだ」

彼女は先ほどふたりでおりてきた階段にランプを近づけると、屈みこんでじっくりと調べた。

段板に褐色の染みがいくつかと、階段の真下にある甲板の表面に足跡がひとつ、くっきりと残っていた。

「どういうことだ？」マラハッドが訊ねた。

「あなたとガーヴァンは同じくらいの背格好ですね？」フィデルマが訊ねた。

「そういわれればそうだが。それがどうかしたかね？」

「その足跡の隣に足を置いてみてください、マラハッド。隣にですよ、踏まないようにお願いします」

マラハッドはいわれたとおりにした。くらべると、足跡よりも彼のブーツのほうがだいぶ大きかった。

「つまりこの足跡は、トカ・ニアの遺体を見つけたさいにガーヴァンがつけたものではありません」

「ということは？」

「トカ・ニアを殺した犯人は夜のうちにここへ来たのです。人知れず船の中を横切り、この階段をのぼりました。私はその音で目が覚めたのに、てっきり鼠だろうと思いこんで、ルッフチェルンを客室の外へ出すだけで済ませてしまいました。ところがあれは、トカ・ニア殺しの犯人が彼のいる客室にしのびこみ、激しい憎しみをこめてめった刺しにしたときの物音だったのです。おびただしい血が客室の床を濡らし、おそらく犯人の足の裏にも血がべっとりとついたのでしょう。私は足跡に気づき、目を凝らしてそれらの足跡とガーヴァンの足跡を見分け、ガーヴァンのものでないほうが廊下へ続いているのを確かめました。足跡がそこで途切れていたので、先ほどの秘密の出入口の存在を知らなかった私は、犯人がそこで足裏の血を拭き取ったものだとばかり思っていました。ですが今わかりました、犯人はここを通って自分の部屋に戻ったのです」

マラハッドはわけがわからないというようにかぶりを振った。

「しかし、染みごときでなにがわかるというんだね」

「わかりますとも。いちばん下にあるこの足跡など、じつに多くのことを教えてくれています」はっきりと目に見える証拠をようやく摑むことができ、フィデルマはこの数日間で初めて感じる、全身を駆け巡る昂揚感をおぼえながら足跡を指さした。

「なにをだね？」

「この足跡の大きさから、トカ・ニアを殺した人物の人となりがかなりうかがえます。かすかながら、つながりも見えてきました。偶然の一致というのは私たちが思うほど頻繁に起こるものではないのです。トカ・ニアを殺したのはアードモアでシスター・カナーを惨殺し、シスター・ムィラゲルを刺殺した人物と同一人物です。おそらく……」フィデルマは黙りこみ、考えを巡らせた。

「俺があんたなら身辺に気を配るがな、姫様」マラハッドが不安げに口を挟んだ。「もしそいつがあんたを殺すつもりだったのなら、もう一度試みようとするんじゃないかね。犯人は明らかにあんたを脅威として見てる。おそらく真犯人にかなり近づいているんだろう」

「確かに油断は禁物です」フィデルマも同意した。「けれどもこの人物はどうやら人知れず殺人を犯すのが好きなようです。それは確かですわね。さらにもうひとつ、確実にいえることがあります」

「さっぱりわけがわからん」

「犯人はこの船に乗っているある三人のうちのひとりであり、さらにその人物は、おそらく正気ではありません。確かに警戒を怠るべきではないでしょう」

その夜、風向きがまた変わりはじめた。夕食はいつもどおりウェンブリットが給仕したが、人々の間にはどこか張りつめた空気が漂っていた。そのあとフィデルマは甲板に出て、舵取り櫂（オール）の傍らにいるマラハッドとガーヴァンのそばへ行った。

「残念ながらもうひと荒れ来そうだ、姫様」マラハッドは渋い表情だった。「今回の船旅は運が悪いどころの話じゃない。好天続きなら、あと二日ほどでイベリアの港に到着していたはずなんだが。こうなっては風向きしだいだな」

　フィデルマは空を仰ぎ見た。出航初日の時化の前ほどには雲行きは怪しくない。確かに空はどんよりと暗いが、先日のような雲の激しい流れはなかった。

「時化に当たるまでどのくらいですか？」彼女は訊ねた。

「真夜中頃だろう」マラハッドが答えた。

　船は水を切って颯爽（さっそう）と進み、白い泡が左右の舷側を洗いながら過ぎていく。フィデルマには、すべてが穏やかで凪（な）いでいるように見えた。

　日付をまたぐ頃、突如として変化した天候にフィデルマは信じられない思いだった。波は荒れ、風向きが次々と変わって眩暈（めまい）がするほどだ。彼女は甲板に腰をおろし、これまでに明らかになった事実や起こったできごとの数々をひとつひとつ思い返しては頭の中で検証し、整理していた。足もとの甲板ががくんと揺れるのを感じて思わず立ちあがる。ガーヴァンがきびきびと数人の船員たちに向かい、索具を締め直すよう指示を飛ばしていた。

　彼がふとこちらを見た。

「客室にいらしたほうが安全ですぜ、姫様、それと――」

「固定されていないものは留（と）めておくように、でしたわね」前回の悪天候のさいに学んだ教訓を思いだし、フィデルマは真面目な顔で言葉を引き取った。

「そのうちご立派な船乗りになれそうですな、姫様」ガーヴァンが満足げな笑みを浮かべた。

「この前と同じくらいひどい時化になりますか？」彼女は訊ねた。

ガーヴァンはどちらともとれる身ぶりで答えた。

「前よりましとはいいがたいですな。向かい風ですんで」

「多少風で戻されてしまうとしても、旋回して追い風で進んだほうがよくはないのですか？」

ガーヴァンはかぶりを振った。

「このあたりの海じゃ、追い風で進んじまうと荒波に晒されつづけて、ひどけりゃ波の下に引きずりこまれちまうことすらあるんでさ」

その言葉を裏づけるかのように、波しぶきが甲板にかかりだし、周囲の海が荒れ狂いはじめたのがフィデルマにもわかった。じっさい、先ほどから風が激しくなり、太くて頑丈なマストがギシギシと音をたててしなりはじめている。まるで、風が甲板からマストを根こそぎ引っこ抜こうとしているかのようだった。革製の帆は風に煽（あお）られ、今にも引き裂かれんばかりだ。

「中へ！」ガーヴァンが急かした。

フィデルマは彼の忠告をありがたく受け取り、頭を屈めて、足もとを確かめながら主甲板から自分の客用船室へ向かった。

とりあえず落下しそうなものをふたたびすべて片づけ、あとは寝棚にすわって時化をやり過ごすよりしかたがなかった。だが時化はなかなか弱まりそうにない。一時間また一時間と時間は過ぎ、しだいに、じつは天候は悪化しているのではないかという思いがふつふつと湧いてきた。

しびれを切らしてついにフィデルマは寝棚から勢いよく立ちあがり、窓辺へ行った。甲板を覗いてみるがなにも見えない。外は真っ暗で、雨が——それとも波しぶきだろうか？——激しく打ちつけていた。まるで船ごと海中に沈んでしまったかのようだ。外に目を凝らしていると、風が波頭から海を吸いあげ、それを船の上にぶちまけていた。顔や目に海水がぴしゃりとかかり、フィデルマはびしょ濡れになってしまった。

しかたなく部屋の奥へ戻った。

風と波の凄まじい音が響きわたる中でも、ギシギシという不気味な音はやまなかった。ふと、今いる客用船室のぶ厚い横板が軋(きし)んだ気がした。すると突然、板の隙間から海水が噴き出した。

フィデルマはあふれ出た海水と割れた厚板を呆然と見つめていたが、やがて寝棚から毛布を引ったくり、無我夢中で割れ目に必死に押しこみはじめた。ひび割れた木板が手の下でぐらぐらと動く感触がした。なにもかもずぶ濡れだった——着ている服も、藁(わら)のマットレスも、毛布も。冷たすぎるほどの海水に、歯の根が合わなくなってきた。

助けを呼んでも、風と波の凄まじい音に声がかき消されてしまう。木板の割れ目がこれ以上ひろがらないことを祈りながら、どのくらいの時間そこにそうしていただろう。何時間も経ったような気がした。両手が凍え、感覚がなくなってきた。

ようやく背後で客用船室のドアが開き、閉まる音がした。肩越しにちらりと振り返ると、全身ずぶ濡れのウェンブリットが、片手にバケツと、脇にもうひとつなにかを抱え、ふらつきながら入ってきた。

「大丈夫かい？」少年はよく聞こえるように彼女の耳もとに口を近づけ、声を張りあげた。

「ちっとも大丈夫ではありません！」フィデルマも声を張りあげた。

少年はバケツと、抱えていたなにかを床に置いた。それから毛布をどけると割れ目を調べた。

「外殻の厚板が海水で破れたんだ」と大声でいう。「とりあえずできるだけ補強してコーキングしとくよ。それでしばらくはなんとかなると思う」

彼は脇に抱えていたいくつかの木片を、ひび割れた部分を覆うように釘で打ちつけた。それから湿した榛(はしばみ)の葉を隙間に詰めこんだ。すると噴き出ていた海水はチョロチョロと滴り落ちるばかりになった。

「時化が通り過ぎるまではこれでなんとか保(も)つはずだよ！」聞こえるようにいうには、ウェンブリットもやはり声を張りあげねばならなかった。「あいにく、それまでには全員びしょ濡れだろうけどね。あっちこっちで水漏れしてて、船じゅうなにもかも水浸しさ」

彼が去って一時間ほどのち、フィデルマはついに疲労に負け、濡れそぼった藁の上でとりあえずひと眠りすることにした。「ニャア!」という大声でぼんやりと目が覚めた。〝鼠の王様〟は先ほどからずっと寝棚の下で怯えてうずくまっていたようだ。フィデルマが眠たげな声で優しく声をかけると、猫は寝棚にいる彼女の傍らに飛び乗ってきた。温かい身体が胸の上で丸くなり、低く満足げに喉を鳴らす。猫の温もりが湿気った服の上に心地よく、フィデルマはようやくうとうとしはじめた。

鋭い痛みが走った。

胸のあたりにちくちくと針を刺したような激痛をおぼえた。とたんに人の悲鳴とも思えるような、背筋も凍る叫び声が響きわたった。それを耳にして、フィデルマはバンシー(1)の泣き声を連想した。死が差し迫ったさいに甲高い泣き声や呻き声をあげる、女の姿をした妖精だ。〝鼠の王様〟が背を丸め、毛を逆立ててフィデルマの胸の上で立ちあがり、肌に深く爪を立てているのだということに気づくまでにしばしかかった。猫は耳をつんざくような鳴き声をあげると、寝棚から飛びおりた。

アドレナリンの作用で、フィデルマは勢いよく寝棚から飛び出した。恐怖に息を呑む。戸口に人影が見えた――ほっそりとした身体つきがほんの一瞬浮かびあがった。客用船室のドアがバタンと閉まる。船がぐらりと傾き、フィデルマはバランスを崩して思わず両膝をついた。猫らしき黒い影が寝棚の下へするりと入っていった。怯えたような鳴き声が聞こえた。フィデルマは戸口へ急ぎ、ドアを勢いよく開けた。

誰もいなかった。人影は消えていた。彼女は片手で身体を支えながらドアを閉め、いったいなにが起こったのかと室内を見まわした。

猫のわめき声はやんでいた。真っ暗でなにも見えないが、夜明けはさほど遠くなさそうだ。

船はあいかわらず激しく縦揺れしていた。フィデルマはよろけながら寝棚に戻り、腰をおろした。

「ルッフチェルン？」宥め声で呼びかけた。「どうしたの？」

反応がない。だが気配はあり、いやに荒いが呼吸音も聞こえるので、そこにいるのは確かだった。明るくなるのを待ってから、どうしたのか見てみたほうがよさそうだ。フィデルマは寝棚に腰をおろしたまま、眠れずに、いまだ収まるようすを見せぬ風の中で空が白んでいくようすを眺めていた。ようやくじゅうぶんに明るくなったと思ったあたりで、両膝をついて這いつくばり、寝棚の下を覗きこんだ。

〝鼠の王様〟は彼女に向かってフーッと唸り、爪の出た前肢を振りあげた。フィデルマに向かってそんなことをしたのは初めてだ。

ドアが開く音がして思わず振り返った。ウェンブリットが、覆いを載せた小ぶりの革のバケツを手に、船室に入ってきた。

「コルマとビスケットをすこし持ってきたよ、姫様」屈みこんでなにをしているんだろうと訝りながら、彼がいった。「今日はちゃんとした食事はなし。これが精一杯だよ。どうやら時化は夜まで収まりそうにないね」

「ルッフチェルンのようすがおかしいのです」フィデルマはわけを話した。「近づくと怒るんです」

ウェンブリットはバケツを床に置き、フィデルマの傍らに膝をついた。彼が法衣をちらりと見やり、眉をひそめて指さした。

「服に血がついてるみたいだけど、姫様」

片手で触れてみると、粘り気のあるものが胸のあたりについていた。

「傷はないみたいだ」ウェンブリットがいった。「ルッフチェルンが引っ掻いたんなら……」

「猫を寝棚の下から引っ張り出せませんか？　怪我をしてるんじゃないかしら」とっさに口を挟んだのは、その血が、ゆうべの怯えた猫の爪に刺された傷から出た血ではないことに気づいたからだった。

ウェンブリットは両膝をついて床に這いつくばった。猫を捕まえるまでにはしばらくかかった。ウェンブリットはじりじりと〝鼠の王様〟に近づくと、引っ掻かれないように前肢を二本いっぺんに摑んだ。少年は宥めすかすように優しく声をかけながら、寝棚の下から〝鼠の王様〟をするりと引っ張り出し、寝具の上に寝かせた。間違いなくどこか怪我をしているようだ。

「切られてる」少年は猫の身体を調べ、眉をひそめた。「しかも深く。後ろ肢(あし)の腿のへんはまだ血が出てる。どうしたんだろう？」

〝鼠の王様〟は、少年が自分を痛い目に遭わせようとしているのではないとわかったようで、今は落ち着いていた。

「私にもまるで……あっ！」

言葉半ばで、夜中に痛みで目が覚めた理由を悟った。寝棚の藁のマットレスに身を乗り出すと、探していたものはすぐに見つかった。以前、シスター・クレラに渡されたナイフだ。ブラザー・ガスが自分の寝棚の下に置いていったのだ、とクレラは主張していた。ナイフには血がついていた。〝鼠の王様〟の血だ。フィデルマは自分の愚かさを呪った。クレラの客用船室から持ってきたときに鞄に入れておいたはずだったが、トカ・ニアが殺されたあとに調べたときから行方がわからなくなっていたのだ。

ウェンブリットは猫の身体を隅々まで調べ終わっていた。

「下へ連れてって、この切り傷を洗って縫ってやらないと。後ろ肢の腿を刺されてるみたいだ。可哀想に。自分で舐めて治そうとしてた」

フィデルマは心配そうに〝鼠の王様〟を見やった。ウェンブリットは猫の全身を撫でまわし、猫のほうも気前よく顎の下をさすらせていた。おまけにゴロゴロとちいさく喉まで鳴らしはじめた。

「なんでこんなことになったんだろう、姫様？」ウェンブリットがふたたび訊ねた。

「ルッフチェルンが私の命を救ってくれたのだと思います」フィデルマはいった。「この子は私の胸もとで丸くなって眠っていました。すると船室の戸口に何者かがあらわれたのです。その何者かが入ってきたとき、ルッフチェルンは飛び起きたにちがいありません。殺し屋は、猫がいることにはまったく気づいていなかったのでしょう。寝ている私を刺さずにナイフを投げ捨てていっただけだったのは運がよかったとしかいいようがありません。猫の動きで相手の狙いがそれたのかどうかはわかりませんが、この子は可哀想なことに腿を刺されてしまいました。けれどもそれで声をあげてくれたおかげで私も目が覚めましたし、殺し屋も動揺したのでしょう」

「相手は誰だったの？」少年が問いただした。

「残念ながらわかりません。暗すぎました」二度までも命の危険に晒されたことを自覚して、フィデルマは思わず身震いをした。

「ルッフチェルンの手当てを頼みます、ウェンブリット。できるだけのことをしてやってください。この子は私の命の恩人です。まもなくいくつかの答えが出ます。〝デオ・ファヴェンテ〟（神の恵みによって）、どうかこの時化にはすこしでも早く収まってほしいものです。考えに集中できませんから」

だが神の恵みは訪れず、時化はさらにまる一日収まるようすを見せなかった。絶え間ない轟音（ごうおん）と揺れのせいでフィデルマの感覚は鈍り、みずからの運命すらどうでもよくなりはじめていた。とにかく眠り、容赦なく暴虐のかぎりを尽くす悪天候から逃れてすこしでも身体を休めたかった。ときおり船体が凄まじい角度で傾き、もとに戻らないのではないかとすら思うこともあった。やがて永遠にも感じられるほどの長い時間が過ぎたあと、カオジロガン号はようやくゆっくりと水平に戻ったが、そこへ巨大な波がふたたび唸りをあげて暗闇から襲いかかってきた。

船体が完全に海水に浸かってしまったかに見え、このまま沈んでしまうのではと思うことも幾度かあった。塩辛い海水を何度も浴びせられ、肺が破裂しそうになって、死にものぐるいで息をしなければならないことすらあった。足もとを揺さぶられっぱなしで、フィデルマは全身打ち身だらけでぼろぼろだった。

激しい風と凄まじい揺れがいくらか収まってきたとぼんやり気づきはじめたのは翌日の夜明け頃だった。フィデルマは客用船室を出てあたりを見まわした。灰色の朝空に薄くひろがる白い雲の中を、嵐雲（らんうん）のかけらが低くぽつりぽつりと漂っている。東の水平線には白く光る太陽の円い形すら見えた。目の覚めるような暁光というわけではなかったが、一日の始まりとしては幸先は悪くなかった。

意外にも、マラハッドがこちらへ向かって主甲板をやって来た。二日間にわたる凄まじい時化の間、ほぼ休みなしに舵取り櫂を握っていたせいで、すっかり消耗しているようだ。

「ご無事かね、姫様？」彼は訊ねた。「ウェンブリットから話は聞いた。万が一、あんたがまた襲われるようなことがあっては困るんで、気をつけていてくれとガーヴァンにもいっておいた」

「ようやくすこし落ち着きましたわ」フィデルマは正直なところを告げた。ふと見やると、ウェンブリットが甲板の向こうできびきびと働いていた。「ルッフチェルンの具合はどうですか？」

マラハッドは笑みを浮かべていった。

「しばらくはすこし足を引きずるかもしれんが、鼠狩りはやめないだろう。ウェンブリットが傷を縫ってやってたから、あれ以上ひどくなることはなさそうだ。ナイフをほうり出していった相手は見ていないのかね？」

「真っ暗でしたので」フィデルマはそこで話題を変えた。「時化はもう通り過ぎたのですか？」

「峠は越した」船長は答えた。「南風に変わったから、もう一度帆を張ってもとの針路をふたたび行くのもさほど難しくはないだろう。まったくもって、今回ばかりは船旅が終わるのも惜しくない。早くイーファの腕の中に帰りたいもんだ」

「イーファ？」

「女房さ」マラハッドは笑みを浮かべた。「船乗りにだって女房くらいいる」

フィデルマの記憶の中でなにかが頭をもたげた。ふと、古い歌の文句が浮かんできた。

〝かつてわれらに愛を注ぎしきみはすでに姿を消し
憎しみの渦をくだり、怨みを糧とす
胸に抱きし愛をかなぐり捨てん
復讐をおのれの、ただひとつの法として！〟

マラハッドは眉根を寄せた。

「海神リールの妻イーファ(2)の嫉妬深き欲望と、夫を愛した者たちを彼女がいかにして破滅させたか、ということについて考えていました」

船長はつまらなそうに鼻を鳴らした。

「うちの女房のイーファは非の打ちどころのない女だぞ」責めるような口ぶりだ。

フィデルマは慌てて笑みを浮かべた。

「失礼しました。名前から連想しただけです。奥様を悪くいうつもりはまったくありませんでした――けれども、そのおかげで、ひじょうに手助けとなる記憶がよみがえりましたわ」

次の犠牲者は自分だろうとガスに打ち明けたとき、ムィラゲルが口にしたという聖書の文句はなんだった？

〝……嫉妬は堅くして陰府にひとし
その焔は火のほのほのごとし
いともはげしき焔なり〟（『雅歌』第八章六節）

フィデルマは海を見わたした。まだ白い波頭は立っているものの、今はそれほど荒れてはおらず、巨大な波はちいさく、数も少なくなっていた。ようやくすべての辻褄が合った！

彼女は満足げな笑みを浮かべ、疲労困憊のようすのマラハッドを振り向いた。

「ごめんなさい、船長」彼女はいった。「すこしぼんやりしていました」

そのとき、時化の残していった惨状が目に入った。甲板には割れた帆柱や帆桁の円材が散らばり、天水桶が木っ端微塵になり、ロープや索具があちこちにぶらさがっていた。船員たちは疲れ切ってその場にへたりこんでいる。

「誰か怪我人が？」フィデルマは破壊の跡を見て思わず訊ねた。

「いないことはないが、みなかすり傷だ」マラハッドがいった。

「ほかの乗客のかたたちは？」

マラハッドはかぶりを振った。

「全員無事だ、姫様――今回はな」

このちっぽけな船で二日間にわたり荒海に揉まれたというのにたいした怪我人がひとりも

出なかったとは、フィデルマには奇跡としか思えなかった。

「明日か明後日にはイベリアの海岸が見えるはずだ、姫様」彼は静かな声でいった。「さらにうまく船を操れれば、ほどなく港に到着するだろう。港に入っちまえば、大聖堂はほんの目と鼻の先だ」

「ようやく窮屈な船から出られるのですから、さほど残念ではありませんわ、マラハッド」

フィデルマは正直にいった。

船長が厳しいまなざしを向けた。

「俺がいいたいのはだな、姫様、いったん港に到着しちまったら、ムィラゲルやトカ・ニアを殺した犯人を裁く機会は完全に失われちまう、ってことだ。そうなったら最悪だ。このまじゃ、どこへ行こうとこの船には幽霊のごとく噂がつきまとうことになる。げんにうちの船員たちはもう、こいつは呪われた船旅だといいだしてる」

「解決しますとも、マラハッド」フィデルマは自信たっぷりに励ました。「あなたの素晴らしい奥様の名前のおかげで、私の頭の中ですべてが嚙み合いました。というよりもむしろ、あることがはっきりと見えました」

船長はわけがわからないという顔つきで、彼女をじっと見た。

「女房の？　イーファの名前を聞いて、この殺人事件の犯人がわかったとでも？」

「もう、もったいぶらずに犯人を名指ししてもよい頃合いでしょう」フィデルマは朗らかにいった。「けれども、巡礼客全員が正午の食事に集まるまでは待つことにします。この件はそのときに、彼らを交えて話し合うことにいたしましょう。ガーヴァンとウェンブリットも連れて来ていただけますかしら。力仕事をお願いしなければならないかもしれませんので」といい添えた。

フィデルマは戸惑いの表情を浮かべている船長に笑顔を向けると、宥めるようにその腕に片手を置いた。

「心配いりません、マラハッド。今日の午後には、この恐ろしい罪の数々を犯したのが誰なのか、あなたにもわかっているでしょう」

第二十一章

フィデルマが指定したとおり、船の中央にある食堂室(メスデッキ)に全員が集まって長テーブルの両側に腰をおろし、マラハッドはマスト穴の壁に寄りかかっていた。ガーヴァンは居心地悪そうに部屋の隅にすわりこみ、ウェンブリットは食事の準備用のテーブルに尻を乗せ、両足をぶらぶらさせながら、ことのなりゆきを面白そうに眺めていた。フィデルマはテーブルの短いほうの端の、みなを見わたせる席に深く腰をおろすと、待ちかねてこちらを凝視している人と視線を合わせた。

「私(わたくし)は」彼女は静かな声で話しはじめた。「ものごとのすべてを直感めいたもので理解する人間だと何度もいわれてきました。ですがそれは違うと断言できます。私はドーリイーとして訊問し、耳を傾けます。ときおり、私への返答において省略されたことのほうが、彼らがじっさいに口にのぼせた言葉よりも雄弁なことがあります。ですが私は、まず目の前に情報を並べてみなければなりません。熟考するためには事実を知り、ときには疑問を持つことすら必要です。私はそうした情報をひたすら調べ、あるいはそうした疑問を吟味して初めて、ようやく推理を立てることができるのです。

私は秘伝の知識の持ち主でもなければ、なにも知らずとも謎解きの答えをいい当てられるような予言者でもありません。犯罪を見抜くわざはフィシエルやブランダヴといったゲームとも似ています。すべては盤上にあり、そこから問題解決の方法を選び取るのです。目を凝らし、耳を傾け、頭を働かせねばなりません。直感は裏切ることも、誤った方向に導くこともあります。ですから直感は、よき導き手となることはあっても、真実を得る手段としてはけっして信用に値しないのです」

フィデルマはそこで言葉を切った。みなしんと静まり返っている。まるで狐を見つめる兎の群れのごとく、誰もが、なにが起こるのかと彼女をじっと見つめていた。

「私の恩師であったブレホンのモラン師は、私たち学生によく警告なさいました。明白なもののごとにこそ注意せよ、なぜなら明白なものごとはときおりまやかしとなり得るからだ、と。私はこれを踏まえて考えておりましたが、あるとき、明白なものごとが明白なのは、それが真実そのものであるからだ、という場合もあることに気づいたのです。

もし道の向こうから、誰かが目を血走らせ、髪を振り乱し、顔を歪め、唇に白い泡を浮かせてわめき散らしながら、血のついたナイフを片手で振りあげ、衣服も血だらけで走ってきたとしたら、あなたがたはそれをどのような人物とみなしますか？　顔を歪め、わめき声をあげているのは、ひょっとしたらどこか怪我をしているのかもしれません。血のついたナイフを握っているのは、じつはちょうど食事のために肉を捌いていたところで、うっかりして衣服にも血がついてしまったとも考えられます。思いつく解釈はいくらでもありますが、今ここで明白なのは、まさにこの場所に、自分の邪魔となる相手に危害を加えようとしている殺人狂の男、あるいは女がいるということです。そして、明白な解釈が正しい解釈であることはままあります」

ふたたび言葉を切ったが、意見をいう者はまだ誰もいなかった。

「残念なことに、私はずっと明白なものごとにばかり目を向けていたせいで、真実を見逃しておりました。

すべてを最初からたどってみたところ、あらゆるできごとに関わっているとおぼしき人物がひとりだけいました——どの方向から眺めても浮かびあがってくるひとりの人物がいたのです。共通して関わっている人物は、ここにいるキアンです」

キアンは立ちあがったが、船の揺れのせいで足もとがおぼつかず、テーブルにつんのめったあげくに慌てて片手をついて身体を支え、なんとか無様な目に遭うのは免(まぬが)れた。

ガーヴァンが立ちあがってキアンの背後に近づき、肩に手を置いた。

キアンは腹立ちまぎれにその手を振り払った。

「畜生！　俺は人殺しなんかじゃない！　くだらない嫉妬で俺を告発しようってのか。どうせ拒絶されたのを——」

「黙ってすわっていなさい、でないとガーヴァンにあなたを拘束させます！」

その冷たい口調で火がついた。キアンが気炎を吐いたままますわろうとしないので、フィデルマはもう一度いってやらねばならなかった。

「黙ってすわっていなさい、聞こえないのですか！　私はまだ話を終えていません」

ブラザー・トーラが非難がましくフィデルマを見やった。

「〝グム・タケント・クラーマント〟（彼らは沈黙している間、叫んでいる）」と呟く。「話すことを許してやらねば、沈黙により有罪を認めているとみなされかねんのではないかね？」

「私が話を終え、そのときにまだいうべきことがあれば話してかまいません」フィデルマはトーラに冷たくいい放った。「無知のまま話をするよりも、知識を得てから話をするほうがよろしいでしょう」と、ほかの面々に向き直る。「先ほどから申しあげていますとおり、キアンがこれらすべての殺人事件にかならず共通して関わっていることに私は気づき、それによって、ひとつひとつの殺人の持つ意味がしだいにわかってきました」そこで片手をあげ、ふたたび激昂しかかっているキアンを制した。「私は、キアンが犯人だといっているのではありません。そこは憶えておいてください。私はただ、今のところ、彼という人物がかならず共通して関わっていると申しあげているだけです」

もはやキアンはほかの誰よりも明らかに混乱していた。どさりと椅子にすわりこむ。

「俺を殺人罪に問うのではないのなら、俺をいったいなにで責め立てるつもりだ？」

フィデルマは冷ややかな視線を彼に向けた。

「責められるようなことならいくらでもおありでしょう、キアン、ですが今この場に関しては、殺人はその中に含まれていません。あなたが〈ラス・ビリャの虐殺者〉であろうとなかろうと、私にはもはや関心がありません。その件に対する告発は、トカ・ニアとともにこの世から消え去りました」

フィデルマは、すわったまま魅入られたかのように次の言葉を待っているほかの人々を見やった。言葉を切り、ひとりずつの顔を順番に観察する。キアンはこちらを睨みつけている。ブラザー・トーラとシスター・アインダーはふたりとも、せせら笑うような皮肉っぽい表情をかすかに浮かべている。シスター・クレラとシスター・ゴルモーンは目を伏せてすわっている。ブラザー・バーニャはまるで檻の中の動物よろしく、逃げ出す方法を探っているかのように落ち着きなく目を泳がせている。ブラザー・ダハルはすこし身を乗り出し、フィデルマが真相を暴くのを待ち切れないとでもいうように、熱心ともいえる表情を浮かべてこちらを見返している。相棒のアダムレーはテーブルをじっと見つめたまま、まったくうんざりだといわんばかりに、指で卓面を静かに叩きつづけている。

「むろん申しあげるまでもないですが、この中に、ひじょうに危険な殺人者がいます」

「そうでしょうとも」ブラザー・ダハルが勢いよく頷いて賛同した。「ですがブラザー・キアンでないのなら、誰だとおっしゃるんです？　そしてなぜ彼を〝共通して関わっている人物〟などと？」

「件の殺人者は、あなたがたがこの巡礼の旅のためにアイルランド北部を発った時点からみなさんの身近にいました。第一の殺人の犠牲者はシスター・カナーです」

シスター・アインダーが語気を強めた。

「なぜあなたにそんなことがおわかりになるのです？」と問いただす。「シスター・カナーは単に姿をあらわさず、潮目の都合でこの船が出航せざるを得なかっただけです。彼女が殺されたとお思いになる根拠はなんですの？」

同調する呟きがあがった。

「遺体の目撃者から話を聞いたからです。ブラザー・ガスとシスター・ムィラゲルです」

キアンが高らかにあざ笑った。

「ずいぶん都合のいい話だな、ムィラゲルもガスも死んでいて、きみの主張を裏づけることはできないじゃないか」

「ええ、たいへん都合のいい話です」フィデルマは同意した。「ムィラゲルは殺害され、ブラザー・ガスも……」肩をすくめる。「まあ、なにがあったかはご存じですね。彼は恐怖にかられて船から転落しました」

全員の視線がシスター・クレラに向いた。

「あのときガスが恐怖を感じてあとずさった相手はひとりだけです」ブラザー・ダハルがひとこと述べた。

シスター・クレラは怯えた兎さながらに、椅子の上で固まっていた。その顔は死人のごとく青ざめ、違う、とばかりにひたすらかぶりを振っている。

「シスター・クレラかね？」ブラザー・トーラが考えこむように口を尖らせた。「じゅうぶんにあり得ることだ。ムィラゲルに嫉妬していたという噂もある」

「ブラザー・ガスは、ムィラゲルを殺したのはシスター・クレラに間違いない、と話していた」明らかに自分の肩から荷がおりたのに気をよくして、キアンがここぞと口を挟んだ。

「嫉妬ですって？　色欲でしょう！」シスター・アインダーが不愉快そうにせせら笑った。

「この世で最も重い罪です」

シスター・クレラが静かに泣きはじめた。もう一度口を挟む必要がありそうだ、とフィデルマは察した。

「シスター・クレラは、ブラザー・ガスの死を故意ならず引き起こした人物にすぎません」彼女は告げた。「不幸なことに、ブラザー・ガスは、クレラが犯人であるという揺るぎない確信を抱いていました。彼は若く、怯えていました――なにしろ、殺人者がカナーとムィラゲルのふたりにしたことの両方を目撃してしまったのですから。彼は命の危険を感じていました。恐怖のあまりに血迷い、理性を失ってしまうほどに。クレラが迫ってきたとき、ガスは襲いかかられると思いこみ、怯えてあとずさり、海へ転落してしまったのです。彼の死はクレラの手によって引き起こされたのではなく――そうした死への恐怖を彼に植えつけた人物の手によってくだされたものでした」

ふたたび長い静寂が漂った。シスター・クレラは涙に濡れた目でフィデルマを見つめていた。話の内容はよく理解できていないが、とりあえず自分が告発されているのではないことがわかったようだ。

「私どもをからかっていらっしゃるのですか、修道女殿?」シスター・アインダーが腹立たしげにフィデルマに向き直った。「罪を告発するのかと思えば、今度は同じ口で罪はないとおっしゃる。どういうおつもりです? この一連の殺人の動機がいったいなんなのか、そして犯人は誰なのか、もったいぶらずに教えていただけませんこと?」

フィデルマはまるで天候の話でもするように、落ち着いた口調で話しつづけた。

「あなたご自身が、私に動機を教えてくださったではありませんか」

シスター・アインダーは驚いてまばたきを繰り返した。

「なんですって?」

「あなたはおっしゃいましたね――これは七つの大罪のひとつ、色欲の罪であると」フィデルマは、自分の言葉がじっくりと染みわたるよういったん口を閉ざしてから、ふたたび話を続けた。「あらゆる取り調べにおいてまず初めに抱くべき疑問は、かつてキケロがローマの判事に問いかけたとおりです。〝クイ・ボーノ?〟[1] 得をするのは誰か? 動機は?」

「色欲が動機だったというのかね?」ブラザー・トーラが小馬鹿にしたような口ぶりで割っ

て入った。「あのラーハンの武人トカ・ニアの死のどこが色欲と関係しているというのだね？　あるいは彼の殺害は別ものということか？　儂にはどう見ても、そこにいるキアンに対して告発をおこなったばかりに彼は殺されたとしか思えんがな。彼が死んで得をしたのはキアンだけではないか」

　むろんトカ・ニアとキアンの間に色恋沙汰があるわけはない。

「おっしゃるとおりです」フィデルマは平然とした声で同意した。「トカ・ニアはキアンを守るために殺されたのです」

　キアンがふたたび立ちあがりかけたが、ガーヴァンの手で椅子に押し戻された。

「結局のところは俺を告発したいんだな？」彼は苦々しげにいった。「俺は――」

「彼を殺してなどいない？」フィデルマが穏やかに口を挟んだ。「ええ、あなたは殺してなどいません。彼はあなたを守るために殺された、といったのです。あなたの手で殺された、とはひとことも申しあげておりません。ですがトカ・ニア殺害の動機は、カナーとムィラゲルの殺害の動機、そして二度にわたって私の命が狙われた動機ともまったく同じものでした」

「二度？」ブラザー・ダハルが眉根を寄せた。「あなたは二度も殺されそうになったのですか？」

「ええ」フィデルマは頷いた。「二度めの企ては昨夜の時化の間に、私の客室でおこなわれました。猫に命を救われましたけれども」それ以上は説明しなかった。のちのちゆっくり話せばよいことだ。

「では犯人はひとり、動機もひとつだってのか？　あんたはそういってるのか？」彼女の推理を整理しようと、マラハッドが訊ねた。

「動機は色欲です」彼女はきっぱりといい切った。「というよりも、自分はキアンと愛し合っていると信じるあまり、持ち合わせていた正気すらすべて頭から追いやってしまい、彼を守らねばならない、彼の愛を横取りする者を根こそぎ排除しなければならない、という強迫観念だけが残った結果のできごとだったのです」

キアンが身じろぎをした。顔からは血の気が引き、気分がすぐれないようだ。

「どういうことだ」

「万が一トカ・ニアがあなたに危害を加えていたら、あなたを独占したいと考えていたその人物は、あなたを失ってしまうところでした」

「それがなんだ」

「簡単なことです。あなたはすべてに共通して関わっている人物だと私は申しあげました。あなたはカナーとも、ムィラゲルとも、どちらとも深い仲だったことがありますね？」

キアンはふてぶてしい表情を浮かべた。

「否定はしない」とぞんざいにいい捨てる。

「あなたの若い女性に対する飽くなき欲求に応えた相手がほかにも何人かいましたね。ウーナにされたことに対する腹いせですか？」つい話が意地悪く横道にそれた。

「ウーナは関係ない」キアンが毒づいた。

シスター・ゴルモーンが落ち着かなげに身を乗り出した。

「ウーナって誰？　シスター・ウーナなんて人、モヴィル修道院にはいなくてよ」

「ウーナはキアンのもと妻です。彼は、子ができないという理由で離縁を突きつけられたのです」フィデルマは容赦のない笑みを浮かべ、いった。「若い恋人を次々とつくるのも、そのように体面を傷つけられたことへの腹いせなのではないでしょうか」

キアンの顔にみるみる怒りが浮かんだ。

「きみという人は……」彼がいいかけた。

「そうした恋人たちのうちのひとりが、あなたがかつてほかの女性を愛したということに耐えられなかったのです」フィデルマは続けた。「あなたのほかの恋人たちと違い、この人物は判断力を欠いていました。狂っていた、といえるかもしれません。そう、嫉妬に。あなたは、自分の手がどれほどの嫉妬と憎悪の渦巻く大釜をかき混ぜていたのか気づきもしませんでした。幸運でしたわね、キアン、なにしろその憎悪はあなたに対してではなく、あなたのかつての恋人たちに向けられたのですから」

その言葉で怒りに冷水を注がれたかのように、キアンはふいにおとなしくなった。口をわずかに開けたまますわりこんでいる。忙しく頭を働かせ、彼女の言葉を必死に嚙み砕こうとしているようだ。

　ブラザー・トーラがフィデルマのほうへ身を乗り出した。

「儂の理解が正しければ、つまりトカ・ニアはキアンを脅していたがゆえに殺された。その人物はキアンを守ろうと異常なまでに思いこみ、トカ・ニアを単なる脅威とみなして、キアンの恋人たちを殺したのと同じ方法で彼を排除したということかね」

「その人物は、キアンを独占したかったのです」フィデルマは肯定した。

「クレラとのことは認めるが、それ以外に深い間柄になった相手などいない」キアンはいった。「あとは……」まさか、という表情で目をみはり、フィデルマを見つめる。瞳には恐怖がにじんでいた。

　彼がなにを思い描いたのかに気づき、フィデルマはつい鼻で笑ってしまった。逆に彼から告発を受けるとはまったくもって皮肉なものだが、なにしろ相手は生まれつきの傲慢のかたまりなのだから、これだけの歳月が経ってなお、まだこちらが想いを寄せているなどと勘違いしていてもなんら不思議ではなかった。

「打ち明けねばなりませんが、じつは私も十八歳の頃、まさしくその狂気の餌食となりました」全員を前にはっきりと口にする。「若さというものはそのような感情を増幅させるものですし、ときには未熟さのあまり、そうした思いを制御できないこともままあります。そうです、この事件において私たちが着目しなければならないのは、若さゆえの揺れ動く心です。

けれども、キアン、もし私にそうした感情を起こさせる力がまだ自分にあると思っていらっしゃるのなら、とんでもない勘違いです。同情すら抱く気になれません」

ブラザー・ダハルが、まるでフェレットさながらに興味津々というようすで訊ねた。「まさか、あなたまでキアンの恋人だったわけではないでしょう、修道女殿？」

フィデルマは観念したように顔をしかめた。

「そのまさかなのです。ブレホンの〝ダラのモラン〟の学問所の若き学生だった十年前、私もまた、キアンの魅力に囚われていたひとりでした」と、感慨深げにキアンを見つめる。「あの頃はたがいに若く、未熟でした」自分にもこんな悪意のあるいいかたができるものかと内心驚きながらいい添えた。「あれから私は大人になりましたが、キアンはそうではなかったようです」

「しかし、正気を失っている恋人がそのようなことを自覚するでしょうか？」ブラザー・ダハルが興味深げに訊ねた。「しかも十年前のつき合いだとおっしゃるなら、それはキアンが修道士としてバンゴア修道院に入る以前の、まだわれわれのうちの誰とも知り合っていない頃のことではないのですか」

フィデルマは賞賛のまなざしを彼に向けた。

「よいご指摘です、ブラザー・ダハル。私が乗船してまもなく、キアンと私が知り合いであることにみなさん気づいていらっしゃいましたね。なかでもひとりはたいへん興味を示していました。キアンと私が、過去のつまらないことがらについて話しているのを立ち聞きしていた、まさにその人物です」

そして勢いよくキアンに向き直った。

「もうご自分で謎を解けますわね。あなたは私に、カナー、ムィラゲル、そしてクレラとも深い仲にあったと認めました」

いい終えるより早く、ブラザー・バーニャが椅子を蹴り、テーブルの向かい側にいるキアンに飛びかかった。ナイフを振りまわす。

「この野郎!」彼はわめき、キアンの胸ぐらを摑んで凶器を振りあげた。

ガーヴァンがキアンの前方へ腕を伸ばし、凶器を持ったバーニャの手首を万力のような力で握りしめると、痛いであろうと思われる方向にぐいとねじりあげた。悲鳴とともに、ナイフがブラザー・バーニャの指からテーブルの上に落下した。音をたてて落ちたナイフを、ブラザー・トーラが冷静に拾いあげ、マラハッドに手渡した。

頑丈で筋肉質のブルトン人の船乗りにブラザー・バーニャふぜいが敵うはずもなかった。ふたりが揉み合っている隙にキアンはするりとその間から抜け出し、ガーヴァンは、逆上して頰を紅潮させている若者をテーブルに引き倒すと、相手の腕を背中でひねりあげた。若き修道士の身体からふいに力が抜けた。すっかり闘志を失っているようだ。

フィデルマは冷ややかなまなざしを向けた。

「みっともないですね、ブラザー・バーニャ？」

「殺してやる！」若者は情けない声をあげた。

「可愛さ余って憎さ百倍、とでもいうのですか？」シスター・アインダーは呆然としていた。

「いったいどういうことです！」

「ブラザー・バーニャ、なぜキアンが憎いのか説明してください」フィデルマは辛抱強く水を向けた。

「こいつが僕からムィラゲルを奪ったからだ」

キアンが耳障りな笑い声をあげた。

「まさしく狂ってる！　奪おうにもムィラゲルはそもそもあんたのものなんかじゃなかった、気の毒なぼうや」

「この野郎！」がっちりとガーヴァンに押さえつけられたまま、バーニャがふたたびわめいた。

シスター・クレラはいくらか立ち直っているようすだった。

「キアンのいうとおりです。ムィラゲルは、バーニャとは関わるのすらいやがってました。変わり者で女々しい夢想家だ、って。それにキアンがいましたし」

キアンも同意して頷いた。

「だがムィラゲルとはモヴィル修道院を発つ直前に別れた。ムィラゲルにはもう別の男がいたし、俺もカナーとつき合っていた。単純な話だ。意外にも、その相手はガスだったそうだが。そうムィラゲルに聞いた」

「ガスですって？」クレラは面喰らって彼を凝視した。「嘘でしょう？　あり得ないわ」友人とあの若者が深い仲にあったなどとは絶対に認めたくないとみえ、ぞっとした表情で片手を頬に当てている。

「嘘ではありません」フィデルマがいった。「ムィラゲルは心から彼を愛していました。あなたがそれを信じられなかったのは、単純にあなたがガスを嫌っていたせいです。ムィラゲルと彼が恋仲だったことをあなたが断固として認めないので、私もしばらくの間ガスを疑っていたのですが、そのいっぽうで、あなたの向けていた嫌悪感がどうやら彼には嫉妬と映ったらしく、ゆえに彼はあなたこそ殺人者だと思いこんでいました――だからこそあれほどあなたを恐れ、しまいには船から転落してしまったのです」

ブラザー・トーラが途方に暮れたようにかぶりを振った。

「しかしブラザー・バーニャが、本人のいうようにキアンを憎んでいたのならば、なぜトカ・ニアを殺そうなどと思ったのかね。トカ・ニアが流れ着いたことによって、バーニャの望みは叶えられるはずだったのではないか？――キアンという邪魔者を消すにはもってこいだったろう」

フィデルマはじれったくなった。

「的外れです。バーニャは誰も殺してなどいません。彼にそんな度胸はありません。たった今、彼がおこなった情けない企てをご覧になりましたでしょう！　とんだ醜態を見せつけられましたが、話の途中に戻らせていただきます。もうご自分で謎を解けますね、と私はキアンにいいました。彼は、カナーともムィラゲルとも深い仲だったと認めました。短期間ながらクレラとも関係を持っていたことも認めました。ですがもうひとり、彼と関係を持ったことのある人物がこの船に乗っています。私とキアンが若かりし日のことでいい争っているのをひそかに立ち聞きしていた、ただひとりの人物です」

シスター・ゴルモーンは立ちあがっていた。キアンは一気になにもかも思いだした表情で、すでにおもざしに恐怖の表情を浮かべ、顔を娘のほうに向けていた。ゴルモーンは悪びれるようすもなく、ふてぶてしい表情で、瞳に異様な光を宿らせ、挑発的に顎を突き出している。やがて、やや引きつったような、甲高い笑い声をあげた。悪意に満ちた、勝ち誇った笑い声。娘の顔をじっと見つめ、フィデルマは確信した。完全に正気を失っている、と。

娘は喧嘩腰に、そこにいる全員を睨めつけた。

「あたしは罪なんて犯してない」あざ笑うようにいう。「『創世記』にもあるわ。

〝我わが創傷のために人を殺す
わが痍のために少年を殺す

カインのために七倍の罰あれば
七十七倍の罰あらん〟！（第四章二十三〜二十四節）」

フィデルマは丁寧に補足してやった。

「『メトサエルの息子レメクの歌』[2]を引用したのですね。彼の復讐への飽かぬ欲望は、キリストの言葉によって変容を遂げました。『マタイ伝』に記されている、キリストがペテロにおっしゃった言葉を憶えていますか？〝ここにペテロ御許に来りて言ふ、『主よ、わが兄弟われに対して罪を犯さば幾たび赦すべきか、七度までか』、イエス言ひたまふ、『否、われ「七度まで」とは言はず、「七度を七十倍するまで」と言ふなり』〟（第十八章二十一〜二十二節）。レメクの亡霊は、彼の復讐とともに葬ってやらねばならないのです、ゴルモーン」

娘は猛然とフィデルマに向き直った。

「あたしに知った口をきかないで、この〈バビロンの大淫婦〉[3]！　殺してやるつもりだったのに、二度もあたしの手を逃れるなんて。いつかかならず罰が当たるわ。〝……われ緋色の獣に乗れる女を見たり、この獣の体は神を瀆す名にて覆はれ、また七つの頭と十の角とあり。女は紫色と緋とを著、金・宝石・真珠にて身を飾り、手には憎むべきものと己が淫行の汚とにて満ちたる金の酒杯を持ち、額には記されたる名あり。曰く『奥義大なるバビロン、地の淫婦らと憎むべき者との母』我この女を見るに、聖徒の血とイエスの証人の血とに酔ひたり〟（『ヨハネの黙示録』第十七章三〜六節）」

「この娘は錯乱しています！」シスター・アインダーが、腰を浮かせてゴルモーンから遠ざかりながら、不快げに呟いた。

この場をどうしたものかと訊ねるように、マラハッドがフィデルマをちらりと見やった。

キアンはすっかり寛いだようすで、テーブルに両手を乗せてすわっていた。まるで関心のなさそうなまなざしで娘を眺めている。

「解決したならありがたい」誰にともなくいう。「正気の沙汰とも思えないが、俺にはまったく関係のないことだ。この娘が狂ってるのは俺の責任じゃない。〝ドミヌス・イルミナティオ〟（主はわが光）……そもそも、たった一度寝ただけじゃないか」

シスター・ゴルモーンは烈火のごときまなざしで、くるりと彼に向き直った。

「あなたのためにやったのに、よかれと思って――わからないの？　あなたを守ろうと思ったの！　ふたりでいるために！」

キアンは片頬で笑ってみせた。

「俺のため？」鼻で笑う。「まったくどうかしてる。たった一晩過ごしただけで、俺がきみとのなにかを望んでいるだろうなんて、よくもそんな考えが浮かんでくるもんだな？　女ってのは常にそうだ、なんでもかんでも永遠に自分のものになったと勘違いしたがる」

シスター・ゴルモーンはまるで平手打ちでも喰らわされたかのように後ろへよろめいた。

おもざしに戸惑いの表情が浮かぶ。

「なにをいってるの。あの夜、あたしを愛してるっていったじゃない」その声はか細く、泣き声交じりだった。

フィデルマの脳裏に若かりし日の自分がよみがえり、この娘に対する深い哀れみがふいに湧いてきた。

「キアンが愛しているのは自分自身だけなのです、ゴルモーン」手厳しくいい放つ。「彼には他人を愛することなどできないのです。さてキアン、あなたについてですが、これらの残虐非道なおこないの数々に関して自分はいっさい責任がないと主張することは自由ですし、法律上でもあなたのおっしゃるとおりでしょう。ですが法が常に正しいとはかぎりません。あなたのものである道徳的責任を見逃すわけにはいかないのです。あなたの身勝手さや、他人の感情、なかでも若い女性の感情を弄(もてあそ)ぶやりかたはあなたの責任です。今すぐとはいわずとも、かならず人生のどこかでしっぺ返しを喰らうでしょう」

キアンは苛立たしげに顔を紅潮させた。

「今生(こんじょう)で快楽を求めることのどこが悪い？　誰もかれもローマ式の禁欲主義に従い、世捨て人よろしく砂漠に行けとでも？　悦びに満ちた人生を送りつづけてなにがいけないんだ？」

ブラザー・トーラのおもざしには怒りがありありと浮かんでいた。

「汝殺すなかれ、と十戒にある。罪を問われているのはその女だが、キアン、あんたはこの正気と思えぬおこないの源として、同様に罪を問われるべきであろう」

キアンは愚弄するように彼に向き直った。

「誰の決めた法のもとに？　あんたの視野の狭い道徳を俺に押しつけるな。場違いだ」

ゴルモーンはまるで鞭打たれた犬のように、肩をいからせて立っていた。苦しさをまぎらすかのように、自分で自分を抱きしめている。彼女は踵(かかと)に体重を乗せ、身体を前後に揺さぶりながら泣きじゃくっていた。

「あなたのためにしたことなのに、キアン」と歌うように呟く。「ムィラゲルも……カナーも……あくどい告発からも守ってあげようと思ってトカ・ニアも殺したわ。その女も――そのフィデルマも――それからクレラも殺してやるつもりだったのに。ふたりともあなたを追いつめようとしてた。だからあなたを守らなくちゃって。みんないなくなればあたしたちは一緒になれたのに。寄ってたかってあたしたちの幸福の邪魔をして」

フィデルマは穏やかに、優しいといってもよいほどの声で話しかけた。

「どのようにシスター・カナーを殺したのか、教えてもらえますか。ガスから多少は聞いていますけれど。残りの部分を伺いたいのです。話していただけるかしら？」

ゴルモーンはしのび笑いを漏らした。ぞっとするような、無垢な少女のような笑い声だった。

「愛してくれたの。キアンはあたしを愛してくれてたわ――あたしにはちゃんとわかってる。

〝われ汝をめとりて永遠にいたらん、公義と公平と、寵愛と、憐憫とをもてなんぢを娶り、かはることなき真実をもて汝をめとるべし……〟！」

それがなんの文句だったたか、フィデルマはおぼろげに思いだした。『ホセア書』だ（第二章十九〜二十節）。この船旅では『ホセア書』からの引用をずいぶんとよく聞かされる。

「もうそうじゃないっていわれても、彼は今もあたしが愛してるのと同じくらい、あたしのことを愛してくれた。結婚できたかもしれなかったのに、もし……色欲まみれのほかの女たちが彼を誘惑したりしなければ。それに……それに……」

キアンが参ったとばかりに肩をすくめた。

「狂ってる」と呟く。「勘弁してくれよ」

「ゴルモーン！」フィデルマはさっと娘に向き直った。「カナーのたどった運命について話してください。いつ、彼女を殺したのですか？」

フィデルマが宥めすかすようにいうと、闇深くへ沈みかけていたゴルモーンの心がこちら側へ戻ってきて、ほんの一瞬だが正気に近づいたように見えた。

「出航の前の晩、アードモアの旅籠で殺したわ」

じっと立ちつくしたまま、冷め切った声で彼女はいった。キアンを見つめるその瞳からはすっぽりと感情が抜け落ちていた。

「カナーがキアンと深い仲だったたからかね？」ブラザー・トーラが口を挟んだ。

娘の顔に奇妙な笑みが浮かんだ。

「〝多の婉言をもて惑し
口唇の諂媚をもて誘へば
わかき人ただちにこれに随へり
あだかも牛の宰地にゆくが如く
愚なる者の桎梏をかけらるる為にゆくが如し
鳥の速かに羅にいりて
その生命を喪ふに至るを知ざるがごとし……〟[4]（『箴言』第七章二十一〜二十三節）」

「やめろ！」キアンが声をあげた。「意味不明のうわごとはたくさんだ」

シスター・アインダーが身を乗り出し、凍るような視線でたしなめた。

「『箴言』をうわごとと呼ばわりなさるとはなにごとです、ブラザー・キアン。あなたはこれらの言葉を聞かせるにも値しなければ、修道士の法衣をまとうにもふさわしくありませんわね」

「俺が好きでこんな忌々しいぼろをまとっているとでも思うのか？」キアンがいい返した。

「今日は聞くに堪えないことばかりを耳にいたします」シスター・アインダーが答えた。

「ともかく、バンゴア修道院長には詳細をすべて報告させていただきますわ。修道院にお戻りになったら、あなたは鐘と書と燭によって破門されることでしょう(5)、私には関わりのないことですけれど」

「俺がバンゴアに戻ればの話だがな」キアンが鼻で笑った。

シスター・ゴルモーンはその間も、周囲のものなどいっさい目に入らぬかのように延々となにごとかいいつづけていた。

フィデルマは身を乗り出し、彼女に向かってゆっくりと、だがはっきりといった。

「なぜシスター・カナーを殺したのです?」と問いただす。

「カナーが彼を誑かして、あたしから引き離そうとしたからよ」ゴルモーンはおずおずと答えた。「殺されて当然よ」

キアンが喰ってかかろうと口を開きかけたが、フィデルマは黙るよう手をひと振りすると、娘に話しかけた。

「どういうことですか? 私の聞いたところでは、カナーはアードモアに到着する前にあなたがたと別行動をとったそうですね。あなたがた一行はそのまま聖デクラン修道院に向かい、そこで一泊した。あなたもその中にいたのではないのですか?」

「カナーとキアンが、あとで宿屋で落ち合おうって話してるのを聞いたの」

フィデルマがキアンをちらりと振り向くと、彼はただ肩をすくめた。

「そのとおりだ」彼は認めた。「友人に会ってから、真夜中過ぎには旅籠に行くとカナーはいっていた。彼女がそもそも修道院に来なかったのはそのためだ。近くに住む知り合いを訪ねると話していた。それならそのあとふたりで落ち合おうということになった」

「それであなたも旅籠に行ったのですか、キアン？」

沈黙が漂った。

「カナーに会いに行きましたか？」フィデルマは問いつめた。

キアンはその事実を認めたくないとでもいうように、不機嫌そうに頷いた。

「それで？」

「俺が旅籠についたのはまだいくらか人目のある時間だった。カナーがもう到着しているかどうかわからなかったから、旅籠の外で時間を潰していると、ムィラゲルとガスがあらわれた。ふたりのようすから察するに、どうやら目的はカナーや俺と同じようだった」彼はふん、と鼻を鳴らした。「俺には関係ないことだがな。さっきもいったが、ムィラゲルとはとうの昔に終わってたんでね」

「続けてください」言葉を切ったキアンを、フィデルマが促した。

「俺は待った。夜が更けてもカナーはあらわれなかった。で、修道院へ戻ることにした。以上だ」

フィデルマは次の言葉を待った。

キアンは居ずまいを正し、これで終わり、とばかりに両腕を組んだ。

「以上、といいましたか？」訝しげにフィデルマが訊ねた。

「俺は修道院へ戻った」キアンは繰り返した。「ほかにどうしろと？」

「逢い引きの場にあらわれなかったカナーが心配ではなかったのですか？」

「子どもじゃあるまいし、来ようが来まいが彼女の自由だ」

「翌朝、船に乗りこむさい、カナーが波止場にすらあらわれないのを妙だとは思わなかったのですか？　なぜ急を知らせなかったのです？」

「なにを知らせろと？」彼は弁解がましく訊ねた。「カナーは約束の場所にあらわれず、波止場にも来なかった。じゃあどうすればよかったんだ？　来なかったのは彼女が決めたことだ。まさか殺されていたなんて想像もつかなかった」

「ですが……」このたびばかりはフィデルマも、キアンの自分本位な態度に開いた口が塞がらなかった。

「いったいなにを、誰に知らせろと？」彼はいい募った。

フィデルマはゴルモーンを振り向いた。

「旅籠でのできごとを話してもらえますか？」

ゴルモーンはどんよりとした⑥、焦点の合わない目で彼女を見た。

「あたしは復讐をなす神の右手となってそこにいたの。復讐は――」

「カナーを殺しに旅籠へ行ったのですか?」フィデルマはきっぱりとさえぎった。

「カナーは旅籠にあらわれたわ。あたしは物陰に隠れてた。あの女はしばらく入口であたりを見まわしてた。キアンを待ってたみたい。彼はとっくに修道院に戻ったあとなのにね。あたし、帰るところを見てたもの。そうしたらカナーが、なにか決心したみたいに旅籠へ入っていったの。誰か自分を訪ねてこなかったか、それとも修道士が部屋を取ってないか、って訊ねてる声が中から聞こえたわ。修道士と修道女がひと組部屋を取ってる、っていわれたけど、説明を聞いてがっかりしてた。あたしは物陰に隠れたまま、そのままじっと聞き耳を立ててた。結局、あの女は自分で部屋を取って中に入っていったわ。あたしはとりあえずその旅籠の中庭にしのびこんで、さてどうしようかって考えた。そうしたら二階の窓に明かりが灯ったの。見ると、カナーが性懲りもなく、まだキアンがあらわれるんじゃないかって外を眺めてるじゃない。あたしはそうっと物陰に戻ったわ。向こうは気づいてもいなかった」

ゴルモーンが急に生き生きとしはじめた。話すうちにその表情がみるみる禍々しく昂揚していく。

「あたしはしばらく待ってから、旅籠が寝静まったのを見計らって中に入った。なんてことなかったわ」

「旅籠の主人は休息を求める旅人に扉を閉ざしてはならない、という法律が仇になりましたのね」シスター・アインダーが呟いた。「まさにその法律が私たちを無防備にするのです」

娘は気にも留めずに続けた。

「あたしはカナーの部屋まであがっていった。そして眠ってるあの淫婦を殺してやったわ。そして来たときと同じように、そっとそこを離れたの」

「彼女の十字架を盗んだのはなぜですか?」フィデルマは、死ぬ間際のムィラゲルの手から落ちた十字架を差し出し、問いただした。

ゴルモーンはふたたびしのび笑いを漏らした。

「だって……それ、とっても綺麗だったんだもの」

「そのあとは修道院へ戻ったのですか?」

「次の朝、ムィラゲルとガスは修道院に戻ってて、一歩も外へ出てませんって顔で朝食をとってたわ。ムィラゲルにはあとで罰を与えてやらなくちゃって思った。それでそのとおりにしたの」

「そのとおりにした、と」フィデルマは繰り返した。「ではカナーの遺体は旅籠に残されたまま、おそらく私たちが出航するまで発見されなかったということですか?」

その問いかけは特にゴルモーンに向けて発したわけではなかったが、答えたのはマラハッドだった。

「そのようだ」彼は片手でうなじをこすりながら、いった。「旅籠の主人はカラといって、俺の知り合いでね。遺体を発見してたならすぐにでも急を知らせてきたはずだ」

「隣の部屋にいたムィラゲルとガスは、カナーの末期の呻き声を聞いたのです。ガスがそう話していました」フィデルマは説明した。「ふたりは彼女の遺体を見たにもかかわらず、修道院へのこのこと戻ってきて、そのことについてはいっさい誰にも話しませんでした。乗船のさい、ゴルモーンがカナーの十字架を持っているのにムィラゲルは気づきました。ムィラゲルは、ゴルモーンがカナーを殺害した理由に思い当たり、次は自分の番だと悟ったのです。彼女がまず船に酔ったふりをして、その後海に転落したように装ったのはそのためでした。ですがガスの客室を出たところでゴルモーンとばったり出くわしてしまい、結果殺害されてしまいました。そのときムィラゲルは、ゴルモーンが盗んだ十字架をとっさに摑んだのです。私が行ったとき、まだムィラゲルは息があり、なにかを警告しようとしていました……ですが彼女にはもう、カナーの十字架を私の手に押しつけることしかできませんでした」

「つまりカナーもムィラゲルもトカ・ニアも、この狂気に命を奪われたということなのですね」シスター・アインダーが呟いた。「娘たちが不幸にも、この」とキアンに向かってくいと頭を振る。「この堕落した卑劣漢に誑かされたばかりに。そしてあのラーハンの武人は、この男を大小さまざまな罪状で告発し、この正気を失った娘がそれを危険とみなしたがゆえに殺された。兄弟たちよ、なんという狂気と邪悪がここには巣くっているのでしょう？」

　キアンが怒りもあらわに立ちあがった。

「あんたはこの愚かなあばずれ女よりも、むしろ俺に罪があるといいたいのか！」

まるでじっさいに彼に手をあげられたかのように、今一度、ゴルモーンが勢いよく頭を仰け反らせた。

「〝なんぢ我をはなれて、他人に身をあらはし登りゆきて
その床をひろくし
かれらと誓をなし……
又かれらの床を愛し
これがためにその所をえらびたり……〟（『イザヤ書』第五十七章八節）」

彼女が法衣の内側に片手を差し入れたかと思うと、なにかが飛んできた。キアンのそばに立っていたマラハッドが素早く反応し、もと武人を横に突き飛ばした。キアンの真後ろにある木の横梁にナイフが突き刺さった。

標的を逃したゴルモーンは怒声をあげ、みなが混乱し躊躇している隙をついて食堂室を飛び出し、甲板めざして昇降口を駆けのぼっていった。

最初にわれに返り、娘を追って走りだそうとしたのはフィデルマだったが、マラハッドが引き留めた。

「心配ない、姫様」彼はいった。「いったいどこへ逃げられるというんだ？　ここは海のど

真ん中だ」

「逃亡を心配しているのではありません」フィデルマはいった。「自分の身になにをするかわからないからです。狂気に道理は通用しません」

ふたりが慌てて甲板に出ると、舵取り櫂(オール)の傍らにいたドロガンがこちらに向かって叫んでいた。上を指さしている。

ふたりは仰ぎ見た。

ゴルモーンがゆらゆらと身体を揺らしながら、少なくとも二十フィート(約六メートル)はある帆桁にのぼっていた。

「やめなさい!」フィデルマは叫んだ。「ゴルモーン、およしなさい! 逃げられる場所などありません」

娘はさらに上へ、揺らぐロープをのぼりつづけた。

「ゴルモーン、おりていらっしゃい。問題を解決する方法はきっとあります。おりてきてください。誰もあなたに危害を加えたりしません」いいながらも、たとえ相手がどれほど心を病んでいようと、そんな気休めの言葉は虚しく響くだけだと思わずにはいられなかった。

傍らにいたマラハッドがフィデルマの腕に触れ、かぶりを振った。

「この風じゃ声も届かん」

フィデルマは上に目を凝らしつづけた。帆柱にしがみついた娘の髪と法衣が風にはためいている。マラハッドのいうとおりだった。これでは声も届かないだろう。

「私がのぼります」フィデルマは申し出た。「誰かが連れおろさなければ」

マラハッドが彼女の腕に片手を置いた。

「船上で強風の中マストにのぼるのがどれほど危険か知らんだろう。俺が行く」

フィデルマはためらったのち、後ろにさがった。あの正気を失った娘を連れおろすには、自分よりも足もとの確かな者が行くべきだと悟ったからだ。

「脅かさないようにお願いします」彼女はいった。「完全に正気を失っていますから、なにをしでかすかわかりません」

マラハッドの表情は険しかった。

「たかが小娘じゃないか」

「古い諺にあります、マラハッド。正気の犬が狂犬と闘えば、嚙み切られるのはたいてい正気の犬の耳である、と」

「気をつけよう」彼は請け合い、帆柱に取りついた。

のぼりはじめる間もなく、シスター・アインダーが言葉にすらならない警告の悲鳴をあげ、フィデルマは振り仰いだ。

ゴルモーンが足を滑らせ、伸ばした片手でかろうじてロープからぶらさがっていた。もう片方の手で懸命に帆桁を摑もうとしている。

「離してはだめです！」フィデルマは大声をあげたが、その叫びは風に流された。

マラハッドもそれには気づいており、帆桁のほうへ身を乗り出していた。だが数フィートものぼらぬうちに、ゴルモーンの拳（こぶし）が緩み、彼女はドサッという胸の悪くなるような鈍い音をたて、甲板の上に落下した。

最初にゴルモーンのもとに駆け寄ったのはフィデルマだった。落下によって首の骨が折れたのは見ればわかった。脈を確かめる必要もなかった。フィデルマが屈みこみ、かっと見開いたゴルモーンの両目を閉じてやると、シスター・アインダーが死者のための祈りを唱えはじめた。

マラハッドがすとんと甲板におりてきて、傍らへやって来た。

「すまない」息があがっている。「あの娘は……？」

「ええ、亡くなりました。あなたのせいではありません」フィデルマは甲板から立ちあがりながら、いった。

ブラザー・ダハルの肩越しに覗きこんでいたキアンが、娘の死体をじっと見おろした。

「やれやれ」彼は安堵の声でいった。「ようやくけりがついたか」

第二十二章

　フィデルマは暖かい秋の日射しの中、波止場に佇み、〈ヘラクレスの塔〉として知られる古代ローマ時代の灯台に守られた、絵画のごとく美しいちいさな港にたゆたう異国の香りを吸いこんだ。カオジロガン号は向かい側の船着き場に停泊していた。ほかの乗客たちは、聖ヤコブ大聖堂への巡礼のためにそれぞれ内陸へ散っていった。フィデルマは、マラハッドが復路で持ち帰れるよう、キャシェルにいるブレホンの長に宛てて今回の船旅の報告書を書かねばならないという口実で、同行を辞退した。

　この船旅における最後の劇的な事件が起こったのは、イベリア北西部沿岸の、千年以上前にゴラヴと〈ゲールの子ら〉がアイルランドに向けて船出した港のうちのひとつであろうと思われるこの港に、カオジロガン号がゆったりと入港する一時間ほど前のことだった。

　キアンがふたたび船から姿を消したのだ。今度はシスター・クレラと一緒に。だがフィデルマはさほど驚かなかった。

「ウェサン島で、キアンがこの船から逃げたときのことをお忘れですか？」彼女はマラハッドにいった。「明らかに、手助けをした人物がいました」

船長にはわけがわからず、じっさいにそう口にした。

「右腕のきかない男に、島まで軽装船(スキフ)を漕いでいけたはずがありません。もちろん、船まで戻すこともです」

マラハッドは、それに思い至らなかったことが悔しいようだった。

「そいつは思いつかなかった」

「彼には協力者が必要でした。そこでクレラを口説いて手伝わせたのです。今回もそうしたのでしょう。彼女には、あまりキアンに深入りしないよう警告しておくべきだったのかもしれませんが、たとえいっても耳を貸してくれたかどうか。キアンは女性を口説くとなればお手のものでしたからね。彼には、必要とあらば木から鳥を呼び寄せることができるのです」

「いったいどこへ向かおうというんだ？　アイルランドに戻れるはずもなかろうに」

「さあ？　腕を診てもらうために、おそらく薬師(くすし)のモーモヘックを訪ねる旅を続けるのかもしれませんし、そうではないのかもしれません。気の毒なのはクレラです。いつか突如として目が覚めるのでしょう」

「クレラはなぜ、自分を捨てたもと恋人のところに戻ったりしたんだろうか？」マラハッドが訊ねた。

「〝一度嚙まれたなら二度めは注意せよ〟という諺(ことわざ)は、きっと彼女には通じないのでしょう。もう必要ないとみなせば、キアンは彼女を捨てるでしょうね。アイルランドへ戻ってくることはまずないでしょうが、だとしても、それはこの船旅でのできごとを悔いているからではけっしてないはずです。彼は傲慢ですから、どんな非難も受け入れようとはしないでしょう。〈ラス・ビリャの虐殺者〉として自分を告発する可能性のある目撃者にこれ以上出会わぬよう、故郷には近づこうともしないはずです」

「つまり、罰せられないまま自由の身になるということかね？」

「こうしたものごとにおいては、本来罪を担うべき人物が自由の身となり、単なる道具として使われただけの人々や騙されやすい人々のほうが罰せられる、ということが往々にしてあるのです」

その後まもなく、巡礼団の生き残りたちは、ブラザー・トーラをまとめ役に、港から出航した。フィデルマは、ブラザー・トーラとシスター・アインダーが、ブラザー・ダハルとブラザー・アダムレーといういささか差し障りのあるふたりとともに去っていくのを見つめた。そこにはブラザー・バーニャもいたが、一緒に来られたほうも、来た本人と同じくらい不承不承のようすだった。このささやかな一行に向けられた運命の女神のおもざしは、寛大とはほど遠いようだ。

カオジロガン号が時化(しけ)で受けた傷を修理している間、フィデルマは港にとどまっていた。港を見わたせるちいさな旅籠(はたご)に部屋を取り、休息をとりつつ足に陸の感覚を取り戻しながら報告書をしたためた。やがてカオジロガン号の出航準備が整ったと聞き、波止場へおりていった。

別れの挨拶をするために乗船し、〝鼠の王様〟には特別に波止場で買った魚を手みやげに持っていった。猫はすこし足を引きずっていたが、ナイフで切りつけられた傷はかなりよくなっていた。フィデルマに身体を撫でさせ、喉をゴロゴロといわせていたが、しばらくすると、もっと大事な用事を見つけたのか、ふい、とどこかへ行ってしまった。目の前に置いてやった魚にも知らんぷりだった。

今やすっかり見慣れた船尾甲板で、フィデルマはマラハッドと最後の挨拶を交わした。

「大聖堂へはいつ出発するんだね、姫様？　うちの船が波止場についてから、もう何組もの巡礼団が通り過ぎていった。あんたもとうに行っちまったものだとばかり」

フィデルマとしては、同行したいような巡礼団が見つからなくても別にかまわなかった。

「〝腰を据える前に仲間を選べ〟という古い諺があります、マラハッド。なにが起こるか知っていたら、私（わたくし）はあなたが運ぶこととなった乗客たちを、仲間として選ぶことはけっしてなかったでしょう」

マラハッドはくくっと笑い声をあげたが、まだ心配そうだった。

「ひとり旅のつもりかね？　ではこの諺を贈ろう。〝健康な羊は疥癬（かいせん）の羊の群れと仲間になることを厭（いと）わない〟どうだね？」

フィデルマはみずからのおもざしに、悪戯（いたずら）っぽい笑みが浮かぶにまかせた。

「逆ですわ、マラハッド。〝群れと仲間になりたがらない疥癬の羊はいない〟。ですが、お気遣いには感謝します。とりあえずここで数日待ってみますわ、この港を通る羊たちはたくさんいますから。気に入りそうな群れを見繕うことにします。おっしゃるように、ひとり旅を続けてもよいですし」

「そいつはどうかね、姫様？」

「聞くところによれば、ここから大聖堂までの道には追い剝ぎもそれほどあらわれないそうです。道で出会う危険は、私がカオジロガン号で出会った危険よりも少ないだろうことは確かですもの」

マラハッドはかぶりを振った。

「いまだにさっぱりわからんのだが。なぜシスター・ゴルモーンが犯人だとわかったんだね、しかも、それが俺の女房のイーファといったいなんの関係があったというんだ」

「奥様は関係ありません――申しあげましたでしょう。イーファという名と、リールの物語のおかげです。イーファは〈リールの子ら〉の物語に登場する、アラン王の三人いた娘のうちの次女です。イーファは美しい女性でしたが、海神リールは彼女の妹のアルヴァと結婚しました。アルヴァが亡くなり、その後リールはいちばん上の姉ニーヴを娶りました。やがてニーヴも亡くなると、最後にリールはイーファと結婚しました[1]」

「聞いたことはある」マラハッドはいったが、自信なげだった。

「ではイーファが、リールに愛されているにもかかわらず、彼に近しい者たちに対して嫉妬しはじめたことは憶えておいでですか。そのために彼女は妄想に取りつかれ、恨みのかたまりとなって邪悪な思いを抱くようになり、リールを独占したいがために、彼を愛したすべてのものを破滅に追いやりはじめました。理不尽な嫉妬の棘が彼女の心に巣くい、そうせずにはいられなかったのです。〝嫉妬は堅くして陰府にひとし〟ムィラゲルがいったとおりです」

「それがゴルモーンに当てはまることはわかるが、はて……？」

「乗船したとたんに、キアンとはいつ頃からの知り合いなのかとゴルモーンがしきりに訊いてきたので、奇妙だなとは思ったのです。そのあと、出航二日めにクレラを訊問したさい、キアンがゴルモーンと以前深い仲であったと聞かされました。とはいえ、私はどちらもそのまま聞き流していました。ですが、よきドーリィーは優れた記憶力の持ち主でなければなりません。私は明白な事実のみを積み重ねていきました。そして、色欲と嫉妬について記された聖書の引用を聞かされつづけるうち、答えがそちらの方角にあることにしだいに気づきはじめたのです。やがてあなたがイーファという奥様の名前を口になさり、かの人物の嫉妬に思い当たってようやく、探すべきものがなんであるかがわかりました。理不尽かつ、狂気をともなった嫉妬です。

　キアンはゴルモーンと一夜をともにしましたが、厚かましくも、最後の最後までそのことを思いだしませんでした。ゴルモーンはリールの妻イーファさながらに心の均衡を失っていました。あまりにもあからさまに憎悪を剝き出しにしていたので、私も初めのうちは、彼女を容疑者から外していました」

「となると、シスター・ゴルモーンが法の裁きを免れたのは残念というほかないな」マラハッドが思うところを述べた。

フィデルマはそういわれてしばし考えこみ、それから答えた。

「そうともいい切れません。彼女は心を病んでいました。ほかの熱病と同じように、肉体を衰弱させる病に冒されていたのです。愛されていたはずの相手に裏切られたと彼女が感じていたならば、女を目覚めさせた嫉妬の深さは、私には理解できます」

フィデルマはそう話しながら、かつての自分の感情を思い起こし、やや顔を赤らめた。

「しかし殺人は殺人だ。罰せられるべきだったのでは?」

「ああ、罰則という意味ですか。私たちの国の文化には新たな理念がしだいに入りこんできているようですね、マラハッド。私にとっても、その点は信仰における気がかりのひとつです。『懺悔規定書』には、わが国古来の法律が定めるように弁償と更生を求めるのではなく、罰則を与えよと記されています」

「だがそれが神の教えだ」マラハッドは戸惑いを見せた。「あんたは神に仕える修道女様の身で、その教えを拒むというのかね?」

「罰則とは復讐の教えであって、公正なおこないではないからです。私どもの国の法律は、復讐ではなく公正を訴えるものです。ユウェナリス（古代ローマの諷刺詩人）はいいました、復讐を楽しむことができるのは狭量かつ病める卑劣な精神のみである、と。血によって血を洗い流すことはできません。私たちは被害者に見合う弁償と、犯罪者による更生を求めねばならないのです。そうせぬかぎり、私たちはただ復讐に次ぐ復讐の堂々巡りをするほかなく、永遠に血は流されつづけるでしょう。法を呪縛に変えてしまう者たちは、いずれかならず、まさにその法によってみずからの首を絞めることになります」

「ならあんたは、できることならあの娘を逃がしてやりたかったのかね？」

　フィデルマはかぶりを振った。

「たとえそうしてやっても、彼女は自分自身から逃れることはできなかったでしょう。このたびのことは、狂気によってひどくねじ曲がってしまった心に慈悲深きおこないが施され、憐れみがなされたのだ[2]、と私は思っています」

　ガーヴァンが近づいてきて、すまなそうにふたりを見やった。

「潮目が変わりはじめましたぜ、船長」彼がいった。

　マラハッドは軽く頷いた。

「それではこれにて、姫様」彼はうやうやしく挨拶した。

「アードモアへの帰路が、行きの船旅のような危険に満ちたものではないことをお祈りしておりますわ」

「時化や海賊が怖くて船乗りをやっていられるか」マラハッドがにやりと笑みを浮かべた。「だが、航行中の船上で殺人事件に出くわすなんてそうあるもんじゃない。修道女様、こちらには長くいるおつもりで？　帰りもうちの船に乗ってはいかがかね？　この港にはしじゅう立ち寄ってますんでね」

「ありがとうございます。ですがこの先どうなるか、私自身にもわかりませんの。私たちの道がふたたび交差することもあるでしょう。そうでなくとも、キリストがあなたの航行をお守りくださいますように。そしてあの少年、ウェンブリットをよろしくお願いします。あの子はいつかきっと自分の船を持ち、素晴らしい船長になりますわ」

　彼女は主甲板へ行き、ガーヴァンとウェンブリットとドロガンとほかの船員たちに別れの挨拶を告げると、波止場へおりていった。マラハッドが敬礼するように片手をあげた。

　歩み板が外されて陸側へしまわれ、ロープが解かれてカオジロガン号が岸から離れていくのをフィデルマは見守った。ちぎれそうなほど手を振り、やがて寂しさがどっと押し寄せてきたので、滞在している旅籠のほうへとぼとぼと歩いて戻りはじめた。寂しくはあったが、ほっとしてもいた。この巡礼の旅に出たのはおもにふたつの意図があってのことだったが、そのうちのひとつはいつの間にか解決していた。もう修道女としての立場とドーリイーとしての役割の板挟みで悩むことはないだろう。法律に対するこの情熱はなにものにも代えがたい。たとえ修道女でいようと、今後も自分は法の番人として生きるだろう。フィデルマが旅籠にたどり着いた頃、カオジロガン号は帆をいっぱいに張って、悠々と出航していった。

　彼女は葡萄(ぶどう)の木の陰にある木のベンチに腰をおろしてもの思いに耽りながら、入江の青い海に目を凝らし、ちいさくなっていく船をじっと見つめた。

　旅籠の主人があらわれ、絞りたてのレモンと冷水でつくった飲みものをグラスに入れて運んできてくれた。これこそまさに喉の渇きを癒やし、暑い中で涼むには最高の方法だということを、フィデルマはこの短い滞在期間中に知った。すると驚いたことに、彼がちいさく畳んだ上質皮紙(ヴェラム)を手渡してきた。言葉はよくわからないが、つい一時間ほど前に港に入ってきたばかりの、流線形の船を指さしている。

「〝グラティアス・ティビ・エゴ（ありがとう）〟」ラテン語で礼をいった。これだけが唯一、たがいの言語にあるいくつかの単語が似かよっていたからだ。

　手の中の紙を気にしつつ、マラハッドの船を見送った。彼女はしばらくそこでレモン水をちびちびと飲みながら、カオジロガン号がこのあたりでいう〝リア〟、つまり入江を離れ、やがて岬の向こうへ消えていくのを眺めていた。暖かい日射しを浴びながらすわっているのは心地よかった。ところがまたしても、凄まじい孤独にすっぽりと包みこまれてしまったような気分が襲ってきた。そこで感情を整理してみることにした。この感情を説明するには〝寂しい〟という言葉で合っているだろうか？　よくない仲間といるくらいならひとりでいるほうがずっとましだ――とりわけ、キアンの顔などもちろん二度と見たくない。だがすべてが最悪だったというわけではなかった。むしろ再会できてよかった、とすら今では思っている。

この十年、キアンのことは抜けない棘のように胸に刺さっていた。若かりし日の、苦悩だらけの感情とあの熱さはこれまでも幾度となくまざまざとよみがえりつづけた。このたびのことで、さまざまな経験を積んできた大人としてキアンとの再会を受け止めることができたうえ、成熟した大人の目であらためて彼を見ることができた。さらに取り調べをしたことによって、若き日の切なくもほろ苦い恋愛がいかに愚かなものであったかに気づくこともできた。キアンと決別し、過去を過去として認めることにもはや不安はなかった。後悔という重荷を一生肩に背負っていくのではなく、大人になるための経験だったと思うことにしよう。そうだ。もはやキアンに縛られることはない。その意味では喪失感すらなかった――ずっしりとのしかかっていた重みが肩から外れた、ただそれだけだ。

ふいにエイダルフの顔が思い浮かび、つい慌てて手が震え、飲みものがこぼれた。

エイダルフ！　船旅の間じゅう、まるで薄い影のごとく、彼のことが心から離れなかった。行く道をずっとついて来るかすかな鬼火のように。

格言の書き手の中でもとりわけ気に入りの、パブリリウス・シーラスの言葉が思い浮かんだのはなぜだろう?

〝アマーレ・エト・セペーレ・ヴィクス・デオ・コンケディトゥール〟

神でさえ、恋をしながら、しかも賢明であるということは難しい。

畳まれた上質皮紙のことをふいに思いだし、フィデルマは指を伸ばしてそれを手に取った。驚きのあまり目をみはる。彼女が出航した翌日にしたためられた、キャシェルの兄コルグーからの手紙だった。記された数語の意味を理解するうち、冷たいものが背筋を走り、これまで経験したことがないほどの動揺に襲われた。短い手紙だった。〝すぐ戻れ！　エイダルフが殺人罪で捕らえられた！〟

訳註

第十二章

1 「結婚はしないほうが……」＝『マタイ伝』第十九章の中で、結婚に関するイエスと弟子の問答が記されている。〝弟子たちイエスに言ふ「人もし妻のことに於てかくのごとくば、娶らざるに如かず」彼らに言ひたまふ「凡ての人この言を受け容るるにはあらず、ただ授けられたる者のみなり。それ生れながらの閹人あり、人に為られたる閹人あり、また天国のために自らなりたる閹人あり、之を受け容れうる者は受け容るべし……」〟（第十九章十～十二節）。

2 パウロの教え＝『コリント人への前の書』第七章の中で、使徒パウロは、〝汝らが我に書きおくりし事に就きては、男の女に触れぬを善しとす。然れど淫行を免れんために、男はおのおの其の妻をもち、女はおのおの其の夫を有つべし〟（一～二節）と、禁欲の勧めを説いている。だが同時に、〝されど我が斯くいふは命ずるにあらず、許すなり。わが欲する所は、すべての人の我が如くならん事なり。然れど神より各自おのが賜物を受く、此は此のごとく、彼は彼のごとし〟（六～七節）と、禁欲は理想であるが強制ではないことも示している。

3　ウォドン＝ヴォーディンとも。アングロ・サクソンの最高神。北欧神話のオーディン。

4　〈英雄の広間〉＝ワルハラ。ゲルマンや北欧の神話で、英雄の霊がウォドン（オーディン）の侍女ワルキューレたちに導かれて赴く、至高神の宮殿の中の広間。

第十三章

1　オガム文字＝石や木に刻まれた古代アイルランドの文字。三～四世紀に発達したものと考えられている。オガムという名称は、アイルランド神話の中の雄弁と文芸の神オグマに由来するとされている。一本の長い縦線の左側や右側に、あるいは横線の上部や下部に、直角に短い線が一～五本刻まれる。あるいは、長い線を跨ぐ形で、短い直角の線（あるいは、点）や斜線が、それぞれ一～五本、刻まれる。この四種類の五本の線や点、計二十の形象が、オガム文字の基本形となる。この文字を用いて王や英雄の名などを刻んだ石柱・石碑は、今日も各地に残っている。石柱、石碑の場合は、石材の角が基線として利用されている。しかし、キリスト教とともにラテン文化が伝わり、ラテン語アルファベットが導入されると、オガム文字はそれにとって代わられた。

2　ゴシア＝ゴート人が移住した、さまざまな土地の総称。ゴート人は、三～五世紀にかけてローマ帝国に侵入し、現在のイタリア・フランス・スペインに王国を築いたゲルマン氏族の一部族。

3　大時化（しけ）＝これらをはじめとするアイルランド創世の物語は、十世紀の『アイルランド来寇の書』や十七世紀の『アイルランド王国年代記』、およびキーティング著『アイルランド史』などにも記述がある。それらによれば、先住の支配階級であった神の一族トゥアハ・デ・ダナーンのドゥルイドたちが魔法で時化を起こし、来寇した〈ミールの子ら〉（ミレー族）を撃退しようとした。だがやがてミレー族はトゥアハ・デ・ダナーンを追い落とし、アイルランドの地を支配することとなった。

4　タートの息子エベルとアグノンの息子ラウグラス＝アイルランド人の祖とされる〈ミールの子ら〉の子孫。ラウグラスは〝緑（あるいは灰色）の手〟の意。〝白き手〟と呼ばれることもある。

5　ビスケー湾＝フランスとスペインに挟まれた大西洋の湾。

第十六章

1　〈黄金の首飾り戦士団（ニーア・ナスク）〉＝古代アイルランドでは、四王国の王や、その上に位置する大王（ハイ・キング）はもちろん、さまざまな規模の小王や族長たちも、それぞれ精鋭戦士団（フィアナ）を抱えていた。これらの中で最も有名なものは、無数の英雄伝説においても活躍するアルスター（ウラー）王直属の戦士団や、大王コーマク・マク・アルトに仕えた、フィンを首領とする〈フィニアン戦士団〉である。一八六七年の独立運動における〈フィニアンの蜂起〉や、その後の政党のひとつフィアナ・フォールの名称も、これに由来する。この〈黄金の首飾り戦士団〉も、マンスター王に仕えた、実在の由緒あるエリート戦士団であった（著者トレメイン氏の教示）。

2　オーガナハト王家＝″キャシェルのオーガナハト″は、アイルランド四王国のひとつ、モアン王国の王家。フィデルマはその王女という設定になっている。

3　モアンとラーハンとの争いにおいて弁護人を……＝《修道女フィデルマ・シリーズ》の第三作『幼き子らよ、我がもとへ』で、フィデルマは、モアン王国内で起こった隣国の要人殺人事件において弁護人を務めた。

第十七章

1　ラス・ビリャ＝キルデアの南、現在のラスビリー。

2　イー・フェルミーダ領＝キルデアの南東、現在のバラーキーン。

3　イー・ケイヒグ領＝キルデアの北、現在のオファリー地方とミースに跨がる地域。

4　イー・エネハグレッシュ領＝キルデアの南東、東海岸に面する。現在のアークロウの南のあたり。

5　『クリー・ガブラッハ』＝〝枝分かれした譲渡〟の意味。土地の所有・譲渡について定めた古代アイルランドの法律。

6　『懺悔規定書（ペニテンシャル）』＝六世紀にアイルランドおよびウェールズにおいて成立し、のちにヨーロッパへもひろまった、悔悛の秘跡およびそれにともなう償い・処罰に関する規則書あるいは教会法典。

第十八章

1　〈聖域権〉＝アジール権、とも。現代でいう治外法権のようなものであり、世俗とは無縁の場所、つまり教会や神殿に逃げこめば、たとえ犯罪者や逃亡者であっても一時的に逮捕を免れることができた。

第十九章

1　シフトドレス＝緩やかでウエストを強調しない婦人用ワンピースおよび下着をさす。スリップ、シュミーズとも。

2　〝若者は常に興奮状態である（酔っている）〟と……＝古代ギリシアの哲学者アリストテレスの言葉を息子たちが編纂した『ニコマコス倫理学』の一節。

3　大王（ハイ・キング）エー・マク・アネミーレフ＝北イー・ネールの大王、没年は五九八年。

4　〈黒鴉（ブランダヴ）〉＝〝ブラン〟は白、〝ダヴ〟は黒。《修道女フィデルマ・シリーズ》の第三作『幼き子らよ、我がもとへ』の第八章に、このゲームが具体的に描かれているが、大（ハイ・）王（キング）とそれを支える四か国の王、さらにその臣下、という駒の構成は、チェスよりもっと具体的に、当時のアイルランドの政治的な勢力や政治機構を反映しているようで、盤上の覇権とそれを巡る戦略や闘争は、そのまま現実世界に重なる。単なるゲームではなく、王侯貴族の子弟たちに、兵法や政治手腕を教えこむ教育手段としての役割を果たしていた、というのも頷ける。

5　〈木の智〉（フィシエル）＝ケルト古来のボードゲーム。チェスと混同されることもあるが、違うゲームである。アイルランド、ウェールズの神話伝説にも登場する。

第二十章

1　バンシー＝アイルランドやスコットランドの妖精。人間の死を予告する。ゲール語でバン（Bean）は〝女〟、シー（Sidhe）は〝妖精〟を意味する。アイルランドでは、旧家の誰かが死ぬときに泣くといわれる。バンシーが幾人か一緒に泣くときは、偉い人の死を報せているともいわれる。長い髪をして、緑の服の上に灰色のマントを着ている。目は絶えず泣くので真っ赤である。スコットランド高地地方では、ベン・ニー（水辺の濯ぎ女の意）などと呼ばれ、瀕死の人の死衣を洗う。

2　海神リールの妻イーファ＝リールはアイルランドの海の神で、神族トゥアハ・デ・ダナーンのひとり。前妻亡きあとリールの妻となったイーファは、夫の愛情が自分ではなく四人の継子に向けられていることに嫉妬し、魔法で子どもたちを白鳥の姿に変えてしまう。四人の子どもたちは白鳥の姿で九百年間にわたり放浪の旅を続けたのち、人間の姿に戻るが、九百年の歳月が過ぎて知る人はみな死に絶えており、人間に戻ることで老いてしまったリールの子どもたちもまもなく死んだ。

第二十一章

1　かつてキケロが……＝キケロは古代ローマの政治家・弁論家・哲学者。〝クイ・ボーノ（誰が得をするのか）？〟はローマの将軍カッシウスの言葉をキケロが引用したもので、犯罪捜査の過程でよく用いられる。

2　「メトサエルの息子レメクの歌」＝『創世記』第四章二十三～二十四節に記された、復讐を謳歌する歌。正しくは〝……我わが創傷のために人を殺すわが痍のために少年を殺す／カインのためには七倍の罰あればレメクのためには七十七倍の罰あらん〟。

3　〈バビロンの大淫婦〉＝『ヨハネの黙示録』に登場する寓意的存在。

4　多の婉言をもて……＝『箴言』第七章二十一～二十三節。正しくは〝多の婉言をもて惑し口唇の諂媚をもて誘へば／わかき人ただちにこれに随へりあだかも牛の宰地にゆくが如く愚なる者の桎梏をかけらるる為にゆくが如し／遂には矢その肝を刺さん鳥の速かに羅にいりてその生命を喪ふに至るを知ざるがごとし〟。

5　鐘と書と燭に……＝ローマ・カトリック教会の破門の儀式。十二人の司祭が鐘を鳴らして蠟燭をともし、呪詛(アナテマ)を唱えて聖なる本を閉じる、という一連の動作をあらわしたもの。

6　神の右手＝右手は利き手であるため、神の絶対的な力を象徴するものとしてあらわされる。英語の right（右、正しい）もここからきているとされる。

第二十二章

1　イーファは……＝伝承の多くでは、リールは、トゥアハ・デ・ダナーンの王〝赤毛のボーヴ〟の三人の娘のうちの長女イーヴを娶って四人の子をもうけ、彼女の死後、二番めの妻として次女のイーファを迎えたとされている。

2　憐れみがなされたのだ＝〝或(あるひ)は勧(すすめ)をなす者は勧をなし、施す者はをしみなく施し、治(をさ)むる者は心を尽して治め、憐憫(あはれみ)をなす者は喜びて憐憫をなすべし〟（『ロマ人への書』第十二章八節）。本書の原題 *Act of Mercy* はここからの引用と考えられる。

訳者あとがき

《修道女フィデルマ・シリーズ》長編第八作、『憐れみをなす者』（*Act of Mercy*, 1999）をお届けいたします。

前作の邦訳刊行からだいぶお時間をいただいてしまいましたが、ようやく再始動となります。お待たせしてしまいましてたいへん申しわけございませんでした。

本シリーズは、七世紀のアイルランドを舞台としたミステリです。ときはアイルランド五王国の時代。聖パトリックをはじめとする宣教師たちにより、アイルランドにキリスト教がもたらされて約二百年、ローマ・カトリックの思想がしだいに浸透しはじめていたものの、アイルランド古来の信仰や習慣がまだ根強く残っていた時代の物語です。

作者のピーター・トレメイン氏はイングランド出身、本名をピーター・ベレスフォード・エリスといい、古代・中世ケルト学者としても多数の著書のある高名な歴史学者であり、またトレメイン名義の《フィデルマ・シリーズ》だけでなく、ピーター・マッカラン名義でもスリラー小説などを手がけ、精力的に執筆活動をしています。《修道女フィデルマ・シリーズ》は、二〇二一年一月現在、長編と短編集を合わせてすでに三十一冊が刊行されており、ドイツ語・フランス語・スペイン語・イタリア語・オランダ語ほかさまざまな言語に翻訳され、ここ日本でも、これまでに七作の長編と四冊の短編集が刊行されています。本書は第七作『消えた修道士』に続く長編シリーズの第八作です。

主人公の修道女フィデルマは、アイルランド五王国のひとつであるモアン王国（現在のマンスター）の王コルグーの妹にして、古代アイルランドの法典〈ブレホン法〉を修めたドーリィー〔法廷弁護士〕であるばかりか、学問における最高位に次ぐ地位であるアンルー〔上位弁護士・裁判官〕の資格を持つうえ、語学も堪能、歴史や文学の知識も幅広く、記憶力も抜群という才媛で、おまけに歌もうまければ、馬を操るのも朝飯前、船にも慣れていて船酔いもしない、というまさに非の打ちどころのない女性です。本作では、年齢は二十八歳と思われます。赤い巻き毛に緑の瞳の、すらりとした長身のアイルランド美人で、そのうえトゥリッド・スキアギッドという護身術まで身につけている、まさしく才色兼備かつ文武両道の姫ぎみでありシスターなのです。

アイルランド南部ティペラリー州の古都キャシェルの高台には、幼少期のフィデルマが育ったとされるキャシェル城（ロック・オブ・キャシェル）が、空を背景に、いまも美しい姿で凜とそびえ立っています。ですが、本書『憐れみをなす者』では、フィデルマはアイルランドの地をしばし離れ、これまで相棒としてさまざまな事件をともに解決してきたサクソン人修道士エイダルフを残して、サンティアゴ・デ・コンポステラ（現在のスペイン北西部、ガリシア地方の都市）をめざし聖地巡礼の旅に出ます。信仰の道を歩むことと法律の道を歩むことの間で揺れ動き、またエイダルフへの想いにも悩むフィデルマは、この旅の中でみずからを見つめ直そうとしますが、乗りこんだ巡礼船で昔の恋人と思わぬ再会を果たすこととなり、さらに船上で不可解な事件が次々と巻き起こります。隣にエイダルフがいないことに戸惑いながらも、フィデルマは事件の真相を突き止めようと奮闘しますが……。

颯爽と事件に切りこんでいくフィデルマの活躍と、色鮮やかに描かれる古代アイルランドとそれを取り巻く世界――ケルト（アイルランド）・カトリック思想とローマ・カトリック思想のせめぎ合いや、驚くほど緻密できめ細やかな古代アイルランドの法律の数々、古きアイルランドの礎となった物語や伝説、文化――、そして善と悪とが絡み合い、ひとびとがさまざまに織りなす人間模様と愛憎劇を、本シリーズとフィデルマたちを長きにわたり愛してくださっているみなさまにも、そして初めて本シリーズを手に取ってくださったみなさまにも、じっくりと味わっていただけましたら嬉しく思います。

また、この場をお借りしまして、本書の刊行にさいしたいへんお世話になりました故甲斐(かい)萬里江(まりえ)先生、アイルランド語（ゲール語）とラテン語をご教授いただきました先生がた、東京創元社の小林甘奈さま、そのほか本書に関わってくださったみなさま、そして本書をお手に取ってくださったすべてのみなさまに感謝を申しあげます。

次巻は短編集をお届けする予定です。長編シリーズの続きもたいへん気になりますが、しばしの間、お待ちいただけましたら幸いです。

二〇二一年一月

田村美佐子

検印
廃止

訳者紹介 1969年生まれ。上智大学大学院文学研究科英米文学専攻博士前期課程修了。訳書にウォルトン「アンヌウヴンの貴公子」、デュエイン「駆け出し魔法使いとはじまりの本」、ジョーンズ「詩人(うたびと)たちの旅」「聖なる島々へ」などがある。

憐れみをなす者 下

2021年2月26日 初版

著 者 ピーター・トレメイン

訳 者 田村(たむら)美(み)佐(さ)子(こ)

発行所 (株) 東京創元社
代表者 渋谷健太郎

162-0814/東京都新宿区新小川町1-5
電 話 03・3268・8231-営業部
03・3268・8204-編集部
URL http://www.tsogen.co.jp
工友会印刷・本間製本

ISBN978-4-488-21824-9 C0197